SV

Sybille Ruge
DAVENPORT 160 × 90
Roman
Herausgegeben von
Thomas Wörtche

Suhrkamp

Erste Auflage 2022
suhrkamp taschenbuch 5243
Originalausgabe
© Suhrkamp Verlag AG, Berlin, 2022
Alle Rechte vorbehalten.
Wir behalten uns auch eine Nutzung des Werks
für Text und Data Mining im Sinne von § 44b UrhG vor.
Umschlagfoto: Miguel Sobreira / plainpicture
Umschlaggestaltung: Designbüro Lübbeke, Naumann, Thoben, Köln
Druck und Bindung: C. H. Beck, Nördlingen
Dieses Buch wurde klimaneutral produziert.
ClimatePartner.com/14438-2110-1001
Printed in Germany
ISBN 978-3-518-47243-9

www.suhrkamp.de

DAVENPORT 160 × 90

Meister, hör die Geister
die wir riefen.
In die Ecke mit dem Zweifel.
Sei's gewesen
gibt es einen Besen
für die Scherben
die wir hinterließen

Meinen Vater lernte ich auf seiner Beerdigung kennen. Seine Auslöschung hatte bereits zu Lebzeiten stattgefunden. Die Gründe dafür sind mir unbekannt geblieben. Meine Mutter hatte sechs Wochen zuvor, kurz vor ihrem Tod, erstmals seinen Namen erwähnt. Nachdem die Asche meiner Mutter versenkt worden war, wollte ich das Familiending liquidieren. Mit 35 sollte man das in irgendeiner Weise geschafft haben, dachte ich. Beruflich hatte ich gerade eine mittlere Flaute, und so machte ich mich auf die Suche nach dem Mann, dessen X-Chromosom ich besaß.

Verglichen mit meinen anderen Jobs schien die Akte *ICH* schnell erledigt. Die erstbeste Verlinkung meines Geburtsortes mit dem Namen meines biologischen Vaters führte mich zu seinem Bruder, der mir gleich zu Beginn unseres Telefonats klarmachte, dass meinem Vater nur noch wenig Zeit bliebe. Von einem Besuch im Krankenhaus riet er mir ab.

Sieben Tage später standen wir vor Granitblöcken aus China, und mein neuer Onkel zeigte mir den Platz, wo mein Vater von nun an ruhen sollte.

Danach gingen wir in den nahe gelegenen Biergarten einer romantischen Burg im Spessart. Eine stechende Aprilsonne über weißen Stühlen aus Plastik.

Ich trug High Heels und hatte schon beim Gang über den Friedhof Blasen an den Füßen. Ich wusste einfach nicht, wie ich sonst dem Besonderen der Situation entsprechen sollte. Die Schuhe hatte ich bereits bei der Urnenübergabe meiner

Mutter an. Aber dieses Mal war das schwarze Lackleder auf der Stelle verstaubt vom Kies. Tanktop und Jogginghose in Schwarz waren sorgsam gewählt. Hauptsache billig. Schwarz für eine Waise. Touristen starrten mich an. Die Männer auf meinen Arsch, die Frauen auf den Chanel-Rucksack.

Mein neuer Onkel sah unendlich lang auf den Plastiktisch. Ihm fehlten die Worte, mir die Fragen, vor uns die unumkehrbare Vergangenheit. Und so sanken wir dumpf in ein wortloses Nebeneinander. Irgendwann begann schleppend eine Art Gespräch, in dem nach langen Pausen immer wieder dasselbe gesagt wird. Die Künstlichkeit der Situation war überwältigend.

Der Onkel holte einen Briefumschlag aus seiner Lederjacke. In dem Umschlag war ein vergilbtes Foto. Auf dem Foto war meine Mutter in Weiß und ein Mann, mit dem mich nichts verband.

In meinem Kopf wühlte ich die Karteikarten angebrachter Emotionen durch, aber keines der gelisteten Gefühle taugte etwas. Ich wollte gehen. Wenn jemand an einem Freitag stirbt, sagte der neue Onkel, gibt es weitere Leichen. Alle Wochentage ziehen Leichen nach sich, dachte ich. Zwei Beerdigungen in kurzer Folge und vergebliches Warten auf einen Heizungsmonteur, mein Leben war ohnehin in einer Schieflage.

Der Onkel erkundigte sich nach dem fremdländischen Klang meines Namens.

Slanski.

Der Name, den ich aus einer Ehe mitgebracht hatte.

Ein Intermezzo während des Studiums. Ein Steuersparmodell. Eine Krankenversicherung für die Abtreibung. Und 95 % Überzeugung, dass man den Staat an seiner schwachen Stelle packen muss.

Ich verzichte seit dieser Zeit auf alles, was nur im Entferntesten nach Vertrag aussieht. Ich treffe Vereinbarungen, bei denen ich jederzeit aussteigen kann.

Den Namen habe ich behalten, weil er gut in den Blocksatz meiner Website passt.

Mein neuer Onkel zog eine Kamera aus seiner Jacke und gab sie dem Fremden neben uns.

Wir stellten uns vor der Burg auf. Grobmotorisch wie alles Deutsche. World of Warcraft. Weitermachen. In meinem Kopf schepperten Einzelteile einer untersagten Vergangenheit herum. Ich erfüllte mit dem erstarrten Lächeln einer Geisha alle Kriterien einer Fotocollage.

Losheulen. Das wäre jetzt passend gewesen. Ich setzte meine Sonnenbrille auf und sah nach oben. Am Himmel formierten sich die Vögel. Um mich herum das deutsche Wald-und-Auen-Programm.

Die Idylle oder das Desinteresse an Familiengeschichten veranlassten mich, konstant auf die Burg-Uhr zu schauen. Ich hatte ohnehin einen starken Drang, mich in keinem Szenario länger aufzuhalten.

Mein Studium hatte ich so gewählt, dass ich ohne allzu viel Anwesenheit gut durchkam und Raum für die Welt ohne die anderen blieb. Zwei Monate vor dem Master in Soziologie habe ich abgebrochen. Ich hatte nicht die geringste Lust auf einen geregelten Job unterhalb einer mittelmäßigen Chefetage.

Ich wollte auch nicht den intellektuellen Deppen spielen, der theoretische Grundlagen für Wachstum und Profit generiert. Ich wollte meine Ruhe. Man muss mit dem Geld machen, was einem der liebe Gott geschenkt hat. Bei mir war es das sichere Gefühl für den Schlussstrich.

In meinem Büro genoss ich Freiheit.

Ich hatte Klienten, die mir mein Honorar über den Schreibtisch reichten, die mir die Reisen bezahlten und die ich sitzenlassen konnte, wenn sie mich nervten. Das Büro bewahrte mich vor dem sogenannten Kollektiv. Wenn ich meiner Mutter etwas zu verdanken habe, dann ist es diese beängstigende Beherrschtheit, eine Coolness, mit der ich geringste Vibrationen kaschieren kann. In meinem Job hilft das.

Ich fingerte unauffällig nach meinem Handy. Zeit, die Veranstaltung im Biergarten zu beenden. Ich hatte einen Kundentermin. Letztendlich lässt sich alles mit einem Kundentermin entschuldigen. In der Welt der Ware-/Geld-Beziehung ist es Verrat, einen Kunden hängen zu lassen. Eine Lady mit eigenwilligem Akzent, die mir schon am Telefon auf die Nerven ging, aber jetzt war sie mir plötzlich wichtig. Sie hatte ihren Namen nicht genannt, wollte das Problem persönlich besprechen. Ihre Wortwahl war die der besseren Gesellschaft, angespannt und künstlich. Genau meine Zielgruppe. Ich brauche keine Namen, wenn die Bonität stimmt. Man will mich ruinieren, hatte sie gesagt. Ihre Geschichte klang falsch, ihre halben Sätze hatten mir den Magen umgedreht, aber abgemacht ist abgemacht. Irgendeinen Tick haben meine Kunden immer. Ich kann nicht warten, hatte sie gesagt. Ich denke, dass Sie mir helfen können. Ihre Sprachmelodie war exzentrisch. Vielleicht eine Störung nach einem Schädel-Hirn-Trauma, dachte ich. Alles hatte gegen sie gesprochen.

Ich sah angewidert auf die Bockwurstreklame neben dem vertrockneten Kuchen. Die Landschaft hinter mir ging einfach nicht vom Fleck. Ich wollte jetzt meine Traurigkeit besiegt haben. Ich wollte mich mit der Unschärfe der Ereignisse abfinden.

Da legte mein Onkel ein gelbes Mäppchen aus Kunstleder, das mein Vater bis zuletzt bei sich getragen hatte, auf den verklebten Tisch. Das Souvenir vom Nachttisch. Es enthielt drei Dinge.

Einen verdreckten Sanifair-Bon über 70 Cent, einzulösen an allen Autobahn-Raststätten, Bahnhöfen und Shopping-Centern.

Einen Taucherpass der Marine.

Ein Foto von einem Schiff namens »Eisvogel«.

Die drei Dinge gehörten nun mir.

Wir aßen Schokoladeneis und bemühten uns, nicht zu vertraut zu werden, auch wenn wir familiäre Herzlichkeit zeigten. Ich stimmte Besuchen zu, die nie stattfinden würden. Ich hasste Familienromane, dies hier würde keiner werden.

Dann stieg ich endlich in den Zug. Die sogenannte Landschaft rauschte an mir vorbei. Natur. Ha! Für mich gab es nichts Schöneres als eine solide betonierte Straße durch den Wald.

Der Mann im Zug mir gegenüber beobachtete mich seit zehn Minuten. Dann fragte er, ob ich was mit Medien zu tun hätte. Auch dieser Mensch blieb im statistischen Rahmen. Drei Minuten. Nach drei Minuten wird man in Deutschland nach dem Beruf gefragt.

Aber über meinen Job rede ich grundsätzlich nicht. Ich lege einfach meine Karte hin.

Vorne eine Telefonnummer, auf der Rückseite ein Wort.

FORDERUNGSMANAGEMENT

Ich erspüre treffsicher Aufträge, die Geld einbringen. Ich mache keine kostenlosen Offerten. Ich vermittle. Wenn man nach den Schuldnern sucht, geht man nicht von Redlichkeit aus.

Ware/Preis-Relation – das ist Sicherheit. Mein Tauschwert drückt sich in Geld aus.

Recherchen im Netz. Observierung mit der Kamera. Versicherungsbetrug. Ich nehme alles an. Ich führe die Gespräche mit den Schuldnern. Gier, Tricks und Falschaussagen. Private Insolvenz und Neugründung durch nahe Verwandte. Meine Kunden haben keine Zeit, die sogenannten Wohlverhaltensphasen abzuwarten.

Ich kürze für sie ab.

Wenn der Kuckuck an der Tür klebt, sind die Leute klein. Meistens liegt das Schwarzgeld im Handschuhfach oder in Plastiktüten auf dem Rücksitz.

Ich bin es, die mit den Schuldnern redet. Wenn es heikel wird, nehme ich einen der Jungs aus dem Verein mit. Die meisten von ihnen sind vorbestraft. Das ist der Grund, warum man ihnen die Drohung abnimmt. Mirko sieht aus wie ein Schrank, und er ist ein Schrank. Ein Schrank, in dem alles verschlossen wurde. Sein Gesicht kommt ohne weiche Züge aus. Er hatte den Krieg im Kosovo überlebt, warum sollte er Deutschland fürchten. Für meine Jobs brauche ich Gesichter, die nicht auseinanderbrechen, wenn es gefährlich wird.

Ich lasse ein paar angsteinflößende Paragraphen fallen, male düstere Konsequenzen aus, Mirko schweigt. Wir sind ein gutes Team. Ich war es gewohnt, nach den Autoschlüsseln zu suchen, während er mit den Schuldnern auf dem Sofa sitzt. Manchmal liegt das Bargeld in einer Packung Erbsen im Gefrierfach. Mein Juristen-Chinesisch ist qualifiziert, aber Mirko erspart mir das Gesülze. Die Voraussetzungen für diesen Job sind gering. Man braucht Nerven wie ein Hochleistungsseil,

Skrupellosigkeit, was Gebühren betrifft, und eine Unbedenklichkeitsbescheinigung vom Finanzamt.

Im Zug war die Klimaanlage ausgefallen.

Von einem Moment auf den anderen hörte das Bahnpersonal im Bistro auf zu arbeiten. Mit einer Cola war jetzt nicht mehr zu rechnen. Die Luft im Abteil wurde zunehmend dicker.

Ich öffnete das gelbe Mäppchen. Der Pass gehörte einem Menschen, der Pläne hatte. Meine Mutter hat ihn beseitigt wie all ihre temporären Beziehungen. Dank ihrer auffallenden Schönheit hatte sie sich als Purserin in der Business Class durch globalisierte Betten gevögelt.

Wir zogen ständig um, ich musste dreimal die Schule mit einer neuen Sprache beginnen.

In der Schweiz habe ich zu Hause russisch gesprochen. Wegen des Oligarchen. Er war der Einzige, der die Bezeichnung PAPA verdiente. Die Geschichte war zu Ende, als meine Mutter im Hotel Swiss Diamond ins Schwimmbad kam, wo Papa sich gerade über das Au-pair-Mädchen hermachte.

Meinen Stiefvater nenne ich bis heute Djeduschka Moros – Väterchen Frost. Liebenswürdige Unnahbarkeit. Und ich bin seine Sonitschka.

Sonitschka!

Für meinen biologischen Vater war ich eine Zahl auf dem Papier, der ein Minus vorangestellt war. Gesetzliche Mindesthöhe.

Jetzt war ich Vollwaise.

Am Zugfenster flogen die hysterisch gelben Rapsfelder vorbei. Die Bistrobedienung saß am Tisch und meckerte über den Staat.

Ich zog den verklemmten Mülleimer raus und entsorgte das klebrige Mäppchen. Gelbes PVC mit Dreck.

Ich behielt lediglich den Klo-Bon und das Foto von dem Schiff, aber auch nur, weil mich der Name »EISVOGEL« faszinierte.

Ich mochte den Ozean nicht. In Paris hatte mich meine Mutter zum Schwimmen in den Polizeisportverein gesteckt, um ungestörter einkaufen zu gehen. Schwimmen mochte ich auch nicht, verlängert nur den Todeskampf, wenn es drauf ankommt.

Nach dem Schweizer Internat wusste ich nicht, wohin. Also bin ich in das Land gezogen, das ich noch nie gesehen hatte und dessen Pass ich besaß. Das Land mit der grimmigen Sprache und den gut gebauten Straßen.

Ich habe mit Boxen angefangen, um meinen »Nazi«-Körper zu erhalten, wie der Trainer immer gewitzelt hatte. 5 × 5 Meter Struktur und Instinkt. Der Boxring hat mich gleich im ersten Jahr einen Zahn gekostet und meine Bitte, ihn mit Gold zu ersetzen, hat dem Zahnarzt das Gesicht entgleisen lassen.

Meinen Boxkollegen hat der Goldzahn Respekt eingeflößt. Er blitzt immer hervor, wenn ich den Gebissschutz aufsetze.

Der Verein ist in einer Baracke am Stadtrand. Kein *Men's-Health*-Style. Keine *Fight-Club*-Romantik. Kein Wellnessbereich, wo man die Frau für Haus und Garten kennenlernt.

In dem Verein gibt es lediglich eine tropfende Dusche mit kaltem Wasser, die Schränke lassen sich nicht abschließen, und die Garderobe stinkt. Es ist eine schwere Mischung aus ranzigem Öl, Fußschweiß und dem Geruch beim Öffnen einer Büchse Jagdwurst.

Ich unterwarf mich ihrem Ehrenkodex und durfte von nun an mit all den Privilegien rechnen. Das Wichtigste war Vertrauen. Ich vertraue den Jungs weit mehr als den Männern aus der Wirtschaft, mit denen ich im Büro konfrontiert bin. Ich bin prinzipiell misstrauisch gegenüber Entschlossenheit in Gesichtern, die mit auserwählten Brillen und soldatischen Haarschnitten untermauert ist. Siegermienen. Falsche Geständnisse.

Wie bei A.

320 km/h. Die deutsche Technik ist berauschend, auch wenn das WLAN nie funktioniert, der Verspätungsalarm im Minutentakt wechselt und die einfältigen Muster auf den Sitzen verdreckt sind.

A. auf meinem Display.

Aber ich denke mich als Einzeller in einer vibrierenden Heimatlosigkeit, wo nicht geredet wird. Die Zeit stürzt nach vorn. Ihre Maßeinheit heißt CASH. Die Folge ist Abstand. Abstand brauchte ich wie nichts anderes auf dieser Welt. Damals kam das A. entgegen.

Ich hatte mir gerade eine Website zimmern lassen von Lucky, zu dem ich immer die Verbindung gehalten hatte, seitdem er von unserem Internat geflogen war. Ich glaube nicht an sogenanntes Networking. Ich halte Networking für eine hinterhältige Bezeichnung für Schnorren und Ausnutzen flüchtiger Bekanntschaften. Networker waren wie Penner, die dich fragen, wie es dir geht, und dir den Becher hinhalten. Leute, die mit minimalem Aufwand größtmögliche Vorteile ergattern wollen, von kostenlosem Schlafplatz bis zu Informationen. Nein, Lucky und ich waren Vertraute.

Ich verdanke ihm eine exzellente Suchmaschinenoptimierung.

Forderungsmanagement.

Wir erledigen das für Sie! Einfache Fallübergabe. Hauseigene Juristen. Rechtsberatung.

Die Website war gut strukturiert. Das Blau und die genügsame Schrift hatte ich der Anzeige eines Ingenieurbüros entnommen. Meine Seite spricht auf jeden Fall eine besser zahlende Klientel an.

Es kommen die obligaten Schlüsselworte darin vor, die bei Mandanten Sicherheit auslösen. Meine Website fegt ihre Ängste vom Tisch.

Prävention, Optimierung, Kommunikation, Analyse, Effizienz. Vor allem habe ich auf das billige Wort SERIÖS verzichtet.

Die Seite war damals kaum eine Woche im Netz gewesen, da kam auch schon die erste Anfrage. Sie klang vielversprechend.

Die Übergabe der Fakten fand an einem knallhellen Morgen in meinem Büro statt. Ich trug einen grauen Hosenanzug, wie ihn mein Kundenberater bei der Sparkasse trug. Zu diesem Zeitpunkt konnte ich mir kein universelleres Outfit vorstellen, wenn es um Geschäfte ging. Dieser Anzug ließ gemeinhin alles Spezielle verschwinden. Sexappeal, Intellekt, Humor, Charaktereigenschaften, Anschauungen. Ein neutraler Boden für Tatsachen.

A. war mit seinem Anwalt angetreten. Er trug im Gegensatz zu seinem Anwalt keine Krawatte und eine billige Uhr, um die Machtverhältnisse noch deutlicher zu machen. Ich mochte sofort seine unschuldige Ängstlichkeit hinter dem arroganten Gesicht. Beide waren groß und begrüßten mich mit der Lockerheit britischer Kadetten. Diese mächtigen Körper. Geschützt vom Kontostand. A. legte mir seine Karte mit geprägtem Adelstitel hin. Sein Anwalt trug am kleinen Finger einen Goldring mit Smaragd und hatte auch einen adligen Namen. Es schien, als wolle er die unbeholfenen Gesten A.s mit übertriebener Männlichkeit kompensieren. Er legte seine Hand mit einem albernen Siegelring auf den Tisch.

Beim Anblick meines leeren Büros fiel ihnen erst mal nichts ein. Stunden um Stunden hatte ich für die Inneneinrichtung gebraucht. Mir liegt so etwas nicht. Es hat mich Wochen gekostet, in Gedanken habe ich wieder und wieder die wenigen Möbel von links nach rechts verschoben. Mit dem Ergebnis bin ich zufrieden. Zwei Stühle für die Klienten. Ein Schreibtisch aus Stahl. Mein Büro ist eine Mischung aus Klosterzelle und U-Haft.

Die einzige Dekoration ist das gefälschte Diplom an der Wand. Eine Marketingmaßnahme. Vor der Urkunde war ein Porträt meiner Mutter in dem Rahmen aus Walnussholz. Das Bild hatte sie mir zum Abitur geschenkt. Sie war so schön, dass es wehtat. Der Biedermeier-Rahmen macht etwas her. Das Porträt habe ich abgelegt in einem Ordner unter »Verschiedenes«.

A. und sein Begleiter saßen unentschlossen herum, dann kamen sie auf das Wetter. In meinem Büro wirken alle Kunden verstört. Sie sitzen vor meinem Schreibtisch wie Kaninchen vor der Schlange. Sie wollen nicht gefressen werden. Aber sie kämpfen auch nicht. Sie überlassen die Dreckarbeit anderen. Sie hängen sich an die Hoffnung, ihr Geld wiederzusehen. Sie können einem vor Scham nicht in die Augen sehen. Sie wollen etwas geklärt haben, an dem sie selbst gescheitert sind. Sie bedanken sich mit guten Honoraren für die Anonymität. Aber vor allem wollen sie, dass es vorbei ist.

Meine Tagessätze sind hoch, die Geschichten der Leute lang. Monologe, in denen immer die anderen schuld sind, in denen der Redner oft nicht begreift, was er sagt.

Der Punkt, an dem sie die Fakten noch überblicken konnten, liegt weit zurück. Die Leute warten, bis das Knäuel unentwirrbar ist und man, streng genommen, den Knoten nur noch zerschlagen kann. Wenn die Gefühle sich ausbreiten und kein Gedanke mehr greift, machen sie einen Termin aus. Sie zwingen mich, die Unschärfe miteinzubeziehen, den optimalen Fall selbst zu entwerfen. Ich muss mir ihre Geschichte erdenken.

Ich stellte eine Flasche Mineralwasser hin und eine Rolle Brausetabletten mit der Bemerkung free choice. Sie begannen sich im Small Talk zu übertreffen. Dennoch klang ihr Gerede über Vitamin-Booster in Form von Brausetabletten, Preisgestaltung von Mineralwasser und Muskelverspannungen bei Dehydrierung keinesfalls lässig, und es schien sie auch wenig zu stören, dass ich nicht teilnahm.

Ich saß da und schwieg.

Nach den vorgeschriebenen Minuten Anstandsgeplauder laut Adelsknigge begannen sie, mir ihr eigentliches Anliegen zu beschreiben, jedes Wort bedenkend, meine Denkleistung testend, wie ich ihre absichtlichen Leerstellen wohl füllen würde. Sie machten einfache Inhalte kompliziert und verschwiegen peinliche Details – kurzum, sie waren im Arsch.

Es wollte schon langweilig werden, als sie endlich die veruntreute Summe preisgaben, um die es ging.

2,5 Millionen Euro.

Ich schwieg.

Sie sprachen vom kriminellen Verhalten des Finanzchefs, den sie bereits entlassen hatten, aber eine Anzeige schien ihm nicht zu drohen. Sie konzentrierten sich zunehmend auf die Lücke in der Bilanz und weniger auf die moralische Seite. Sie waren vermutlich von der Sorte, die niemandem traut, weil sie selbst sich nicht trauten. Sie taten so, als ob die Polizei das Spiel verlassen hätte. Ich war ihre letzte Karte, so viel war mir klar. Sogenannte Berater hatten ihnen nahegelegt, keinen Wirbel um die Sache zu machen und das abhandengekommene Geld einfach zu vergessen. Die Spuren führten linear nach Russland. Da traut sich keiner ran, hatte man ihnen gesagt. Dann hatten sie die fünf Sprachoptionen auf meiner Seite gesehen.

Ich hörte mir ihren Schwachsinn an. Ich war mir völlig sicher, dass die Polizei nie mitgespielt hatte. Die hätten auf jeden Fall ihre Kumpels von Europol für eine Runde eingeladen. Die hätten dem CFO das Reisen erschwert bis auf kleinere Ausflüge in den Rheingau. Was Russland betraf, kann ich versichern, dass die Region keine Rolle spielt beim Zurückholen von Geld. Abhandengekommenes Geld zurückholen hat denselben Schwierigkeitsgrad wie die Reanimation eines Patienten, dessen Reflexe bereits alle erloschen sind.

Ich schwieg.

A., dessen Leben offensichtlich auf Kapitalakkumulation angelegt war, stellte mir eine zehnprozentige Erfolgskommission in Aussicht. Er muss es für relativ unwahrscheinlich gehalten haben, das veruntreute Geld wiederzusehen, und verkaufte sich als großzügig.

Ich schwieg.

A. wurde zunehmend unsicherer und begann sich an die Stirn zu fassen, hielt sein Ohrläppchen, wie man bei Kindern Fieber prüft. Er steckte nervös beide Hände in die Taschen seines Jacketts und schlug schließlich eine Garantiesumme vor, die er obendrauf legen wollte, wie er sich ausdrückte. Die Dürftigkeit der Garantiesumme, die noch nicht einmal die Reisekosten decken würde, begründete er lächelnd mit der abgekauten Phrase NO RISK NO FUN.

An dieser Stelle nannte ich ihm meine Garantiesumme und erhöhte die Beteiligung auf 15 Prozent.

A. klappte der Unterkiefer runter, und er fing an, mit gespielter Aufregung zu diskutieren. Er wurde nahezu leidenschaftlich. Er sagte mir, dass unsere Geschäftsbeziehung ganz am Anfang stehe, dass das für ihn ein Versuch sei, dass andere nicht halb so viel verlangten, dass allein der Auftrag einer bekannten Firma wie der seinen schon eine gute Reputation für mich wäre, dass er mich weiterempfehlen würde, dass Folgeaufträge nicht ausgeschlossen wären.

Ich schwieg.

Sein Anwalt kam mir mit dem Rechtsanwaltsvergütungsgesetz.

Ich wies beide darauf hin, dass auf meiner Website nicht *KANZLEI*, sondern *BÜRO* steht.

Es entstand eine geruhsame Pause.

A. wich meinem Blick aus. Sein Gesicht blieb am Walnussrahmen an der Wand hängen. Ich hatte plötzlich das Gefühl, dass der Nagel zu groß war.

A. stand auf und ging näher ran. Sein Gesicht drückte Verwunderung aus, als er das Diplom entdeckte. Er schien sich sogar die Stempel durchzulesen, so beeindruckt war er von der Urkunde. Wahrscheinlich gehörte er zu der Kategorie, die nie ein Buch lesen und Intellektuellen stumpfsinnige Bewunderung entgegenbringen. Vielleicht war es auch nicht das geisteswissenschaftliche Fach, sondern der Name der berühmten Universität oder der Abschluss mit Auszeichnung, der ihm imponierte. Jedenfalls flackerten seine Augen zwischen meinen Beinen und der Urkunde hin und her.

Ich nannte meine Honorarsumme und die Prozente ein zweites Mal.

A. diskutierte schon geschwächter. Ich antwortete nicht. Ich stand einfach auf und bedeutete mit einer stummen Geste, dass unser Beisammensein beendet war. Ich räumte demonstrativ die Gläser und den Schriftkram zusammen.

Da klappten sie ein.

Ich schob A. die Formulare für die Vollmacht hin. Auf die Headline hatte ich viel Zeit verwendet.

KONSEQUENZ SCHAFFT KLARHEIT. SLANSKI.

Der Rest bestätigte den Arbeitsbeginn nach Überweisung der Garantiesumme, die Schweigepflicht, die freie Wahl des Arbeitsortes und die Herausgabe der Arbeitsergebnisse ohne Verpflichtung zur Berichterstattung über die Herangehensweise. Bei Kündigung keine Rückzahlung der Garantiesumme.

A. las sich alles aufmerksam durch. Sein Gesicht zeigte klar und deutlich, dass er begriffen hatte, wie ich den Extremfall organisiert hatte. Souverän ist, wer die Einkommensquellen kontrolliert. Meine Vereinbarungen berücksichtigten nicht die Interessen aller Parteien. Ich bin kein Pazifist. Dann las sein Anwalt. Sein Gesicht verfinsterte sich von Zeile zu Zeile. Ordnung findet vor dem Horizont der Unordnung statt, Baby. Die beiden waren schließlich nicht hier, weil die Welt gut ist.

A.s Unterschrift auf dem Mandat zeigte vollkommene Linienführung. Gefiel mir.

Er gab mir seine Hand. Sie war weich und ebenmäßig und ließ mich nicht los. Während er meine Hand hielt, fragte er mich, was ich in meiner Freizeit machte.

Da singe ich im Kirchenchor, sagte ich.

Er sah mich fragend an. Ich hätte ihn anlächeln können,

aber man sollte den Geschäftsabschluss ernst ausklingen lassen. So standen wir feierlich herum.

A.s Anwalt machte eine routinierte Verbeugung, seine Hacken schlugen leicht zusammen. A. dagegen gab mir zum zweiten Mal die Hand. Dann gingen sie. Ich sah ihnen aus dem Fenster nach. A. schob mit seinem Ferrari einen dichtauf Parkierenden unsanft nach hinten. Ich war schon immer der Überzeugung, dass nur der so eine Karre fahren sollte, dem Schrammen nichts ausmachen. Dann telefonierte ich mit Djeduschka Moros.

Moskau war ein Sechser im Lotto für mich. Ich schlenderte von Lenin zu Chanel und kaufte mir unterwegs eine Ananas beim Gourmet Nr. 1 neben dem Bolschoi-Theater. Im Bolschoi holte ich die Karte ab, die auf meinen Namen am Schalter lag. Ich gab die Ananas in ein Schließfach wegen Bombenverdachts und setzte mich in die samtige Loge.

Während des 2. Akts setzte sich Djeduschka Moros neben mich und flüsterte mir etwas ins Ohr. Ich antwortete ihm, dass er nichts verpasst hatte, die Inszenierung sei beschissen. In der Pause erzählte er mir, dass sein Vater zu Breschnews Zeiten immer in dieser Loge gesessen hätte.

»Dein Großvater war ein hohes Tier beim Militär.«

Ich liebte ihn. Wie er sich über alle eisernen Klammern der Biologie hinwegsetzte. Manchmal glaubte ich, er wolle dem Trieb, mit mir zu schlafen, mit aller Macht entgegenwirken. Mich unterstützte er finanziell seit meinem Schweizer Internat, ohne darüber ein Wort zu verlieren.

Nach der Oper und mit der Ananas gingen wir ins Puschkino. Vor dem Theater wartete bereits sein Fahrer in der S-Klasse. Wir saßen auf dem Rücksitz und schwärmten von der russischen Literatur. Ich erzählte ihm von A., gab ihm die Unterlagen. Er verstand. Wodka mit Zitrone ohne Eis in schlichten Gläsern an der Hotelbar. Um uns herum konnte ich die Callgirls nicht von den Geschäftsfrauen unterscheiden. Es war angenehm.

Am frühen Morgen verließ ich Moskau. In der Senator Lounge am Flughafen liefen parallel ein Kriegsfilm in Schwarz-Weiß ohne Ton und ein Clip von Britney Spears.

Ich schrieb meinem Wahlvater, dass ich mein Leben in einer Parklücke verbringen müsste, wenn er nicht wäre. Ich sendete ihm 20 Herzen. Er antwortete nur: »Sonitschka«.

Die Verwendung des Kosenamens machte mir zu schaffen.

Ich brauchte keinen leiblichen Vater.

Sonitschka.

Das genügte.

Zwei Wochen später hatte ich einen Gerichtsbeschluss in der Hand und den Namen eines russischen Anwalts, der alles Weitere abwickeln würde.

Ich fuhr zu A. in die Firma und händigte ihm die übersetzten und beglaubigten Unterlagen aus.

A. sah mich an, als müsste er seine Synapsen neu kalibrieren. Er starrte minutenlang auf die Papiere und fragte mich dann, ob er mir seine Firma zeigen dürfe.

Überweisen Sie mir einfach mein Honorar, wenn das Geld da ist, sagte ich.

Geraume Zeit später hatte er seine abgeschriebenen 2,5 Millionen wieder und überwies mein Honorar. Er rief mich an und lud mich zum Essen ein.

Ich empfand eine abstrakte Genugtuung am Erfolg. Die verwalteten Inhalte waren mir gleichgültig gewesen, auch hatte ich schnell verdrängt, dass ich herzlich wenig dazu beigetragen hatte. Ich genoss die Bewunderung und das leicht verdiente Geld. Schön war es. Ich konnte mir keine erstrebenswerteren Erfolge vorstellen als die, für die man nichts getan hat.

Während des Essens berührte A. öfter meine Hand und machte mir holzschnittartige Komplimente. So verkürzt wie er in der Beschreibung der Welt war, so verknappt war er in Liebesangelegenheiten. Unter der ganzen Effizienz glaubte ich, die tiefe Sehnsucht nach etwas Wahrem zu spüren. Aber sein ungestillter Machtanspruch und das Bedürfnis, alles haben zu wollen, machten jede ehrliche Regung zunichte. Bei diesem Anspruch war er förmlich gezwungen, das Ganze in wohlproportionierte Rationen für jeden Anlass zu teilen. Die Gattin zum Herzeigen. Die Firma für den Sieg über die Konkurrenten. Die Geliebte als Form, die sich nie schließt. Unermessliche Wünsche. Sehnsüchte nach Welten, die ihm nicht gehören würden, die niemandem gehören.

Damit begann die WHAT-IF-Beziehung. In der Zentrifuge der geheimen Wünsche drehte sich um uns alles wie Zuckerwatte und vernebelten einen stabilen Kern, bestehend aus Paragraphen im Ehevertrag, der laut A. teurer war als die Hochzeitsfeier und die Flitterwochen auf den Fidschi-Inseln.

Alles soll schön bleiben, wie es ist. Fundament der bürgerlichen Gesellschaft. Aber es blieb nichts, wie es war.

In St. Moritz war mein Gesicht noch ganz. A.s Ferrari hatte es komplett erwischt bei dem Unfall. Seinem Flirtversuch war ein Baum entgegengetreten.

Die Welt war noch nie so still gewesen wie damals, nachdem die Airbags explodierten.

Bevor ich Ihnen die Anästhesiespritze rings ums Auge

setze, flicke ich Sie lieber ohne zusammen, sagte der junge Assistenzarzt. Kommt auf das Gleiche heraus. Und ich habe schneller Feierabend. Der Witz sollte mir wohl den Schmerz nehmen. Aber der liebe Gott hatte schon den Schockschalter gedrückt, und eine gemütliche Leck-mich-am-Arsch-Stimmung breitete sich aus, in der es mir sogar egal war, dass A. sich daheim um die Vertuschung des gemeinsamen Urlaubs kümmerte.

Wo du hingehst, werde ich nicht sein, und wo ich bin, willst du nicht hin. Mein Jeton aus Beton, deine Zahl, gute Wahl.
    Als mein ramponiertes Gesicht wieder Form annahm, fuhr ich mit dem Rad zum Boxen. Ich hatte überlebt, die Jungs honorierten das. Vor allem aber stellten sie keine Fragen.

Die Narbe, die wie ein Mercedesstern aussah, unter dem Auge rechts, machte mich plötzlich vollständig, weil der Fehler angebracht worden war. Diese Seite meines Gesichtes schien zu sagen: Die ist zu allem fähig. Die hat ihren Charakter abgelegt.
    Die Deformation war ein Geschenk.
    Ich beschloss, mit höchster Disziplin die demütigende Scheiße der Juristen und die abgefahrenen Gutachten für die Versicherung zu ertragen. Ich hatte meinen Finanzplan im Kopf. Schließlich ging alles auf. Die Versicherung zahlte eine Unsumme aus Angst, ich könnte mit einer Psychomacke oder Schönheitsoperationen anfangen.
    Ich kaufte mir von der Entschädigung und einem zinslosen Kredit von Djeduschka Moros ein Loft in einem stillgelegten Industrieviertel. Die Immobilie steigt und steigt. Das ist die Welt.

Was mein neues Aussehen betraf – danke. Ich konnte nicht klagen. Die Männer waren wie wild auf mich. Für die war ich das, was sie gerne sein wollten. Jemand, der Schmerz ertragen kann.

Ich sublimierte den Crash mit einem straffen Arbeitsplan und behielt A. im Portfolio. Menschen am Steuer sind Dilettanten trotz Einparkhilfen an Front und Heck, Notbremsassistent und Toter-Winkel-Warner.

A. fragte mich, ob ich ihm jemals verzeihen könne.

Klar doch.

Hier auf Erden schon.

Für die kurze Zeit hier unten lohnt es sich nicht, komische Anstalten zu machen.

Sollte ich ihm jedoch im Himmel begegnen, würde ich ihm eine in die Fresse hauen.

A. lachte, faselte von Zukunft und beschrieb mir den katastrophalen Zustand seiner Ehe. Ich empfahl ihm, die Lösung seines Eheproblems besser in die Hände von ein paar Software-Experten zu geben. Für 2000 kriegt man schon einen sauberen Algorithmus, sagte ich ihm, besonders bei niedrigen Datenmengen. Ich jedenfalls war die Falsche für Seelenprobleme. A. war für mich die Stunde nach der Arbeit. Dabei blieb es.

Endlich hielt der Zug. Bettler, Junkies und das Ordnungsamt. Ich versuchte mir eine Cola zu kaufen, um den Klobonus loszuwerden, aber der Bahnhofskiosk nahm das Ding nicht an. Keiner der Läden nahm den Sanifair-Bon an. Dennoch warf ich den verkrüppelten Zettel nicht weg.

Ich stieg auf mein Fahrrad und machte mich ins Büro.

In der Tasche die Mitbringsel vom Begräbnis. Im Gehirn ein paar Schnipsel zum Konstruieren. Alle mit Fragezeichen verplombt. Hätte ich gewusst, was dieser Tag noch bringen würde, wäre ich sparsamer damit umgegangen.

Im Büro angekommen schmiss ich die Pumps in den Küchenschrank und zog meine Plastiklatschen an. Dann quetschte ich das Foto vom »Eisvogel«-Schiff in meine Black Box. Die Rekonstruktion der Ereignisse anhand ihres finalen Resultats. Die schwarze Schachtel von Moschino enthielt ursprünglich mal eine Hermelinstola, die mir Djeduschka Moros zum Abitur geschenkt hatte.

Ich schloss die Schachtel und holte den Xellent aus der Küche.

Ich kann es nicht oft genug betonen, aber der beste Wodka kommt aus der Schweiz.

Die Flasche war rubinrot und trug das Schweizer Kreuz. So eine Beerdigung vermiest einem den Alltag. Ich nahm einen Schluck.

A. versuchte mich zu erreichen, aber ich hatte ungefähr so viel Lust auf Sex wie nach einem Zahnarztbesuch. Die Lady mit dem seltsamen Akzent in der Aussprache sollte schon längst da sein. Ich packte die Flasche wieder weg.

Beim Einschalten meines Computers sah ich zuerst die Einladung von A. zu einer Kreuzfahrt im Mittelmeer. Kreuzfahrten sind die Übererfindung des Marketings. Man sperrt die Leute in ein großes Schiff, fährt raus auf hohe See und verkauft. Tutto okay.

Es klingelte. Das musste die Lady sein, die ihren Namen am Telefon nicht nennen wollte, die mit dem höfischen Klang in der Stimme.

Ich öffnete die Tür, und eine eisige Schönheit trat ein. Sie war größer als ich und hatte einen strengen Gesichtsausdruck, allerdings mit einem zierlichen Näschen. Ich war es nicht gewohnt, nach oben zu gucken. Wir verharrten für einen kurzen Moment, als ob das Bild hängen geblieben wäre, und starrten uns an. In dem kurzen Moment pfiffen die Papageien aus der Agentur im Hinterhof, die ich jahrelang für einen kaputten Brandmelder gehalten hatte. Papageie, sagte ich und streckte meine Hand aus, um ihr einen Platz anzubieten. Wir begrüßten uns förmlich und setzten uns. Sie stellte eine knallige Prada-Tasche neben sich auf den Boden.

»Ich habe Ihre Businesskarte im Schreibtisch meines Mannes gefunden«, sagte sie mit einem nunmehr amerikanischen Akzent. Sie musterte mich mit dem Lächeln einer russischen Synchronschwimmerin. Ich schätzte sie ungefähr auf 40. Ihre Seidenbluse war halb transparent und in gebrochenem Weiß. Die oberen Knöpfe waren offen, und man konnte nicht anders, als auf ihren flachen Busen zu schauen. Ein schwarzes Bustier mit dünnen Trägern schimmerte unter der luftigen Bluse. Irgendwie ein provokanter Kontrast zur klassischen Erscheinung der Dame. Ihre schwarze Hose war um sie herumgegossen und erinnerte in ihrer hohen Passform an die Kleidung eines Matadors.

Die Hosenbeine hörten am Knöchel auf. Dann begannen die Ballerinas. Schwarzes Saffianleder. Absolute Noblesse. Ich hatte plötzlich das Gefühl, dass meine Latschen Weichmacher enthielten. Ein aufsässiger Geruch wie Mottenkugeln. War es ihr Parfüm oder die aromatischen Kohlenwasserstoffe, die sich aus den Latschen lösten, jedenfalls war es heiß. Ich stand auf und öffnete das Fenster. Sie fummelte irgendetwas aus ihrer Handtasche. Ihre Perlenkette mit integrierten Löwenköpfen in Gold schepperte gegen das Gestell aus

Metall meiner Stühle. Das riss mich aus meiner Bildbetrachtung.

Die Perlen schienen echt. Jede ihrer Bewegungen hinterließ einen süßlichen Duft nach Vanille und Amber.

Die elegante Kleidung umspielte ihre winkligen Bewegungen. Ich spürte eine Art Anstrengung, grazil zu wirken, was sie noch winkliger machte.

»Wie kann ich Ihnen behilflich sein?«, fragte ich.

»Ich habe eine Firma gegründet.«

Sie lachte einen kurzen konstruierten Ton.

»Ausgerechnet mit zwei Anwälten.«

Ihr Gesicht wurde todernst. Offenbar beherrschte sie spielend Übergänge. Die Brüche im Ausdruck waren perfekt. Die Gesten genau. Die Mimik treffsicher.

»Die ganze Sache entwickelt sich zu einem Albtraum. Ich wollte Sie bitten, ob Sie für mich in dieser Angelegenheit recherchieren und mit allen Mitteln meine Forderungen durchsetzen können.«

Ihre Stimme klang kalt. Sie hatte die Wendung ALLE MITTEL stark hervorgehoben.

»Wir prozessieren bereits. Freunde haben mir schon zu Auftragsmord geraten, weil das billiger wäre.«

Sie lachte wieder dieses einstudierte Lachen, und ihre Ohrringe machten ein Klappergeräusch wie Schellen an einem Zirkuspferd.

Ich ignorierte ihren letzten Satz und schrieb Hieroglyphen auf meinen Zettel, um ihr nicht ins Gesicht zu sehen.

Normalerweise genoss ich den Gedanken, die Pille gegen die Misere zu sein. Ich stand, wenn auch mit Abstand, zu dem technokratischen Glauben an die Allmacht von Ware gegen Geld. Therapie gegen eine miese Beziehung. Pillen gegen

Schmerz. Pillen gegen Traurigkeit. Botox gegen Gravitation. Mord für die Sackgasse. Staat für den Rest. So lief es nun mal.

Ich verzog keine Miene.

Sie machte weiter.

»Ich bin in etwas hineingeraten.«

Sie platzierte eine wirkungsvolle Pause.

»Ich habe eine Produktidee mit einer Firma entwickelt. Für diese Zusammenarbeit wollte ich vor einem Jahr einen Provisionsvertrag abschließen. Daher bat ich den Ehemann einer Bekannten, der eine Anwaltskanzlei hat, um Rat. Herr Hoffer hörte sich alles an und fragte mich, ob wir nicht eine Firma gründen und das Produkt zusammen auf den Markt bringen wollten. Er erzählte von cleveren Steuermodellen und juristischen Dingen, die ich nicht verstand. Mein Deutsch ist exzellent, aber diese juristischen Fachausdrücke sind kompliziert und undurchsichtig. Ich weiß nicht warum, aber er überzeugte mich sogar, dass der Provisionsvertrag mit der Firma nicht auf meinen Namen, sondern auf den Namen der von ihm vorgeschlagenen, gemeinsam gegründeten KG lief. Verstehen Sie? Er sagte, dass wir mehreren Firmen die Idee in abgewandelter Form verkaufen könnten und dass die KG das clevere Modell dafür sei. Ich stieg darauf ein. Bereits nach kurzer Zeit bemerkte ich, dass Herr Hoffer von Hoffer & Bertling wenig Interesse an meinem Produkt hatte. Hoffer interessierte nur die Rendite. Ich weiß nicht, warum ich mich in diese Sache gestürzt habe, ohne alles überprüfen zu lassen. Ich war einfach naiv. Sie müssen wissen, dass wir uns von Charity-Bällen kannten. Außerdem halfen seine Frau und ich, Gelder für eine Schule in Afrika zu sammeln.«

Je größer die Schweinereien, desto mehr Charity, dachte ich. Sie wechselte auf irritierende Weise von einem amerikanischen in einen französischen Klang. Sie studierte mich eingehend und fuhr fort.

»Als mir ein Freund diesen Gesellschaftsvertrag nach meiner Unterzeichnung erklärte, bin ich sofort ausgestiegen. Ich dachte, damit wäre die Sache erledigt, aber da war es schon zu spät. Hoffer und sein Partner witterten viel Geld und wollten sich das nicht entgehen lassen. Geld durch miese Briefe. Sie begannen, die Firma, mit der ich das Produkt entwickelt hatte, auf 50 % ihres Gesamtumsatzes zu verklagen. Dann verklagten sie mich. Diese Kriminellen stellten vor dem Gericht alles so dar, als hätten sie mich unterstützt und ich hätte sie gelinkt, als die Gewinne kamen. Ich komme mir vor wie Pinocchio, der am Baum hängt, und unten warten die Banditen, dass mir das Geld aus dem Mund fällt.«

Ich versuchte, sie mir am Baum vorzustellen, aber es gelang mir beim besten Willen nicht. Ich verkniff mir zu sagen, dass sie schließlich den Gesellschaftsvertrag unterschrieben hatte.

»Sie waren Mandantin der Kanzlei«, konstatierte ich.

Ihre Stimme hob sich leicht ekstatisch und sägte mir durch den Kopf.

»Sie haben ins Schwarze getroffen. Das war genau mein Fehler. Wir haben damals nichts in die Mandantenkartei aufgenommen. Ich existierte gar nicht als Mandant. Verstehen Sie, ich habe diesem Menschen vertraut. Ich war mit seiner Ehefrau im Kunstförderverein für zentraleuropäische Kunst.«

Sich als Künstler von den Gattinnen fördern zu lassen, muss eine deprimierende Ohrfeige sein, dachte ich. Ehrenamt im Altersheim wäre auch zentraleuropäisch.

Sie befühlte ihre Kette wie einen Rosenkranz. Sie hatte ein theatralisches Leidensgesicht aufgesetzt und schien nicht weiterzuwissen. Ich dachte an diverse Delikte in meinem kurzen Berufsleben. Anwälte waren oft Teil des Problems. Anwälte lernen im ersten Semester, wie man formal korrekt von ethischen Vorsätzen abrückt. Lernen mit Karteikastensystem.

»Haben Sie einen Anwalt? Ich könnte Ihnen ein paar vertrauenswürdige Adressen nennen.«

»Ich habe einen Anwalt.«

Auf ihrem Gesicht bildeten sich appetitliche Schweißperlen, die sie noch attraktiver machten. Sie sah mich forschend an. Ich hielt so lange wie möglich durch, ihr auch stumm ins Gesicht zu sehen. Dichte gebürstete Augenbrauen, ebenmäßige Haut, ihre klassischen Konturen schüchterten ein, eine anziehend herrische Haltung und diese allerliebsten prickelnden Tröpfchen obenauf.

»Was ist das für ein Produkt?«, fragte ich.

»Ein Schlafmittel ohne tiefes Fallen, ohne Fliegen und ohne Probleme beim Aufwachen.«

Sie lächelte, als gäbe es nichts Schöneres auf dieser Welt als ewigen Schlaf.

»Sie erwähnten jemanden, der Ihnen den Vertrag erklärt hat. Sind Sie deutsche Staatsbürgerin?«, fragte ich.

Ihr Gesicht wurde eisig.

»Nach drei Jahren Ehe war das das Mindeste. Aber wir trennen Beruf und Privat.«

Ich stellte mir vor, wie man diese Bereiche in der Ehe trennt. Und mit welchem Werkzeug. Butter- oder Tranchiermesser? Kettensäge?

Sie legte mir die Karten auf den Tisch wie ein professioneller Spieler und beobachtete mich wie ein Laie, ohne eine detaillierte Achtsamkeit für sich selbst zu vernachlässigen. Sogar die am Hinterkopf aufgetürmte Frisur, die mich an Steinwolle erinnerte, war von kontrollierter Verschränkung.

Vermutlich der Typ Frau, der vor dem Bett eine Stunde im Bad verbringt. In ihrer Schönheit erschien sie mir dennoch so erotisch wie ein Reißbrett. Es gab nicht die kleinste Ungewolltheit. Ihr Sexappeal war der eines Schraubenziehers.

Ich sah ihr in die Augen. Sie hätte ebenso mit einer Gurkenmaske vor mir sitzen können, ich hätte nicht mehr Emotionen gesehen als jetzt. Sie wischte sich mit dem Handrücken über die Stirn. Die Bewegungen wirkten, als wenn sie gerade ein Klavierkonzert beendet hätte und ihre Finger den Tönen nachhorchten.

Unsere Pause war ausgiebig. Ich fühlte mich nicht am Zug. Diese Momente koste ich immer aus.

»Ich dachte, Sie könnten zu Hoffer & Bertling gehen«, sagte sie plötzlich.

Dabei blickte sie mich wie eine Wahrsagerin an, die mir die Zukunft aus einer Glaskugel liest. Ich lehnte mich zurück.

»Was soll ich dort?«

Sie schien keineswegs interessiert, mir die Details zu erklären. Sie wollte ein Heilmittel gegen Versagen. So sind alle meine Kunden.

»Finden Sie etwas heraus. Vielleicht Erpressung?«

Das war deutlich. Eine Forderung gegen eine andere Forderung. Aber bisher verdiente ich gut Geld damit, die Leute in ihrem Glauben zu lassen, dass sie nur bezahlen müssten, um all ihre Probleme verschwinden zu lassen.

»Das ist ein Inkassobüro. Hauptsitz Deutschland.«

»Ich habe gehört, Sie sind sehr erfolgreich im Durchsetzen von Forderungen. Ich habe die Akten mitgebracht. Vielleicht finden Sie die Lücke?«

Plötzlich sprach sie akzentfrei.

»Erpressung ist strafbar und wird mit bis zu fünf Jahren Freiheitsstrafe geahndet.«

Meine Stimme schnitt ihr die Annäherung ab.

Sie sah mich forschend an und wechselte urplötzlich ins naive Fach. Machte ein Gesicht, als wollte sie losheulen, fingerte nach einem Taschentuch. Ich langte zügig in mein Schreibtischfach und stellte eine Klopapierrolle auf den Tisch, die sie nicht annahm, aber es hielt sie vom Heulen ab.

»Ich habe vergessen, Ihnen meine Visitenkarte zu geben.«

Sie reichte mir eine stylische Karte in Schwarz mit geprägten Buchstaben.

Ich traute meinen Augen nicht. Was für ein rücksichtslos bescheuerter Trick war das denn? Da stand in erhabenem Lackdruck A.s Name. VON STEINER.

Das war A.s Adresse. Die Phantomzeichnung, die A. mir von seiner Ehefrau gegeben hatte, deckte sich perfekt mit der Dame, die vor mir saß.

»Catherine Steiner. Adel hat sich doch erledigt, auch wenn Monarchie für dieses Land besser wäre.«

Gut, dachte ich. Dann spielen wir eben, wer zuerst lacht.

»Darf ich mir Ihre Unterlagen kopieren und Ihren Pass?«

Ich war Profi. Ohne eine Ausweiskopie, die in meinen Safe wanderte, ging hier niemand raus. In meinem Job arbeitet man nicht ohne Netz. Schließlich wollte ich in meinem Afterlife nicht die Ermittlungen der Polizei behindern.

»Oh, das sind bereits die Unterlagen für Sie. Danke, dass Sie annehmen«, sagte A.s Frau.

»Das war keine Zusage. Ich muss den Fall in Ruhe prüfen. Ich gebe Ihnen Ende der Woche Bescheid.«

Wir sahen uns in die Augen. Mimik für ein Knastfoto.

»Möchten Sie den Pass hiermit vergleichen?«

Sie hielt mir die Kopie auf Umweltpapier vor die Nase und ihren deutschen Pass.

Ich entdeckte nichts.

Auf dem Tisch lag der von ihr geführte Schriftverkehr mit Hoffer. Irgendetwas stimmte an der Sache nicht. Die Dissonanzen in der Stimmlage. Ihr Auftreten von Diva bis Baby. Ich konnte die Unstimmigkeit nicht lokalisieren. Möglicherweise war der »Auftrag« ein Vorwand, um mich kennenzulernen. Oder sie wusste alles, und es war ihr egal. Vielleicht ein Rachefeldzug. Ich blätterte durch die Papiere. Viele Worte.

»Mein Anwalt ist ein wenig zu korrekt, wissen Sie. Alter deutscher Adel. Langsam. Logisch. Immer mit Contenance. 600 Euro die Stunde. Ich glaube, die Gegenseite will mich total fertigmachen aus Rache, dass ich ihre Machenschaften durchschaut habe.«

»Welche Machenschaften?«

Sie stockte.

»Nun diese KG-Gründung. Dieser Prozess. Vielleicht bin ich nicht die Einzige. Das sind Kriminelle.«

»Vielleicht will man Sie zu einem Vergleich zwingen. Das ist übliche Zermürbungstaktik, und die Richter spielen mit. Vergleiche sind bequem und bringen die Arbeit vom Tisch. Ich sehe meine Rolle noch nicht in dem Projekt.«

»Nun ja. Freunde meinten, dass man mit den gleichen kriminellen Regeln spielen sollte.«

Ich spiele mit gar keinen Regeln. Das ist mein Trick. Aber soll sie mich meinetwegen für den Terminator halten. Das wird meine Rechnung in die Höhe treiben.

»Außerdem möchte ich meinen Kimono zurück, es ist ein Erbstück meiner Tante, einer Vanderbilt.«

Ihre Stimme klang trotzig wie die eines Kindes. Ich glaubte, mich verhört zu haben.

Erwartete sie von mir, dass ich ins Schlafzimmer stürme wie ein Spezialeinsatzkommando und ihren Kimono raushole? Jemanden umlegen für einen Bademantel, das nenne ich Liebe zum Detail. Offensichtlich gehörte Catherine Steiner zu den Auserwählten, für die ein alter Bademantel auf der gleichen Stufe wie Profit aus der Pharmaindustrie steht. Sie fügte hinzu, dass es sich bei dem Kimono um die Vorlage für eine Replika handelte, die Hoffers Ehefrau in einer in Afrika gegründeten Stiftung produzieren lassen und in Deutschland vermarkten wollte. Eine Stiftung, in der Frauen traditionelle Perlenarbeiten ausführen. Perlen in der Größe von Beluga-Kaviar. Sie fing an, in ihrer Tasche zu kramen.

Ein Vanderbilt-Kimono, der in Serie geht. Na ja, besser als klebrige Antiquitäten, kolonialer Schnickschnack oder dümmliche Masken ohne jeglichen Kontext. Ich hätte den Kimono für ein lupenreines Ablenkungsmanöver gehalten, wenn A.s Frau nicht ein Foto aus einem Echsen-Etui gezogen hätte. Sie hielt mir das Foto hin. Darauf ein ziemlich gutaussehender Mann in Uniform und eine exaltierte Lady in einem bestickten Kimono. Szene 1920.

»Sie hatte eine Liaison mit einem englischen Offizier aus dem Königshaus.«

Catherine Steiner sah mich bedeutsam an, als müsste ich über die gesamte royale Linie Bescheid wissen und dankbar sein, dass sie ihre Gegenwart mit mir teilt. Ich stand auf, um das Zeichen für Ende zu setzen.

»Ich melde mich bei Ihnen. Viele Grüße an Ihren Mann.«

Meine Grüße an ihren Mann schienen bei ihr rein gar nichts auszulösen. Sie packte das Ahnenfoto zurück in ihre

Prada-Tasche, kramte nach ihrem Autoschlüssel und erhob sich nun ebenfalls. Ihr kühles Lächeln rahmte blendend weiße Zähne ein. Ihre Sätze klangen jetzt akzentfrei und gestochen scharf.

»Mein Mann ist geschäftlich unterwegs. Er ist erst am Sonntagabend zurück.«

Warum sagte sie mir das?

An der Tür drehte sie sich plötzlich um, kam auf mich zu.

»Wie wäre es mit einem kleinen Business Dinner? My treat, of course.«

Anstand heißt, taugliche Ausreden vorzubringen. Mir fiel nichts ein. Mein Wille schlackerte haltlos herum. Ich nickte. Vielleicht bin ich unterzuckert, tröstete ich meine kaputte Psyche und schloss die Tür hinter mir ab.

Fünf Minuten später saß ich neben ihr in A.s Ferrari. Am Rückspiegel hing die Nummer 1, die ich ihm geschenkt hatte mit dem Hinweis, dass die natürliche Zahlenreihe unendlich ist. Mein Gehirn versuchte sich auf peinliche Fragen vorzubereiten. Meine Muskeln und mein Sprachzentrum konzentrierten sich auf den Ernstfall. Wie weit kommt man in einem sachlichen Tonfall mit Verneinung, ohne die Würde zu verlieren?

Catherine Steiner passte perfekt in diesen Wagen. Sie wirkte wie eine, die keine Sekunde zögert, deinen Wagen zu rammen, wenn du ihr die Parklücke wegnimmst. Ihren Mann erwähnte sie mit keinem Wort mehr. Stattdessen vertickte sie mir auf der kurzen Fahrt einen Abriss ihres Lebens. Es war eine Aneinanderreihung diverser Therapien, bevorzugt Familienaufstellungen und Unmengen berühmter Namen aus aller Welt.

Ich klebte am Sitz in einer Art Sparmodus, während sie

die Berichte von den Psychiater-Besuchen mit pseudowissenschaftlichen Details schmückte. Ob sie die Mutter für ihren Vater darstellte oder der Vater die Mutterrolle in der Familie übernommen hatte, könnte ich also nicht beschwören. Ich kam erst wieder zu mir, als sie von ihrem Bruder erzählte. Aber auch nur, weil sich durch ihre angehobene Stimme ein Fragezeichen ankündigte.

»Haben Sie Geschwister?«

»Vollwaise. Hab Glück gehabt.«

Sie sah mich irritiert an, konzentrierte sich aber gleich wieder auf den Verkehr, weil jemand hinter ihr hektisch hupte. Die Ampel hatte auf Grün geschaltet, die kleinste Verzögerung bringt Leute zum Ausrasten.

»Sie würden sich auf den ersten Blick in meinen Bruder verlieben. Oh, ich glaube, Sie würden sehr gut zusammenpassen. Sie müssten einfach damit leben, dass er überall seine Unterhosen herumliegen lässt. Außerdem raucht er eine Zigarette nach der anderen. Künstler eben. Mögen Sie Los Angeles?«

Ich murmelte irgendwas von zu viel Sonne, zu viel Earth Cafés, zu viel Hot-Yoga, zu viel Green Tea, zu viel Gurus, zu viel Kosmetik. Phrasen, die eine Unterhaltung simulierten.

Mein ganzer denkender Rest konzentrierte sich auf die Frage, was Catherine Steiner wirklich von mir wollte.

»Vermutlich würde sich mein Vater auch sofort in Sie verlieben. Er ist eine sehr starke Persönlichkeit. Die letzte Familienaufstellung, die ich gemacht habe, war erschütternd.«

Irgendwie versuchen diese Leute, in der Therapie endlich die private Tragödie zu finden. Sie haben nicht die 90 Prozent an Problemen, mit denen sich die Masse herumschlägt, aber die restlichen zehn Prozent scheinen schwer zu wiegen.

Diese Leute lechzen förmlich nach Leid und dessen Deutung. I feel bad and I am proud of it. Am Ende läuft es immer darauf hinaus, dass ein mickriges Ich nicht genug gekriegt hat. Die Krise bevorzugt die Armen, aber die Reichen leiden darunter. Ich sah sie von der Seite an. Ihre Haut hatte das Ebenmaß besserer Lebensumstände. Fein polierter Marmor. Der grundlose Stolz des Adels auf ich weiß nicht was. Der noble Abstand durch Manieren, immer bedacht auf Distinktion. Ich hatte nichts gegen Etikette. Etikette war das Grundgerüst, an dem man in der Gesellschaft turnen konnte. Umgang ohne Totschlag. Ich fragte mich, warum ich in den Wagen eingestiegen war. Dem Adel kann man bieten, was man will, man wird trotzdem nicht einer von ihnen. Sie drücken einen nicht an ihr Herz, sie interessieren sich für den Moment, in dem du ihnen von Nutzen bist. Die Suche nach Vorteil unterscheidet den Menschen nicht vom Tier, aber der Adel sucht manierlich. Oder war ich ihr gar sympathisch?

Catherine Steiner hörte nicht auf zu reden, bis wir in dem Hipster-Schuppen namens AURA die Speisekarten nahmen. Ich versuchte mich mit dem Gedanken zu trösten, mal was anderes als meine Zwei-Komponenten-Küche zu verspeisen, und bestellte mir einen Heroes Premium Burger. Die Beschreibung in der Menükarte versprach statt der üblichen normierten Frikadellen nahezu eine Fleischtorte. Als ich die sorgfältig dekorierten Miniportionen an den Nebentischen sah, orderte ich vorsichtshalber noch zweimal Fritten, hier Potato Strips mit Jamie-Mayonnaise, und begann die Weinkarte zu studieren, von der ich wusste, dass ich sie nicht raffen würde. Reiner Zeitgewinn mit gewichtigem Gesicht. Catherine Steiner beobachtete mich interessiert. Sie scannte meinen Körper. Ich fühlte mich wie beim Casting für eine zweifelhafte Show. Vorsichtshalber wählte ich einen Wein aus der mittleren Preisklasse.

»Sie wären total der Typ meines Vaters.«

An dieser Stelle hätten mir mehrere idiotische Kürzel zur Verfügung gestanden, aber ich wählte ein dämliches ACH SO, was ich sofort bereute. Ein knapp und abgehackt nach hinten offenes JA hätte es besser getan.

Glücklicherweise unterbrach der Kellner das Gespräch mit fünf verschiedenen Butterklumpen in abgestuften Pastelltönen, serviert mit diversen Brotstückchen. Möglicherweise fielen ihr noch andere Männer ein, deren Typ ich ihrer Meinung nach war. Ich traute ihr so ziemlich alles zu, eine explosive Unsicherheit machte sich in mir breit. Assoziationsketten von Frauen sind generell unübersichtlich. Nahegelegen wäre ein Sprung von ihrem Vater zu A. gewesen, aber sie redete von den vier Typen der Liebe und wie erfolgreich der Hammer der Typisierung für Dating-Börsen sei.

Ihr Monolog rauschte an mir vorbei. Ich dachte daran, was ich im Fragebogen von ElitePartner damals angekreuzt hatte. Unkonventionell. Daraufhin bekam ich prompt lauter Zuschriften von alten Männern, die den Trivialroman *Shades of Grey* wie eine Gebrauchsanleitung für ein Ikea-Regal gelesen hatten. Langweiler, deren Phantasie bei Sex auf dem Parkplatz endete. Männer, die devote Frauen suchten und mich fragten, ob ich geschockt wäre. Das letzte Mal war ich geschockt, als ich *Mein Kampf* gelesen hatte, schrieb ich zurück.

ElitePartner. Der Ingenieur war die Ausnahme.

Ich hatte mich letztes Jahr völlig betrunken angemeldet.

Der Ingenieur, der A. komplettierte. Der Ingenieur, der die Fehlzeiten ausglich. Der Mann, den der Computer ausgesucht hatte.

ElitePartner. DIE FORMEL FÜR IHR LIEBESGLÜCK. Ich war ElitePartner dankbar, dass sie das Thema Beziehung so hinreichend standardisiert hatten.

Das Ausfüllen des Fragebogens hatte bei mir für Heiterkeit gesorgt, wirkte wie ein Antidepressivum.

Genauer als Checklisten für Piloten.

Ich schrieb, dass ich keine Vorstellung von der Form der Eheschließung habe.

Ich schrieb, dass ich längere Spaziergänge hasse.

Ich schrieb, dass ich nur zwei Sorten Hunde akzeptiere.

Hunde, die um eine Schafherde herumrennen.

Hunde, die Verschüttete unter Lawinen retten.

Ich bestätigte vollkommen stoned die Premium-Mitgliedschaft.

Als ich am nächsten Tag wieder nüchtern war und zehn Sadomaso-E-Mails im Briefkasten hatte, antwortete ich nur den beiden Typen mit den höchsten Matching Points. Der eine war ein Gauner aus Nigeria, der mich nach drei romantischen E-Mails um finanzielle Unterstützung bat.

Der andere war der Ingenieur.

Wir kochten beide nicht. Wir rauchten beide nicht. Uns war es egal, was der andere gerade las. Und wir hatten beide angekreuzt:

ANSPRUCHSVOLL.

Wir gehörten zu den Typen, die sich nicht von Gemütlichkeit korrumpieren ließen. Daher nahm ich die Einladung zum Südpol an. Ich war neugierig, wie man zehn Tage für 40 000 Euro im Nichts verbringt. Einer der seltenen Orte ohne Frühstücksbuffet und Unterhaltungsprogramm. Jahreswende im ewigen Eis. Wir angekarrt im Russenflieger, auf dem Boden sitzend wie bei einem Militäreinsatz. Beheizte Klamotten. Pissen unter null, gelbe Skulpturen aus Eis am Arsch der Welt. Monotone Landschaft. Wir trotteten in einem gigantischen Tiefkühlfach herum. Die Nächte lagen wir vermauert in unserem Zelt. Ich konnte die Traurigkeit der Entdecker hören, behielt aber meine Tränen, denn sie würden nur die Brille verschmieren. In den Sternen war die Undurchführbarkeit eines gemeinsamen Lebens festgeschrieben. Wir lagen abgeriegelt in Hightech-Textilien und wärmten lediglich unsere Trinkwasservorräte.

Unser Schweigen legte sich wie Schnee über unterkühlte Hoffnungen. Der Glitter darauf war ungut.

Der Wind zerfaserte uns. Die zwei Wochen erschienen mir wie zwei Jahre in einem frisch geweißten Zimmer. Nur kälter. Wir nahmen unsere Kacke in kleinen Beuteln wieder mit und hielten schweigend durch bis Zürich.

Am Flughafen sind wir wortlos jeder in eine andere Richtung gegangen. Den Xellent hatte ich damals im Duty Free gefunden. Der sah so giftig emotional aus.

Die Schweiz ist am schönsten als Käse abgepackt im Supermarkt.

Möglicherweise hatte ich Catherines offensichtlichen Geltungsdrang verletzt. Sie fasste plötzlich meine Hand und sagte, dass ich ihr helfen müsse. Ich war erschüttert wie über jede affektive Bewegung. Zudem löste die Berührung unmittelbar die Erinnerung an A. aus.

Um die Wirkung ihrer emotionalen Geste zu unterstreichen, fing Catherine zu heulen an. Ich sah mich hilfesuchend nach dem Kellner um. Ein paar Sekunden pathetischen Überschwangs verkraftete ich mühelos, konnte ich überspielen, aber nach 30 Sekunden ziehe ich bei solchen Szenen die Reißleine. Bei Sekunde 40 stand ich auf, wie aus der Konfettikanone geschossen, entschuldigte mich und ging zur Toilette. Als ich zurückkam, saß Catherine mit exakt nachgezogenen Lippen am Tisch. Sie schien die Blicke der Männer zu genießen, die sie anstarrten.

Ich setzte mich. Sie sah mich an, als wenn sie eine Pressekonferenz zu geben hätte. Ihre Stimme hatte Schärfe.

»Wir sind zu viele, finden Sie nicht? Wenn Hitler, Stalin und Mao nicht gewesen wären, wären wir noch mehr.«

Dann machte sie sich an ihre transparenten Tuna-Scheiben. Vermutlich so ein Figur-Ding. Saubere elegante Kälte, die nichts dem Zufall überließ. Askese für persönliches Heil.

Ich sah mich im Restaurant um, hier waren wir definitiv nicht zu viele, die Preise auf der Speisekarte schafften die nötige Distanz. Mein Burger kam und die zwei winzigen Tütchen mit Pommes Frites plus Mayonnaise. Die zerknitterten Tüten entpuppten sich als Porzellan. Die Portionen schienen für Leute gedacht, die Hunger nur beim Interimsfasten kannten. Die Herren am Nebentisch tauschten abgelaufene Wahrheiten aus. Ich fragte mich, ob es eine gewisse Sättigung an Wissensaufnahme gibt und eine obere Altersgrenze, nach der nichts mehr kommt als eine Wiederaufbereitung angelernter und für hübsch befundener Erkenntnisse. Bis dass der Tod uns scheidet. Jedenfalls gaben die Herren sogenannte »Learnings« aus der Geschichte zum Besten, ihr Gespräch klang aber eher wie eine originalgetreue Wiedergabe des *Handelsblatts*. Die Glatzköpfe redeten darüber, wie man heute performen müsste, aber sie hatten weder die Figur noch das Gesicht dazu.

»Ich wünschte, ich wäre an Ihrer Stelle. Ich wünschte, wir könnten tauschen.«

Ich blieb cool und konterte mit der Frage, ob sie etwas abhaben wolle, ich schob ihr sogar die Pommes näher ran.

»Vergessen Sie es.«

Sie winkte ab.

Es gibt ja nichts Schlimmeres als Andeutungen. Meine Phantasie drehte am Rad, aber ich wollte auch keine Fragen stellen. Die Affäre mit A. lag wie ein prähistorischer Felsbrocken mit unklarer Bedeutung zwischen ihr und mir.

Wollte sie mich zu einem Geständnis bringen, ihren Mann betreffend, ohne eine Frage an mich zu richten? Wenn sie mich direkt nach einer Affäre mit ihrem Mann fragen würde, würde ich ihr alles erzählen. Fragt sie mich nicht, sage ich nichts. In Dialog treten heißt sein Niveau runterschrauben.

Sie sah mich ohne das geringste Zucken an. Die Ausdruckslosigkeit in ihrem Gesicht erinnerte mich an meine Mutter, als ich ihr sagte, dass ich schwanger sei.

»Hoffer & Bertling wollen 250 000 Euro von mir, einfach dafür, dass noch nichts passiert ist, einfach dafür, dass ich ausgestiegen bin. Was halten Sie davon, wenn ich Ihnen 10 000 gebe, in Cash versteht sich, und Sie schaffen mir diese Kriminellen vom Hals. To get someone off your hair. Ist das nicht interessant, wie sich unsere Völker unterscheiden?«

Sich jemanden vom Leib schaffen, belehrte sie mich, klingt bei uns so. Sie schob ihre Haare in eine andere Form. Sie sah mich an, als wolle sie mit mir flirten, aber ihre Augen blieben kalt.

»Wenn Sie wollen, 20 000.«

Offensichtlich hielt sie sich genau wie A. für großzügig. Mit sauberen Kleidern rumlaufen und mich zum Auftragsmord animieren, die hatte Nerven. Andererseits hatten alle meine Kunden die gleiche Stimmlage, wenn sie den Preis verhandeln. Immer die Reserve in petto. Sie wissen, was sie maximal bezahlen würden, aber sie fangen beim unangemessenen Preis an. Schäbige Preise. Unwürdig. Handel ist immer Duell. Du musst ziehen, darfst dem Gegner nicht deine Frontseite bieten und musst möglichst immer schneller sein. Wer einen starken Willen hat, darf es sich erlauben, ungerührt in das Gesicht des Mandanten zu sehen. Ihre Gesichter bedeuteten einem, dass man das Geld nicht wert sei für die Drecksarbeit, die man für sie macht. Sie halten sich für die Herrenklasse, sobald sie zahlen. Das muss man aushalten.

Mir war eine Verbindung mit Catherine Steiner schnuppe. Die meisten Verträge beruhen auf gegenseitiger Abneigung. Es ist ein Gerangel um den letzten Zug. In meinen Deals gab ich den Tarif durch. Ich nahm die Mappe mit den Vordrucken aus meinem Rucksack. Dann schob ich die Liste mit den Zahlen über den Tisch.

Mein Honorarsatz begann mit 500 Euro die Stunde und war in Spalten gegliedert. Excel. Entschädigung nach Aufwand. Excel war wie von Gott persönlich geschaffen, um die Welt zu verwalten. Alleine für die Recherchen benötigte ich schon 15 000, wie ich ihr erklärte, ich glitt mit dem dünnen Silberstift, den ich bei der Gesellschaft für Cerebrale Lähmung hatte mitgehen lassen, über das Papier, wie ein Arzt bei der Auswertung eines Röntgenbildes. Ich erklärte ihr, dass ein Anwalt gerichtlich vorgehen kann und die Kosten erstattet kriegt, ich aber auf eigenes Risiko arbeite. Das Risiko wuchs von Spalte zu Spalte und war fluide, mit einem festen Honorarsatz unvereinbar. Ich spekulierte ganz klar auf Absage, auch wenn ich ihr das Vollmachtsformular hinschob. Für meine Unterschrift war kein Platz vorgesehen. Ihren Platz markierte ich mit einem Kreuz.

Sie reagierte nicht. Stattdessen winkte sie den Kellner herbei. Die Rechnung befand sich in einer gefalteten Karte aus Goldfolie, auf der Messer und Gabel ausgeschnitten waren. Astronomische Preise, Mehrwertsteuer, Danke für den Besuch. Hoffnung auf baldiges Wiedersehen. Besuchen Sie uns im Internet.

Als sie den Kreditkartenbeleg unterschrieb, unterschrieb sie auch beiläufig das Mandat. Sie gab dem Kellner den Beleg und mir das Formular, mit süffisantem Lächeln in die goldene Faltkarte mit dem Scherenschnitt gepackt. In Erwartung einer Dienstleistung.

Witz verstanden.

Ich saß wie angewurzelt da. Es war keineswegs ihre arrogante Art, die mich versteinerte, es war eher, dass sie meine Vorbehaltsklausel übersehen hatte. Sie hatte unterschrieben ohne eine Zeile gelesen zu haben. Wenn sie die KG-Verträge so unterschrieben hat, kann ja einiges auf mich zukommen, dachte ich. Auch die Möglichkeit einer fristlosen Kündigung meinerseits zu jedem Zeitpunkt hatte sie somit noch nicht gesehen. Ich würde sie so exakt wie dieser Scherenschnitt aus meinem Leben schneiden, wenn das Konzept für mich nicht mehr stimmt. Vielleicht denkt man das immer, bevor sich die Ereignisse wie ein Schleppnetz um einen legen. Ich steckte das Mandat mit der goldenen Hülle in meinen Rucksack und gab ihr die Durchschrift. Sie sah mich mit obszöner Offenheit an und nahm lasziv das Blatt.

»Alle wollen das Ende hinausschieben, dabei kann gerade das Ende recht heilsam sein, nicht wahr?«

Ich reagierte nicht. Keine Ahnung, woher sie ihre Weisheiten bezog, vielleicht aus Glückskeksen in Bioqualität.

Catherine Steiner servierte einen knappen Abschied mit

der als Kommando formulierten Bitte um baldige Ergebnisse, ließ den Kellner ein Taxi für mich rufen und verschwand. Ich akzeptierte dieses Verhalten. Für mich war sie ein zahlender Kunde, und für sie war ich wahrscheinlich auf derselben Stufe wie ein Getränkeautomat. Geld rein, Produkt raus.

Ich gab dem Taxifahrer einen Zehner und lief zurück ins Büro. Nachdem ich die Akten überflogen hatte, checkte ich die Kanzlei Hoffer & Bertling im Netz. Die Webseite mutete an wie ein esoterisches Wellnessprogramm. Sanft. Anwalt Hoffer und sein Partner Bertling sahen aus wie anonyme Alkoholiker. Aufgedunsen. Grau mit einem Akzent in Beige. Ich streunte durch verschiedene Presseartikel, die Hoffers Attacken im Pharma-Prozess als »Mixtur aus Halbwahrheiten« beschrieben. Der Fakt, dass eine winzige Kanzlei derart große Prozesse begleitet, machte mich stutzig.

Ich fuhr mit dem Fahrrad zu dem Anwaltsbüro und setzte mich in eine Bar gegenüber. Ich wollte mir erst mal einen Überblick beschaffen. Jeder Anfang ist wie eine Meditation. Man schnallt nichts und versucht, normal zu atmen. In der Bar war es ruhig.

Gegen 17 Uhr hielt ein Saab Cabriolet vor der Tür, und eine hagere Frau stieg aus. Die Frau erinnerte an den Papst. Dieser Eindruck musste von dem japanischen Designerlook herrühren. Schwarz. Die Pleats ihrer übergroßen Handtasche wirkten wie die Schalen eines Panzertiers. An ihr war Asymmetrie bis zur Schmerzgrenze, Asymmetrie, die vor nichts haltmacht. Sie ging in die Kanzlei und kam mit einem Mann um die 50 wieder heraus. Das musste Anwalt Hoffer sein. Ihm zur Seite ein dicklicher Jüngling mit einer teuren Nikon um den Hals. Die Frau redete auf den Jungen ein, ihre Kiefer zermalmten dabei die Sprache mit ausladenden Bewegungen von Ohr zu

Ohr. Das Zellwachstum hatte bei dem Teenager eine zusammenhangslose Masse ergeben, die in teuren Sneakers endete. Hoffer sah in der Realität verranzt und infarktgefährdet aus. Sein Hemd stand am Hosenbund offen und machte die billige Erscheinung noch abartiger. Die obszöne Farbgebung des hellen Anzugs, beige bis pipigelb, passte zum 50er-Jahre-Bau der Kanzlei im Hintergrund. Anwalt Hoffer parkte mit quietschender Kupplung aus, und sie fuhren ab. Hinter mir faltete ein Mann geräuschvoll seine Zeitung zusammen. *Neue Zürcher Zeitung* in einer deutschen Hipster-Bar. Vielleicht war ich in ein Zeitloch geraten. Auf jeden Fall war ich immer noch in den Beerdigungsklamotten und hatte Lust, den Tag zu beenden. Ich zahlte den White Russian und machte mich auf.

    Die Dunkelheit fiel über mich wie eine alte Wolldecke. Ich schaltete in einen höheren Gang, denn es sah verdammt nach Regen aus. Vor dem Eingang zu meinem Loft hatte die Werbeagentur aus Haus zwei darauf bestanden, die Mülltonnen in abschließbaren Betonkästen zu verstecken. Die Mülltonnen haben hierzulande bessere Unterkünfte als die Penner.

    Die Abfallbehausung hatte sogar eine Art Vorgarten mit kleinem Zaun, der Hunde abhalten sollte, in die farblich gemixten Gewächse zu kacken. Die zwei Betonkästen sahen wie minimalistische Grabstätten aus. Arschkaltes Pathos. Ich nannte sie Hitler und Mussolini. Am vorderen Kasten stand ein Mädchen und rauchte. Als ich näher kam, schnippte sie die Zigarette weg und steuerte direkt auf mich zu. Ich zog meine Schlüssel aus dem Rucksack, die Sensoren am Hauseingang schalteten die automatische Beleuchtung an. Ich sah jetzt, dass sie orientalische Gesichtszüge hatte und dunkle Locken. Je näher sie kam, desto besser erkannte ich, dass nur der schwungvolle Lidstrich ihr das arabische Aussehen verlieh.

Ihr enges schwarzes Minikleid zierte das monströse weiße Logo von Moschino, vertikal vom Ausschnitt bis zum Saum, der knapp ihren Po bedeckte. Darüber trug sie eine kurze Leopardenjacke aus Nylon, ihre nackten Beine steckten in einer Art Armeestiefel. An ihrem Look interessierte mich nur ein Detail.

Die moosgrüne Umhängetasche aus Baby Seal mit dem mit silbernem Strass besetzten Verschluss in Form eines Tigers, die meiner Mutter gehört hatte. Die Tasche war von 1920, hatte ein puderfarbenes Innenleder und stammte aus dem Besitz von Madame Rothschild, wie die Besitzerin des Antiquitätenladens in Paris damals glaubhaft mit einem Foto belegt hatte. Das Foto von Madame mit Tasche hatte meine Mutter überzeugt.

»Hi. Ich bin Luna.«

Ein Tag für die Mülltonne, mir fiel nichts mehr ein. Ich versuchte lediglich, nicht so penetrant auf die grüne Tasche zu starren.

»Du bist Sonja, richtig?«

Sie hielt inne und sah mich forschend an.

Ich kramte in meinem Gehirn herum, aber konnte mich beim besten Willen nicht an sie erinnern. Von meinem Klingelschild konnte sie meinen Namen nicht kennen, da stand nur ERSTER STOCK.

Irgendwie musste ich sie wohl mit meinem Pokergesicht verunsichert haben, denn sie holte sich aus der grünen Felltasche eine neue Zigarette, zündete sie an und sog hastig den Rauch ein. Jetzt entdeckte ich auch einen verschrammelten Rimowa-Koffer auf Rollen, der umgekippt im Gesträuch lag.

Das Mädchen nahm ihren Koffer aus dem Gebüsch, und ich sah beim Bücken ihren ansehnlichen Hintern, den ein roter String-Tanga appetitlich teilte. Sie kam wieder hoch, zog sich das Kleid zurecht und lächelte mich schelmisch an, in der Hand immer noch die Zigarette, sich mit der Zungenspitze die obere Lippe ableckend, wie ein kleines Mädchen.

»Senta hat mir deine Nummer und die Adresse gegeben. Hat sie dir nichts von mir erzählt?«

»Wenn sie ihr Handy mitgenommen hätte, vielleicht«, murmelte ich.

»Wo ist sie hingefahren?«

»Ein Stockwerk tiefer. Sie ist tot.«

Das Mädchen sah mich entsetzt an. Sie hielt beide Hände vor den Mund. Der aufkommende Gewitterwind blies ihr den Rauch in die Augen. Wir sahen uns an. Meine Ruhe basierte ausschließlich auf einem sehr niedrigen Energielevel. Ich fand keinerlei Erklärungen für das sonderbare Verhalten der Person neben dem Rollkoffer. Sie schmiss die Zigarette in den Vorgarten, griff sich in die Haare, setzte sich auf ihren Koffer und schüttelte einfach den Kopf. Sie saß da und schüttelte den Kopf. Im Zehn-Sekunden-Takt hörte ich sie ausatmen. Ich konnte mit der Situation nichts anfangen, ich wollte ins Bett, hatte aber zugleich das Gefühl, keine passende Auflösung zu finden. Ich klebte an der Szene, je unheimlicher mir das Ganze wurde, besonders als ich sah, wie ihre Tränen liefen.

»Wann ist das passiert?«

»Vor sechs Wochen. Sekundentod.«

Die Unbekannte mit der Handtasche meiner Mutter erzählte, dass sie in den letzten Wochen in der Mongolei und in China mit einem Stiftungsstipendium unterwegs gewesen war. Sie habe sich gewundert, dass all ihre Anrufe unbeantwortet blieben. Sie erzählte mir, dass sie eigentlich einen Freund in der Stadt hätte, ihn aber nicht erreichen könne, und dass sie vor zwei Stunden erst gelandet wäre. Ihre Worte flogen mir links und rechts an den Ohren vorbei, meine Müdigkeit blockte die Zusammensetzung zu einer verständlichen Erzählung. Ich wollte ins Bett. Eine Bewirtung auf Empfehlung von Toten sah ich unter diesen Umständen als grundlos an.

Sie saß noch immer auf ihrem Koffer. Sie schien völlig ratlos, durcheinander. Eine unhaltbare Situation. In knappen Sätzen schilderte ich ihr die vom Verbraucherschutz empfohlene Bestattung in der wasserlöslichen Urne zu See, die poetischer war als die nachträgliche Bestätigung der Identität, weil meine Mutter lediglich ihre Kundenkarte von Douglas bei sich trug, als sie aus der Umkleidekabine bei Chanel nicht mehr herauskam. Ich hatte mich an ihren Wunsch einer naturnahen Bestattung gehalten, die bei Ruhe Konkret günstiger war als bei Bestattung Feyerabend.

Ich hörte mich selbst wie von einer Tonbandaufnahme. Diese Stimme klang scharf. Die Leute hielten Abstand dieser Stimme wegen, die keine Emotion vertonte.

Sie sah mich hilfesuchend an. Ihr Gesicht wirkte jünger als vorhin. Ein verlassenes Kind, das bei mir nach einer Antwort sucht.

»Wo hast du meine Mutter kennengelernt?«

»Auf der Kunstakademie.«

Das war so ziemlich das Unwahrscheinlichste, was ich erwartet hatte. Und es weckte mich auf.

Dieses Luna-Ding erzählte, dass sie in München auf der Kunstakademie studiert und meine Mutter Arbeiten von ihr gekauft hätte. Ein Umstand, der mich fast zum Lachen brachte. Ich hatte bei meiner Mutter nie eine Leidenschaft für Kunst bemerkt. Ich muss wohl derart misstrauisch ausgesehen haben, dass die Fremde ihr Mobiltelefon aus der Tasche zog und mir das Foto eines Ölporträts meiner Mutter zeigte, das sie angeblich gemalt hatte. Das war meine Mutter. Es war, als würde sie weggehen und sich ein letztes Mal zum Betrachter umdrehen. Düster und von energischer Dynamik. In ihrem Chinchilla-Mantel, den sie mir andrehen wollte. Der Pelz war verdammt gut getroffen. Ein Porträt in Öl – das passte zu ihr. Manchmal denke ich, dass ihr verfrühter Tod auf den Umstand zurückging, nicht dem Verfall ihrer Schönheit zusehen zu müssen. Ich stand mit dem fremden Handy in der Hand da. Meine Mutter und ich schauten uns an, wie wir es im wirklichen Leben getan hatten, immer im Weggehen.

Luna redete von ihr. Die Erzählung klang nicht, als redete sie von einem Künstlermäzen. Es klang, als spräche sie über eine Freundin, über einen warmherzigen Menschen, über Familie. Familie, ein Wort, das ich nur im Zusammenhang mit der Mafia verwende. Der Zerfall der bürgerlichen Familie in der Moderne wird von mir als positiv bewertet. Wir verstreuen uns auf dieser Welt, und das ist gut so. Folglich hatte ich ungerührt zur Kenntnis genommen, dass sich meine Mutter nach meinem Auszug konstant temporäre Ersatzfamilien suchte. Temporär deshalb, weil diese Substitute nie lange hielten. Familie galt bei ihr nur, wenn sie das Oberhaupt war. Das Verfallsdatum sogenannter Seelenverwandtschaften richtete sich ganz nach der Kompetenz, die schönen Seiten glänzen zu lassen. Die Ermüdung setzte schnell ein, wenn die unterbelichteten Seiten zum Vorschein kamen. Sobald eine echte Bindung auftrat, machte sie Schluss. Ganz allgemein lernte sie schnell Leute kennen, hob sie in den Himmel und ließ sie in die Hölle fallen, wenn sie sich als stinknormale Menschen entpuppten. Verdammung und Heiligsprechung, dazwischen gab es nichts. Dieses Mädchen hatte es offenbar in ihr Herz geschafft. Ein Stadium, das ich nie erreicht hatte.

Dieser Gedanke löste eine regelrechte Blockade aus. Es war mir nicht möglich, weitere Fragen vor der Haustür zu stellen. Außerdem regnete es jetzt wirklich. Ich schloss die Tür auf. Luna folgte mir. Sie hörte nicht auf, über meine Mutter zu reden, und ich hörte kaum zu, wie ich überhaupt gelegentlich keine Lust auf Details habe, besonders nicht, wenn ich müde bin. Da drüben war das Motel One, ich hätte ihr das Hotel empfehlen können. Motel One hat ein durchdachtes Konzept, aber ich bat sie herein. Erst mal den Wodka aufräumen lassen. A. wie immer auf meiner Mailbox mit immer gleich verpackter Sehnsucht. Kleine Witzchen, die traurige Zustände vermuten ließen. Ich ging zum Kühlschrank und mixte uns zwei Drinks. Moscow Mule. Die Gurke war glücklicherweise nur an einer Seite verschimmelt. Der Drink wandelte Energieverlust in Entspannung um.

Luna ging ins Bad. Ich sah mir ihre Stiefel und die Jacke an. Die Stiefel waren der Bekleidung von Fallschirmjägern nachempfunden. Die gelbe Aufschrift Christian Dior Paris bewies allerdings, dass sie nicht für den Sprung aus einem Flugzeug gedacht waren. Meine Mutter und sie. Eine irre Konstellation. Während sie an den Mülltonnen mit der Zigarette im Mund irgendwie verrucht aussah, kam sie jetzt aus dem Bad wie ein kleines Kätzchen. Ein Kätzchen, das in allen Ecken eines China-Ladens herumgewühlt hatte, denn sie roch nach Fischsauce und Pappkarton mit einem Rest von abgeknalltem Feuerwerk.

Ich beschloss, meiner Mutter einen letzten Gefallen zu erweisen und Luna bei mir schlafen zu lassen. Ich stand auf und legte ihr Bettwäsche und ein Badehandtuch hin. Sie sah mich glücklich an, sie hatte die Einladung verstanden. Sie ging erneut ins Bad und kam, nur mit dem Badetuch bekleidet, wieder heraus. Ihr Geruch war immer noch fremd. Sie setzte sich auf mein Sofa, als gehörte sie hierher, und sprach über meine Mutter, als wären wir eine Familie. Sie habe sogar eine Zeitlang bei ihr gewohnt, nachdem sie sich von ihrem Professor getrennt hatte.

»Natürlich war die Affäre top secret. Ich brauchte eine Pause. Hirschheimer ist VIP. Senta hatte das verstanden. Dann bin ich nach China, und er ist jetzt hier.«

Ich versuchte, ihr Gesicht zu lesen und herauszukriegen, was meine Mutter dazu gebracht hatte, unbekannte Seiten wie Fürsorge ans Tageslicht zu bringen. Der Fakt, dass meine Mutter viel von mir erzählte, wenn ich nicht anwesend war, überraschte mich nicht. Während sie mir gegenüber zunehmend Verachtung an den Tag legte, lobte sie mich bei Fremden in einem Maße, dem ich nicht entsprach und niemals gerecht werden konnte. Es waren phantastische Berichte über mein Leben, von dem sie nicht den blassesten Schimmer hatte, Lobreden, wie intelligent ich sei, Resultate ihrer Erziehung, wie sie ihrem Zuhörer auf subtile Weise beibrachte, und immer wieder Berichte über meine akademische Karriere, die ich nie gestartet hatte, weswegen ich aber ihrer Meinung nach so wenig Zeit hätte. Diese Erzählungen schmückte sie mit Details aus, die einer überdurchschnittlichen Phantasie entsprachen. Luna berichtete mir sogar, dass die Villa meiner Mutter voll von Fotos von mir gewesen sei, was ich nicht gesehen hatte, weil ich in den letzten Jahren von Besuchen abgesehen hatte. Ich fühlte mich einen Augenblick lang richtig schlecht. Mir rauschte kurzfristig der Gedanke durch den Kopf, ob sie mit der ihr eigenen Willensanstrengung ihren frühen Tod selbst herbeigeführt hatte. Als Luna erwähnte, dass sie im Heim aufgewachsen sei, glaubte ich für einen Moment, eine Erklärung gefunden zu haben. Meine Mutter liebte die Retter-Rolle, besonders, wenn sie darüber reden durfte. Luna begann ihre Ausstellung im hiesigen Kunstverein zu erörtern. Das Gequatsche über Kunst ging mir auf die Nerven. Künstler waren für mich Typen auf Hartz-IV, die der Welt nichts zu bieten hatten als ihre Krisen und Ängste. Hörte sich immer gleich an, aber wenigstens sah Luna ganz gut aus dabei. Und wie sich herausstellen sollte, war sie recht erfolgreich im Verkauf ihrer Werke.

Sie schilderte, wie sie vor ihrer Studienreise den Clubbesitzer und Immobilienhai Tom Chang auf Capri kennengelernt hatte. Chang kannte hier jeder. Ich selbst hatte einen Mietrückstand für ihn erledigt. Chang verband die untere Welt mit der oberen, hielt sich aber nicht länger als einen Satz lang in jeder Szene auf. Chang betrachtete seine Umwelt mit freundlicher Ablehnung und Geschäftskontakte mit höflicher Distanziertheit. Was sein Verhältnis zu Alkohol betraf, waren nur Mormonen strikter. Das war also Changs neue Freundin. Es verblüffte mich nicht, Chang stand auf ehrgeizige Exotik. Obwohl Luna ihn auf dieser grandiosen Silvesterparty kennengelernt hatte, erzählte sie weiter von ihrem Professor.

»Ich habe Talent, weißt du. Hirschheimer hat die Ausstellung im Kunstverein vorgeschlagen, er will die Kontrolle behalten. Für ihn bin ich der Federbusch am Hütchen. Diese Ausstellung ändert alles. Das wird das Tor zur Welt der Anerkennung, zur internationalen Kunstszene. Er stellt sich selbst dabei groß raus. Die Meisterschülerin von Hirschheimer. Ich weiß, wie er tickt. Capri war für ihn die Gelegenheit, meine

Gefühle zurückzugewinnen, die er in meiner Abwesenheit alleine reproduziert.«

Sie lachte.

Alles habe mit einem harmlosen Spaß in der Villa auf dem Berg begonnen, von wo man auf die berühmten Felsen sehen konnte und wo sich die deutsche Schickeria wechselseitig beneidete. Dort oben wurde Bedeutung generiert. Der berühmte Sammler, so Luna, hatte Chang eingeladen, damit die Drogen nicht ausgingen, und bespaßte seine Freunde mit jungen Künstlern aus der Klasse Hirschheimer.

Professor Hirschheimer war persönlich angereist, um sich nach der Installation seines Triptychons volllaufen zu lassen und Kommentare zur zeitgenössischen Kunst abzugeben, Texte, in denen er die Hauptrolle spielte, flankiert zur Rechten von seinem Assistenten, der sich im Nazi-Outfit in Hirschheimers Saufbirne schleimte, und zur Linken von einer bauchfreien Studentin mit Piercing, die ihn verliebt ansah und ab und an das Wort Kontext fallen ließ. Die wollte meine Position ablösen, so Luna. Sie lachte. Manche müssen darum kämpfen, das nächste Opfer zu werden.

Der Sammler führte laut Luna seinen Freunden vor, wie deprimierend es ist, wenn man den Künstler nicht wie er duzen darf. Keine Segeljacht, kein Ferrari konnte die sittliche Würde seiner hochgestellten Freunde so erniedrigen wie ein Abendessen mit einem anwesenden berühmten Künstler. Bereits während der Vorspeise hatte der Gastgeber den Rest der High Society durch sein Gequatsche über Kunst auf ihren ontologischen Tiefpunkt gebracht. Das frisch erhängte Hirschheimer-Werk beschämte die Anwesenden mit seinem Preis mehr als Jesus Christus. Es lachte über dem Esstisch prächtig und farbenfroh auf alle herab. Gab es eine reinere Form von

Hohn? Der Sammler kehrte die Partygäste zu Dreck zusammen mit dem knappen Kommentar »Eine schöne Arbeit«. Er wendete den Slogan auf alle Werke in seiner Villa an. Eine schöne Arbeit passte immer, wenn man dem Werk nichts als ein Portemonnaie und ein dummes Gesicht bieten konnte. Dieser Slogan war die Erlösung für das Publikum. So fühlte sich Erfolg an. Und ich wollte dazugehören, sagte Luna.

Luna erzählte, wie sie den Gästen eine Performance bot. Anchors away, my boys. Irgendwas mit Penthesilea. Eine Stelle weniger, wo ein Mann bestimmen wollte, sagte sie. Die friedliebende Frau ist ein Mythos, sagte sie. Von Jetlag war bei ihr keine Spur. Ich driftete ab und hörte erst wieder richtig zu, als Luna mit Tom Chang im Bett endete. Der Sammler wäre eifersüchtig gewesen. Und der Hirschheimer auch. Auf dem Weg zum anderen kann es nun mal Tote geben, sagte sie. Nur Vollidioten faseln vom Mord als Tabu. Ich gähnte. Die Stimme der Fremden wurde plötzlich energisch.

»Die Frau Kuratorin ist auf mich abgefahren, ich bin gut, verstehst du. Das hat nichts mit Hirschheimer zu tun. Aber eine Geschichte, in der er nicht vorkommt, ist keine Geschichte. Seine Grandiosität ist unantastbar.«

Ich wusste nicht, warum sie mir das alles erzählte.

»Hirschheimer sagt, dass ich zerfleische, was ich liebe. Er will die Sonne sein, um die ich kreise.«

Sie hörte nicht auf zu quatschen.

»Hass hat nichts mit Besitzverlust zu tun, sondern mit einem verstörten Selbstkonzept.«

Ich bereute, sie mit nach oben genommen zu haben.

»Er hat sich in mich gestürzt, und ich habe ihn geschrottet.«

Ich hatte Aussetzer vor Müdigkeit und hielt die Personen nicht auseinander.

»Ich zerschrotte alles.«

Sie lachte, während sie das sagte.

»Hirschheimer schuldet mir noch was. Kunstverein reicht mir nicht. Museum wäre besser.«

Ihr Lächeln war das eines unschuldigen Kindes. Ein gemeines Lächeln. Das Interesse für Hirschheimer ging bei mir in einer steil abfallenden Kurve gegen null. Meinetwegen sollte Christies seine Fürze als Skulpturen handeln.

»Ich habe mir alles selbst zu verdanken. Es sind meine Ideen, mein Talent. Hirschheimer sagt, dass ich ohne ihn nicht lebensfähig bin. Mein Konzept sieht anders aus.«

Sie wirkte wie eine Geschäftsfrau, wenn sie von der Ausstellung sprach. Ihre Energie riss mit. Meine Mutter muss in einen Jungbrunnen gefallen sein, anders konnte ich mir die seltsame Kombination nicht vorstellen. Ich tauchte ein. Es war unmöglich, sich Luna zu entziehen, wie ich in den Wochen nach diesem Abend feststellen sollte. Ich mochte ihre manische Art, die der einer Opernsängerin in der Schlüsselszene glich. Sie brachte es fertig, Gemeinheiten mit kindlichen Kulleraugen loszulassen und, wie ich später bemerkte, dieselben großen Augen mit Schmollmündchen zu verzieren, wenn sie etwas wollte. Ihr Mund war die Kirsche auf der Torte. Im Kreis der Begierde sind die Ausgänge nicht bezeichnet. Sie machte Lust auf Ewigkeit. Ein konzentriertes Raubtier auf Jagd. Die sauber erlegten Tiere waren makellos, wenn sie reglos vor ihr auf dem Boden lagen. Eine Könnerin, die ihr Handwerk verstand. Eine hedonistische Manier, sich an dem zu bedienen, was es gab, und die Reste hinzuwerfen, wo man gerade stand, um unbeschwert weitergehen zu können. Keine Angst vor der Zukunft, keine Bedenken, kein schlechtes Gewissen, keine Skrupel, gleichgültig gegenüber dem Schrecken, kein bigottes Verstecken egozentrischer Sehnsüchte. Luna lebte ein selbstherrliches Ich, das weder anderen vorschrieb, wie sie sein sollten, noch selbst Vorschriften akzeptierte. Sie war die Antithese zu jenen Frauen, die ihren Männern Marmeladen kochen, in denen so viel Selbstverleugnung steckt, dass einem vom Anblick übel wird. Sie war eine Barbarin. Ich fühlte mich gut an ihrer Seite.

    Und so ergab es sich ganz natürlich, dass wir viel Zeit in den kommenden Wochen miteinander verbringen sollten. Sie erzählte von Chang und dem Nachtleben auf Drogen, ich von meinem Job. Sie liebte die Geschichten aus dem Inkassobüro. Im Gegenzug hörte ich mir ihre erfundenen Biografien für Preisgelder an und die humorlosen Visionen ihrer Künstlerkollegen, die von solidarischer Landwirtschaft oder Eigenversorgung träumten und innerlich auf den großen Durchbruch in die Metropolen hofften, der ihnen das Ghetto der Reichen bescheren sollte. Luna war die Stichwortgeberin des Teufels. Ihre Einwürfe sprengten den gestatteten Rahmen. Ihr Schwachmaten werdet mit euren Problemen nicht fertig, deswegen bleibt euch nichts anderes übrig, als die Toten zu beschuldigen. Stop psychoanalysing, start working! Gott gibt es nicht mehr, aber dafür Satelliten. Es war falsch zu glauben, sie sei eine offene Person. Den letzten Rest behielt sie für sich. Und dieser Platz war dunkel. Ich dachte nicht darüber nach. Man muss nicht nach dem Dreck suchen, wenn etwas schimmert. Luna überstrahlte alles. Ihr Sexappeal war von heller Unbekümmertheit und zog nicht nur Männer in ihren Bann. Ihre Weiblichkeit lebte sie so aus, wie vielleicht nur noch Transsexuelle es heute tun. Blümchenkleider, Tand, manchmal Domina-Look, dann wieder das kleine Schwarze und gigantisch hohe Schuhe. Luna machte splitternackt eine Rolle vorwärts auf meinem Boden mit dem Ruf, sieh her, ich mach mal eine Frauenrolle, sie ließ die Toilettentür sperrangelweit offen, verwüstete die Küche und bestand darauf, dass ich ihr die Schokolade vom Mund abbiss, wenn sie mit mir teilte. Und ich? Ich legte ihr romantische Texte hin, wenn ich den Schlüssel versteckte oder sie bat, den Kühlschrank nicht offen stehen zu lassen. Alle ohne Fragezeichen. Alle verliebt in sie. Alle, um eine Eintrittskarte in ihre Welt zu ergattern. Happy Hour. In Bunkern lass uns flunkern, in die Gläser reisen, unsere Worte Waisen elternloser Träume, Prost, schrieb sie mir.

Wenn ich nicht die wäre, die ich bin, sagte sie, könnte ich bei Subway als Sandwich Artist anfangen.

Ganz im Gegensatz zu mir hatte sie eine Vorliebe für superteure Designerkleidung. Ich schenkte ihr meinen ganzen Markenkram, und Chang erledigte den Rest. Sie war hinreißend, wenn sie sich bedankte. Ihr sinnlicher Mund, die dunklen Augen mit dem übertriebenen Lidstrich, ihre hochgesteckten dicken schwarzen Haare, unter der Bomberjacke die Haut einer Marmorstatue, alles an ihr machte süchtig.

Am Morgen nach unserer ersten Begegnung verschwand sie und holte am Abend ihren Rimowa-Koffer ab. Ich bin bei Chang, sagte sie und sah mich lange an. Dieser Moment hinterließ einen seltsamen Schmerz bei mir, etwas, was ich nicht deuten konnte, ein Gefühl, das sich erst besserte, als ich wusste, dass ich sie öfter sehen würde.

Schon nach zwei Tagen bekam ich eine Nachricht von ihr, ob sie noch mal bei mir übernachten dürfte. Ich verdankte diesen Umstand einem Streit mit Chang. So dachte ich jedenfalls, als ich noch nichts von ihrer Escort-Tätigkeit wusste, von ihrem Verhältnis zu Hirschheimer, dass sie sich bezahlen ließ.

Ihre Beziehung zu Chang schien mir wie eine konstante Bruchnummer, die bei jedem Wiedersehen exzessive Höhepunkte feierte und dann abstürzte. Laut Luna zerlegten sie sich regelmäßig in ihre Grundsubstanzen. In Beziehungen herrscht Feinarbeit. Wenn alle Möglichkeiten, den anderen zu zertrümmern, erschöpft waren, zog Luna zu mir. Ich habe ihr nach drei Wochen einen Hausschlüssel gegeben, es war ein Reflex. Wenn sie bei mir wohnte und abends verschwand, um am frühen Morgen in mein Loft zurückzukehren, stellte ich keine Fragen. Ich mochte sie bei mir, obwohl ich mit der Zeit glaubte, dass alles, was sie tat, oder wen sie traf, nur dazu da war, um in ein Kunstwerk mit einem guten Preis verrührt zu werden. Ich hielt mich für die Ausnahme. Chang finanzierte ihr ein Studio, wohin sie mich nie einlud. Ihre Werke zeigte sie selten, wenn überhaupt widerwillig auf ihrem Smartphone. In ihren kargen Erzählungen wurden ihr die Werke aus den Händen gerissen. Chang und ich stellten keine Fragen.

Was hätte ich getan, wenn ich an jenem Abend, als Luna zu mir kam, die Ereignisse hätte voraussehen können? Vermutlich auch nichts anderes, als ihr das Gästezimmer zu zeigen und den Wodka mit ans Bett zu nehmen. Der Wodka verpackte alles, was geschehen war, in handliche Päckchen für den problemlosen Transport.

Meine Ode an die Schöpfung war Saufen bis zum Filmriss.

Immer wenn ich aufstand, war Luna schon verschwunden.

Am Tag nach Lunas Ankunft fuhr ich zu Lucky, um an dem Steiner-Job zu basteln. Lucky kannte nur IP-Adressen. Lucky war ein Eremit in buddhistischer Versunkenheit vor seinem Monitor. Ein Heiliger, der nichts weiter brauchte als von Zeit zu Zeit einen Früchteriegel. Im Internat hatten wir Nacht für Nacht StarCraft gespielt und Drogen aller Art probiert. Lucky war nicht deswegen geflogen, er war geflogen, weil er die Drucker umprogrammiert und Accounts der Schulleitung gehackt hatte. Gewisse Daten brachten uns diverse Vorteile, mochten sie auch noch so langweilig gewesen sein. Wir teilten das Desinteresse an Geld und der damit entstandenen Freiheit. Wir mussten keine Masken aufsetzen. Unsere Eltern bezahlten, weil sie Ruhe vor uns haben wollten.

Er und seine Freundin Helena wohnen seit drei Jahren nicht weit von mir entfernt. Mehr Soziales brauche ich nicht. Vielleicht noch ab und zu ein Gespräch im Bordbistro mit dem Vorteil, dass man die Leute nicht wiedersehen muss. Und A. für biologische Bedürfnisse. Nur Luna schob sich unmerklich dazwischen.

Luckys Freundin Helena war mitten im Staatsexamen, und ich flehte sie an, sich für das Referendariat bei der Kanzlei Hoffer & Bertling zu bewerben. Das war mein Plan, um an Passwörter zu kommen. Ich erklärte Helena grobkörnig die Sachlage und bat sie, sich für mich in der Kanzlei umzusehen und nebenbei Passwörter einzusammeln. Ich legte ihr 4 000 Euro in bar auf den Küchentisch. Sie sah mich misstrauisch an, wie sie überhaupt grundsätzlich misstrauisch mir gegenüber war. Ich überzeugte sie schließlich mit der moralischen Verwerflichkeit der Kanzlei.

Helena war der Typ, der überall ankam. Ein vertrauenerweckender sanfter Typ, Nixenaugen, die Figur einer Tänzerin, stilsicheres Auftreten, kombiniert mit der Gabe, dem größten Deppen bewundernd zuzuhören. Eigentlich erwartete man von so einem Typ Frau, dass sie einen Kollegen heiratet, mit dem Job aufhört und irgendwann zu töpfern anfängt. Aber Helena liebte Lucky, schützte Lucky und hatte einen Hang zu Kreativität. Ich war einfach nur froh, dass sie meine Beziehung zu Lucky tolerierte und mich irgendwie hinnahm. Sie behandelte mich mit freundlichem Abstand und taute meistens erst beim Abschied auf. Die Wochen tröpfelten klebrig vor sich hin, ich vertröstete Catherine Steiner mit professionellen nichtssagenden Reports an jedem Freitag, von A. hörte ich nichts.

Endlich bekam Helena die Zusage von Hoffer & Bertling. Das WLAN-Passwort hatte sie bereits am Tag ihrer Einstellung, und Lucky sah sich im Netzwerk um. Helena rief mich also an und ließ das Codewort fallen. Hausstauballergie. Ich stürzte aus meiner Wohnung und fuhr zu den beiden.

Ein träger Sonntag mit guten Aussichten auf das Ende hin.

Ich konnte es gar nicht erwarten, den Fall zu Ende zu bringen. Grußlos pflanzte ich mich an den Esstisch, stopfte ein paar herumliegende Pralinen in mich hinein und sah sie erwartungsvoll an.

Helena schilderte mir gleich zu Beginn, dass der sogenannte Beteiligungsvertrag mit Catherine Steiner zwielichtig sei. Selbstbedienungsläden wären normal in der Branche, sagte sie. Anwälte mit Anstand bildeten eher eine Ausnahme. Wenn sich Gelegenheiten für »Beteiligungen« ohne die Gefahr der Sittenwidrigkeit böten, griffen die meisten zu. Sie erzählte mir außerdem, dass die Anwälte Hoffer & Bertling über die

Catherine Steiner Pharma KG viel zu hohe Spesenausgaben absetzen würden. Flüge, Hotels, die Luxuswagen der Familie, alles lief über die Steiner KG.

Ich beurteilte die Lage als großartig. Diese Informationen zwangen mich nicht, irgendwelche schmierigen Privatschichten auszukramen oder mich in Sinn und Zweck der KG einzuarbeiten. Es gibt nichts Wirksameres, als mit dem deutschen Finanzamt zu drohen. Skrupel sind was für Anfänger. Mir schwebte eine dezente Drohung vor, die mich nicht in die Sackgasse der Strafverfolgung katapultieren würde.

Jede Geschichte gilt, wenn du sie mit festem Blick erzählen kannst. Es ist mir egal, wie andere das handhaben, ich handhabe das so. Ich knusperte voller Begeisterung an dem selbst gemachten Nusskrokant. So gestaltet man also den Sonntag in einer Beziehung, man fertigt Kekse. Ich ging mit dem Krokant in der einen und einer Tasse Grüntee in der anderen Hand zu Lucky. Lucky hing im Superflow entrückt an seinem Rechner. Er hatte die ganze Nacht am Rechner verbracht, sich ordentlich im WLAN der Kanzlei angemeldet und mit Hilfe des Admin-Passworts das Blue Pill Rootkit mit dem Keylogger auf allen PCs installiert.

Jetzt las er seelenruhig mit, was Anwalt Hoffer an seine Geliebte schrieb. Ich mochte sein blasses Gesicht in Verzückung. Er befand sich in vollkommener Verschmelzung mit seiner versifften Tastatur. Um ihn herum sah das Zimmer aus wie nach einer Hausdurchsuchung.

Im Zehnminutentakt schob er sich Müsliriegel rein und nahm literweise Diätgetränke zu sich. Die selbst gemachten Taler von Helena ließen ihn offenbar kalt.

»Da tauchen direkte Linien nach Luxemburg auf. Vielleicht Geldwäsche. Bin noch nicht so weit. Hängen an einem kleinen Netzwerk, so gut wie keine Sicherung. Meine Fresse, die fahren auf dem Nürburgring mit einem Fiat Panda rum. Anfänger. Na ja, ich bin auch nur Standard.«

Den Satz gebrauchte er meistens, wenn er keine Lust mehr hatte. Er war alles andere als Standard.

»Also, was soll ich machen? Von jetzt ab ist alles möglich.«

»Chaos«, sagte ich.

Lucky hackte seine Kommandos in die Tastatur.

»Ich sende denen mal eine Postkarte mit einem Virus vorbei, wenn du erlaubst. Die haben sich das ehrlich verdient. Glaub mir. Mag die Sekretärin Katzen?«

Bei diesem Stichwort strahlte sein Gesicht die mildtätigen Züge eines barocken Engels aus. Pausbäckig vom Serotonin im festen Glauben an die Gnade Gottes. Normalerweise wirkte er eher verpeilt bis depressiv. Ich war begeistert. Der Virus würde mein Ansatz sein, mich bei Hoffer & Bertling als Sicherheitsberaterin eines IT-Anbieters vorzustellen. Ich versprach Lucky und Helena, dass ich die Daten lediglich zur Kenntnis genommen hatte, um Hintergründe zu erfahren. Zugegebenermaßen war das nicht die ganze Wahrheit, denn warum braucht man Daten, wenn man sie nicht benutzt, um einen eigenen Vorteil daraus zu ziehen.

Am nächsten Abend kreuzte ich mit einer Sushi-Palette und einer Flasche Wodka bei den beiden auf, um zu erfahren, wie die Postkarte angekommen war.

Helena berichtete, dass Hoffer bei seiner Sekretärin stand und einen Schriftsatz diktierte, als plötzlich der Bildschirm schwarz wurde und ein weißes Häschen erschien. Das Häschen winkte und sagte mit der Stimme von Arnold Schwarzenegger: *FOLLOW ME*. Dann verschwand es rechts unten, und der Computer brach zusammen. Als die Sekretärin wieder einschaltete, erschien die Aufschrift *I DOUBT THEREFORE I MIGHT BE*. Der Rest war Rauschen. Was bleibt dem Laien übrig, als wiederholt an- und auszuschalten. Nach dem dritten Anschalten schien der Rechner wieder einwandfrei zu funktionieren. Allerdings bemerkte man beim Ausdrucken des ersten Schriftsatzes, dass in allen Texten Beklagter und Kläger vertauscht worden waren. Wir haben gelacht, bis wir Sterne sahen. Alles war noch lustig. Unheil versteckt sich so geschickt.

Laut Helena müssen Hoffer und sein Kollege am Ausrasten gewesen sein. Helena betonte mehrfach, dass es in der Kanzlei von Ungereimtheiten nur so wimmelte. Aber die Typen schienen sich ihrer Sache ziemlich sicher zu sein. Deutschland ist von so stabiler Ordnung, dass der Bürger die damit verbundene Ruhe bereits im Erbcode festgeschrieben hat. Angstlos, geordnet und tüchtig lebt er dahin und versucht, das Finanzamt zu bescheißen, denn das Finanzamt ist die letzte ernsthafte Bedrohung, die es in der bürgerlichen Gesellschaft gibt. Der Feind versteckt sich in der Zivilbevölkerung.

Die Kanzlei war hyperaktiv, was sogenannte Beteiligungsverträge betraf. Verträge, die Rechtssicherheit vortäuschten.

Helena warnte mich. Ich sollte die Einblicke nicht verwenden. Einige Dokumente sähen nach unseriösen Beteiligungen und massivem Steuerbetrug aus. Dafür braucht niemand Zeugen. Das ist etwas anderes, als von der Mutter beim Wichsen erwischt zu werden, sagte ich und lachte, worauf Helena nahezu panisch wurde. Sie betonte mehrfach, dass der Einbruch in Datensysteme rechtswidrig sei. Lucky ergänzte trocken, dass man Kurzreisen nach Luxemburg nicht von der Kreditkarte abbucht. Er habe sich nicht alles durchgelesen, weil er an einer anderen Sache dran sei.

Ich hielt ihn für einen typischen WikiLeaks-Panikmacher. Diese Freaks wittern hinter allem Betrug und setzen das Leben mit Gefahr gleich. Lucky versuchte sich deswegen an Unsichtbarkeit.

Er hatte keine Krankenversicherung, sein Konto befand sich in einem Strumpf, und er wohnte offiziell noch bei seinen Eltern, die er seit seinem 16. Lebensjahr nicht mehr gesehen hatte.

Ich rief am darauffolgenden Morgen in der Kanzlei an, gab mich als Antiviren-Spezialistin einer IT-Sicherheitsfirma aus und bekam sofort einen Termin. Sicherheit. Schönes Wort. Ein Wort wie aus einer Tampon-Werbung. Hoffer & Bertling waren Kleinkriminelle. Ich hatte keine andere Erklärung, wie jemand mit dümmstem Vertrauen auf ein telefonisches Angebot eingehen konnte. Confirmation bias. Man sieht nur, was man sehen will. Ich freute mich insgeheim darauf, Hoffer zu zeigen, was er garantiert nicht sehen wollte. Ich fuhr mit meinem Rad durch die erhitzte Stadt. Der Sommer war so heiß, dass sich die Anwohnerparkausweise in den Autos braun gefärbt hatten.

Die Kanzlei war von stumpfem Ebenmaß. Die ewigen Corbusier-Junggesellen-Stühle.

Diese Sessel hatten sich als sogenannter Designklassiker in deutsche Männerhirne eingebrannt. Chrom. Leder. Schwarz. Verkniffener Sadismus. Aber während sich das Vorzimmer noch neutral gab mit diesen untadeligen Details, sah man dem Büro von Anwalt Hoffer den Drang zum Charaktervollen an. Der Wille zum Besonderen. Das Büro war eine Spur zu großkotzig mit seinem überdimensionierten Bild im Graffitistyle an der Wand. Diese Art Fastfood-Kunst frisst sich durch deutsche Büros wie Schimmelpilz. Kunst im Format Innocent Bystander. Da lobte ich mir die kindisch gemalten Blumen, die die Ehefrau meines Zahnarztes gemalt hatte und die über dem Behandlungsstuhl hingen. Anwalt Hoffers Büro zeigte voll und ganz die Entschlossenheit des Dilettanten, alles muss zusammenpassen. Das schwarz-weiße Bild komplementierte die LC-2-Schüsseln und den wuchtigen Schreibtisch.

Rechtsanwalt Hoffer trug den Wertheim-Village-Outlet-Anzug.

Schultern zu breit. Ärmel zu lang. Unsägliche Farbe, die mich an die Ausscheidungen eines kranken Hundes erinnerte. Am Arsch sprangen die Doppelfalten wie Luftklappen einer Boeing ab.

100 % Sale.

Auffällig die überdimensionierten Tiffany-Manschettenknöpfe. Die silbernen Knoten passten irgendwie nicht dazu. Er wirkte jedenfalls nicht wie ein argloser Zuschauer, eher wie ein hinterlistiger, fettgefressener Hamster.

Rechtsanwalt Hoffer legte mit zackigem Zugriff beim Aufnehmen seines Montblanc sein Handgelenk frei. Die darauf sichtbare Uhr hatte die Größe einer Cremedose für Babypopos. Ich tippte bei ihm definitiv auf Bluthochdruck.

Wahrscheinlich konservativer Familienvater mit unterdrückten Trieben und liberalen Ideen. Brot für die Dritte Welt, aber das Tafelsilber bleibt zu Hause.

Diese Leute präsentieren ihren Gerechtigkeitssinn, unter dem gut getarnte Raffgier brütet. Wissen, wo Gott wohnt, aber sich nichts anmerken lassen.

Er hielt mir, kaum dass ich saß, eine blasierte Rede, die sich anhörte wie die Memoiren eines Schlafanzugs. Ich war verwundert, dass er nicht eine einzige Frage an mich stellte. Stattdessen versuchte er lässig zu wirken, tat so, als ob er nichts bräuchte, dachte wohl, damit könne er den Preis drücken. Redete über Datenschutz und offenbarte seine ganze Ahnungslosigkeit.

Er ebnete mir förmlich den Weg. Ich fühlte die Gelassenheit, die einer verspürt, der in die Planierraupe steigt, um alles vor sich in den Asphalt zu drücken. Nach 30 Minuten Darstellung eigener Größe und Allgemeinplätzen über die Welt richtete er den ersten konkreten Satz an mich.

»Mein Computer wurde gehackt.«

»Dann schaffen Sie sich besser ein neues Leben an.«

Er schaute mich an, als hätte ich ihm einen Snack aus einer Katzenfuttertüte angeboten.

»Haben Sie noch was anderes zu bieten?«

»Sicherheit. Sicherheit und Ruhe.«

»Und was soll das Ganze kosten?«

»Nichts.«

Ich hielt inne und sah ihn an. Mein Gesicht war eine Maske, hohe Augenbrauen, lächelnd.

»Wir haben Daten erhalten, die besagen, dass Sie das Finanzamt gründlich verarschen. Ich bin hier, um Sie zu erpressen. Wir möchten, dass Ruhe einkehrt im Fall Steiner, und wir vergessen die gefälschten Bilanzen wie auch dieses Gespräch. Das ist unser Angebot.«

Ihm fielen die Augen aus dem gebügelten Gesicht. Ich genoss die Aura der Entrümpelung. Sein zentrales Nervensystem versuchte, Eindrücke in Zusammenhänge zu bringen.

»Wer sind Sie?«

»Niemand, den Sie sich merken brauchen. Die Frage ist eher, wer Sie sind, Rechtsanwalt Hoffer.«

Ich legte ihm ein vorbereitetes Schreiben hin.

»In diesem Schreiben an das Gericht ziehen Sie Ihre Klage zurück. Bitte lesen Sie es durch. Wir haben es knapp gehalten. Die Kosten liegen selbstverständlich bei Ihnen.«

Ich genoss es, im Namen einer unbekannten Gruppe zu sprechen.

Anwalt Hoffer starrte auf das Papier.

»Hätten Sie noch einen Ihrer Briefumschläge und das Aktenzeichen? Ich kopiere es selbst auf Ihren Briefbogen.«

Er nahm mechanisch Geschäftspapier aus dem Schreibtisch.

Ich öffnete die Tür und bat seine Sekretärin, das Schreiben auf den Kanzleibogen zu kopieren und das Aktenzeichen einzufügen. Sie verstand die Situation eher als Hoffer und bot sich sofort an, es noch mal zu schreiben. Ich bedankte mich und nahm mir den Kanzleistempel. Die Tür ließ ich extra offen. Anwalt Hoffer und ich sahen uns wortlos an. Die Sekretärin brachte nach einer Minute das frische Papier zurück. Perfektion bis auf den Umstand, dass Helena in der Kanzlei eintraf. Sie verzog sich sofort in Bertlings Büro.

Anwalt Hoffer starrte dämlich das Schreiben an und wollte etwas sagen. Ich unterbrach ihn.

»Unterschreiben Sie. Unsere Stundensätze sind höher als Ihre, und wir haben keine Lust, unsere Mandantin länger zu belasten als notwendig. Im Fall Steiner hätten Sie spätestens beim Oberlandesgericht nichts als eine Ohrfeige kassiert bei dieser unhaltbaren Sachlage. Die Richter müssen sich nur die Bilanzen genau ansehen, um die Unstimmigkeiten der Einnahmen und Ausgaben zu entdecken. Sie erinnern sich vielleicht, dass Sie die treudoofen Ostfirmen im Nebenverfahren abgezogen und im gerichtlichen Vergleich eine beachtliche Summe erzielt haben. Sie waren zu bescheiden, diese Gewinnsumme in der Bilanz der Steiner KG zu erwähnen. Ihre Aufgabe war es gewesen, einen Vertrag für Catherine Steiner zu entwerfen, und Sie haben einen Vertrag für die Steiner KG erstellt, in der Sie ganz zufällig der Komplementär sind und großzügig für alles haften. Kompliment. Packen Sie den Fall Catherine Steiner in den Schredder. Und verbieten Sie sich selbst jegliche Aktionen im Zusammenhang mit diesem Fall. Sie haben doch alle Hände voll zu tun mit den Luxemburg-Akten. Sehnen Sie sich nach Ruhe? Dann kann ich die Bastelworkshops im Knast durchaus empfehlen.«

Seine Augen konzentrierten sich auf mich wie die eines Scharfschützen auf sein Ziel.

Das war so ein Typ, der am Erfolg hing wie ein Junkie an der Nadel. Einer, der nicht verlieren kann. Er hielt immer noch steif den Montblanc in seiner Hand. In ihm breitete sich vermutlich der Hass in kalten Wellen aus, aber mir wurde warm vor Freude, denn ich würde das Büro als Sieger verlassen. Für mich war Business Sport. Kein Erfolg ohne Wettbewerb. Dieses Geschäft war dazu da, sich zu messen, und ich tat es mit der freudvollen Disziplin eines Leistungssportlers. Eine Art Ehrgeiz, die sich nur entwickelte, wenn es drauf ankam. Das Leben konnte man nicht proben.

»Ja, es ist traurig, wenn man sich die wirklich großen Dinger nicht leisten kann. Haben Sie den Schneid zum Schwerverbrecher?«

Hoffer schien zu warten, dass noch etwas passieren würde. Aber ich genoss still meine Überlegenheit. Er versuchte, mich zu lesen. Dann wandte er sich zunehmend sich selbst zu.

Er kalkulierte. Er wog seine Möglichkeiten ab. Er war ganz aus Glas.

Ich hatte richtig getippt. Die wenigen Hinweise von Lucky hochgerechnet, ergaben Schmutz, der nicht ans Licht sollte. Die Schwingungen, die von Anwalt Hoffer kamen, waren zunehmend von unguter Zusammensetzung, seine Gesichtsfarbe bewegte sich im roten Spektrum. Es kommt immer unpassend, wenn es an die Eingeweide geht. Ich saß unbewegt vor ihm. Er sah auf meine Narbe im Gesicht. Diesen Moment hatte ich wie keinen anderen trainiert. Ruhige Bauchatmung, keine Bewegung mehr. Hoffer schob mir das Blatt unterschrieben über den Tisch, stumm.

»Glauben Sie mir, Sie haben gerade alles richtig gemacht.«

Ich nahm das Blatt und ging zur Tür. Rechtsanwalt Hoffer saß reglos in seinem schwarzen Gropius-Leder. Gott war ein Mann und hatte ihm gerade in die Fresse gehauen.

»Viele Grüße an Ihre Frau. Hier ist die DHL-Paketmarke für die Rücksendung des Kimonos.«

Ich zog das vorgedruckte Porto aus der Tasche.

Hoffer ähnelte einem Karpfen beim Silvester-Dinner.

Ich verließ die Kanzlei, holte mir ein paar koreanisch frittierte Hühnerteile, irgendwie ist schließlich die ganze Marktwirtschaft Erpressung in geordneten Bahnen, und machte mich in meinem Büro über die Post.

Ein herausstechender Umschlag entpuppte sich als Einwilligungserklärung von Catherine Steiner. Anbei hatte sie eine Karte in Cremeweiß gelegt. Handgeschriebene Zeilen. Blumig. Die Karte erforderte Sicherheitsabstand. Die Schriftgröße und ihr Schwung waren ziemlich ausladend, kannte ich bisher nur von Charles Manson. Ich hielt die Karte ein wenig weg von meinem Körper, wie es Weitsichtige tun.

Beim letzten Biss tropfte die Chili-Mayonnaise den Umschlag voll.

»Liebe Sonja, ich bin froh, dass uns das Schicksal zusammengeführt hat, und bin mir sicher, Sie werden mir helfen. Hätten Sie Lust auf einen Drink auf unserer Terrasse, Freitagabend gegen 18 Uhr? Ladies Night. Bitte geben Sie mir Bescheid. Cheers. Cat.«

Ich zog die Knorpel von dem Knochen und ließ sie zwischen den Zähnen knacken.

Ladies Night!

Was war schlimmer – Ladies Night oder Quotenregelung? Social Day oder Casual Friday? Partnertausch oder Damenwahl?

Ich leckte mir die Finger ab. Das nächste Mal würde ich die doppelte Portion nehmen.

A. war auf seiner Yacht, wie ich seinen sehnsüchtigen WhatsApp-Nachrichten und den ewig gleich aussehenden Sonnenuntergängen entnehmen konnte. Sogenannte Strategiemeetings mit der Konzernleitung. Offensichtlich denkt die Leitung besser, wenn es ein bisschen schaukelt. Monaco selbstverständlich. Eine Konfrontation und peinliche Dreiecksmomente waren somit auszuschließen. Außerdem könnte ich bei der Gelegenheit meine Bezahlung stimulieren. Die Drinks sind sicher gut, dachte ich und hinterließ ihr meine Zusage auf dem Anrufbeantworter.

Am nächsten Tag machte ich mich gleich nach dem Boxtraining auf den Weg, um Catherine Steiner zu besuchen, im Rucksack die Rücknahme der Klage und die Rechnung. Ich hatte im Verein geduscht, Haare würden auf der Fahrt trocknen, ein Drink auf einer Terrasse war kein Anlass für Kleiderwechsel. Die Affäre mit ihrem Mann war durch meine Arbeitsergebnisse ins Reine gebracht, dachte ich, auch wenn mir immer noch nicht klar war, ob sie davon wusste. Sie gehörte zu den Frauen, denen man nichts anmerkt, wenn es um die Wahrung des Gesichts ging. Ihre Emotionen waren sorgfältig einstudiert. Die Heirat in der hohen Gesellschaft verlangt ein enormes Maß an Disziplin. Mehr als in gewöhnlichen Ehen. Billige Gefühle wie Hass auf Nebenbuhlerinnen verderben den Turnover. Vielleicht kam ich ihr sogar gelegen, so eine Affäre weckt ja manchmal Tote auf. Ohne Judas kein Ostern. Vor mir stellte sich der Wald auf. Tannen-Geschwader. Paralleles Holz, das den Himmel nicht durchließ. Wie konnte man sich darin einrichten, ohne selbst eine dunkle Seele zu bekommen? Monotones Gestrüpp. Aus den Vorgärten kam Grillgeruch.

Das war es, was der Mensch der explodierten Natur entgegenzusetzen hatte. Weber-Grill und Würstchen. Dann begannen die Villen. Postbote wollte ich hier nicht sein. Nirgends Klingelschilder. In der Idylle geht man auf Nummer sicher.

Die Schöpfung, abgefüllt in kleine Einheiten mit imposanten Toren. Adrett. Tagsüber Frauen mit Kinderwagen, und abends rollen die Sechszylinder ein.

Es herrscht Ruhe auf den Terrassen, wenn der Mann die Börsenberichte liest. Vor der Ehe war er das Idol, in der Ehe ist er die Lücke im Traum.

Was bleibt, ist die Verzierung des Eigenheims.

Ich schob mein Fahrrad an den hohen Toren entlang. Aus dem Golfclub am Schloss kamen die Erfolgreichen. Ihre Garderobe war von auserwählter Hässlichkeit.

Einmal hatte mich A. mitgenommen. Gut möglich, dass er mich beeindrucken wollte. Eher wahrscheinlich gehört eine Geliebte hier zum guten Ton, denn schließlich zeigt eine Mätresse, dass man noch lebt. Die Geliebte ist das Statussymbol für Potenz. Ich saß auf der Terrasse und sah in eine Landschaft, die so natürlich wirkte wie ein Animationsfilm von Walt Disney. A. erzählte mir im Clubrestaurant, dass sein Schwiegervater aus Toronto zu Besuch sei und man bei Tisch über seine Fehlzeiten am Abend gewitzelt hätte, unsere Beziehung wäre fast einer Lappalie wegen aufgeflogen, hätte er nicht so standhaft gelogen. Gelogen hat er nicht gesagt, er sagte: geschwiegen.

Man habe ausgiebig gelacht. Er ließ alles geschehen, sagte er. Er habe einfach weitergegessen. Er war stolz auf seine standhafte Haltung. Das betonte er immer wieder. Das Thema wäre nie mehr aufgekommen in seinem Haus. Das Thema verblasste proportional zum Lebensstandard, an den man sich gewöhnt hatte. Ich sehe ihn beim Abendmahl, auf seinem Hals sitzt eine Maske, Gesicht genannt.

Kalter Frieden.

Kies auf den Gartenwegen. Die obligatorischen Buchsbäume. Fein frisierte Zeugen eines täglichen Todes. Die ewige Jugend deutscher Noblesse.

Ich stand vor A.s Villa.

Die vielen Liebesgeständnisse, die keiner Konsequenz bedurft hatten.

Bleiglasfenster.

Der auserwählte Stil der Villa machte mich melancholisch.

A. gab mir damals den Rat fürs Leben, als ich ihn fragte, was er tun würde, wenn unsere Affäre herauskäme. Nichts wird real, solange man es abstreitet, sagte er. Lange genug abstreiten. Eine Teflonbeschichtung für die Gefühle. Am Anfang tat das weh, aber ich begriff die tiefe innere Wahrheit. Die

Wahrheit nimmt Gestalt an, wenn man Ja sagt, in aller Hässlichkeit, in aller Schönheit. Das muss man aushalten.

Ich zögerte. Abgemacht ist abgemacht hat für mich nie gegolten.

Zumindest hat A. ein Klingelschild, dachte ich.

Ich schloss mein Fahrrad an das Geländer zum Schlosspark und läutete. Die Zutrittssoftware schaltete das Tor frei. Die schmiedeeisernen Flügel öffneten sich schwerfällig wie eine Wagner-Ouvertüre. Teure Verwilderung links und rechts. Unsummen für den Gärtner, der im Schweiße seines Angesichts alles so richtete, als wäre die Natur unberührt.

Catherine Steiner erschien im knöchellangen Seidenkleid. Die Farbe der Tiefseeperlen. Nackte Füße auf prächtigen alten Holzdielen.

Die schlichte Eleganz ihrer Erscheinung griff mir ans Herz. Eine so vollkommene Schönheit kann sich alles erlauben.

Hier war A. also zu Hause.

Ich kam mir plötzlich in meinen Sneakers und meiner ausgebeulten Hose vor, als käme ich von einem Baumhaus aus dem Hambacher Forst.

Der Salon hatte die Deckenhöhe für eine Show am Trapez.

Ich dachte immer, dass es diese Wohnungen aus den Trendmagazinen gar nicht wirklich gibt. Nicht alles, was die Presse berichtet, ist Lug und Trug. Es gab sie, diese musealen Wohngräber. Die Ästhetik ging wohl auf das Konto von Catherine Steiner. Sie bildete eine vollendete Einheit mit dem Interieur. Wir begrüßten uns. Ich hielt genügend Abstand, um sie nicht umarmen zu müssen. Es war nicht die Angst des Aufpralls meiner Dreckklamotten mit ihrem Seidenkleid, es war die Angst vor ihren nackten Armen.

»Beeindruckend hier. Sie müssen glücklich sein.«

»Ja«, sagte sie, »ich bin sehr glücklich. Ich habe einen exzellenten Gärtner und eine sehr gute Haushaltshilfe.«

Feng-Shui und Dienstboten. Was brauchte man mehr zum Leben.

»Cooles Outfit«, sagte sie.

»Thx«, murmelte ich.

Dabei wünschte ich mir, ich könnte mit meinen dreckigen Schuhen über den Kelim schweben. Normalerweise mochte ich meine abgeranzten Klamotten, das hielt einem die Bettler vom Leib.

Catherine Steiner reichte mir ein Glas Champagner. Ich schwor mir, langsam zu trinken, weil ich von dem Zeug immer Kopfschmerzen bekam, schüttete dennoch alles auf ex hinunter. Dann legte ich ihr den Umschlag der Kanzlei Hoffer & Bertling hin. Daneben meine Rechnung im goldenen Scherenschnitt. Ich mochte Running Gags.

»Rufen Sie mich an, falls Sie kein offizielles Schreiben vom Gericht bekommen. Der Fall dürfte geklärt sein. Anbei meine Rechnung.«

Sie nahm das Schreiben in die Hand und las, ohne das Champagnerglas abzusetzen. Ihre Brust hob und senkte sich unter dem Kleid. Die Seide vibrierte. Aber sie lächelte mit einer Contenance, wie ich sie nur von der Queen kannte. Dann sah sie mich an.

»Ich habe Ihnen nicht ganz die Wahrheit gesagt.«

Ich sagte keinen Ton und wartete, dass sie die Bombe platzen ließ. Irgendwie musste ich sie durch mein Schweigen verunsichert haben. Vermutlich kannte sie andere Reaktionen auf Enthüllungen. Ich stand unverändert auf dem Kelim und wartete. Die eiserne Haltung meiner Mutter. Das Nichts an Reaktion.

Catherine Steiner griff zu einem Schlangenlederetui und holte eine frische Packung Tempo-Taschentücher heraus. Sie nahm ein Tuch und wischte sich Tränen aus dem Gesicht. Ich sah verlegen auf die Packung auf dem Couchtisch. Waschmaschinenfest stand da geschrieben.

Unter dem Sofa lugte eine Schachtel Moclobemid hervor. Das Zeug sollte man nicht mit Alkohol nehmen. Ich kannte Antidepressiva von meiner Mutter. Es war immer noch still. Catherine Steiner trank in groben Zügen ihren Champagner aus. Sie zündete sich eine Zigarette an. Unbarmherzige Lebensgier bei strenger Vermeidung der Orte, an denen man scheitern könnte. Die sicheren Orte waren exakt jene vor der Entscheidung. Warum hatte ich nicht den ganzen Kram in einen Umschlag gesteckt und in die Post getan? Wir standen immer noch rum wie auf einer Cocktailparty.

»Meine Ehe ist bizarr.«

Jetzt hieß es, die kugelsichere Weste rausholen.

Ich spürte, wie sich meine Muskeln strafften und mein Hirn sich bereit machte, auf peinliche Fragen zu antworten.

Frauenkram. Alkohol-/Tablettengemisch. Bringschuld. Vor Gott sind wir alle gleich, aber wir haben Spielraum zum Interpretieren.

Ich zog mehrere Möglichkeiten und sogar moralische Skrupel in Betracht.

Ich bildete die Stichwörter für die Presseerklärung.

Entschuldigungen.

Ausrutscher.

Lange vorbei.

Reue.

Keine Ansprüche.

Wenn du denkst, es geht nicht mehr, sendet Gott ein Lichtlein her.

»Ich möchte Europa verlassen.«

Catherine Steiner verlässt kein Land, sie verlässt Kontinente. Das war Größe. Ich bewegte meinen Fuß 20 Zentimeter nach links und nahm die Hände auf den Rücken. At ease. Locker machen für die Ansprache. In diesem Moment brachte ein Mädchen Sandwiches auf einer Etagere herein. Catherine wartete, bis das Mädchen wieder verschwunden war. Elitespleen. Vor den Dienstboten wird nicht gesprochen.

Ich neigte mein eingefrorenes Gesicht auf den Beistelltisch und konzentrierte mich auf die dekorierten Schnitten, die mir farblich abgestimmt erschienen. Catherine nahm das als Aufforderung, mir zu bedeuten, Platz zu nehmen. Sie ließ sich in den Sessel fallen und winkte mir mit einer Ballettbewegung zu. Ich setzte mich. Ein Roboter hätte es nicht besser gekonnt. Um in Ruhe essen zu können, warf ich ihr eine Frage zu.

»Wer ist Behringen? Hoffer erwähnte ihn in den Akten.«

»Herr von Behringen war mein Berater«, sagte sie.

Sie hatte die gleiche frostige Haltung, die meine Mutter bei peinlichen Fragen annahm. Ihr Blick war bei völlig erhobenem Kopf nach unten gerichtet. Ihr Hals im rechten Winkel zum Kinn. Die Schultern nach unten und hinten gedrückt.

Nofretete war dagegen eine Überraschungsei-Figur.

»Eine völlig absurde Behauptung. Schmutzwäsche. Anwaltssport.«

Sie goss sich Champagner nach und nahm die nächste Zigarette. Ihre linke Hand hielt lasziv das Glas, ihre rechte Hand die Zigarette.

Ich griff zu den Tramezzini auf der mittleren Etage.

»Diese Kriminellen wollten Geld aus den Firmen pressen, mit denen die KG Verträge abgeschlossen hatte. Von Behringen riet mir, aus der KG noch vor Eintrag ins Handelsregister auszusteigen. Darauf kündigten die Firmen der KG. Hoffer akzeptierte das nicht und behauptete, dass man ja für mich Ersatz finden und somit weiterhin die Vertragsverpflichtungen hätte erfüllen können. Aber die Firmen wollten mein Wissen, verstehen Sie. Mein Know-how. Behringen machte Hoffer die Sittenwidrigkeit der Verträge klar, und da kamen sie mit der schmierigen Idee, dass ich eine Liaison mit Herrn von Behringen hätte.«

Von Behringen. Ich kramte in meinem Hirn, woher ich den Namen kannte.

Catherine wurde plötzlich sehr detailreich, was ihr Patent, das Branding, Shootings, Kataloge, Internetauftritte anging. Sie schwärmte von ihrem Konzept. Vermutlich griff die Tablette. Sie wurde zunehmend stimmungsvoller. Sie philosophierte über den Fortschritt der Chemie, über das gestaltete Leben dank Chemie, gesteuerte Prozesse ohne Trauer. Von Behringen wurde von ihr nicht mehr erwähnt.

Ich nahm von den Kaviarschnittchen. Ich war mir total sicher, dass ich den Namen schon mal gehört hatte. Möglicherweise war von Behringen die Hauptinformation in dem Schwall der überdrehten Worte. Als sie gerade wieder bei der obszönen Hinterhältigkeit der Kanzlei Hoffer & Bertling angekommen war, zeigte meine Suchmaschine Treffer.

Von Behringen war A.s Anwalt.

Es war der Mann, der A. damals in mein Büro begleitet hatte.

Vielleicht wurde Catherine von Hoffer erpresst wegen einer Affäre mit von Behringen. Vielleicht käme ihr meine Affäre mit A. entgegen. A. hatte mir erzählt, dass sie zwei Kinokarten für *Melancholia* in seiner Hosentasche gefunden und sich darüber köstlich amüsiert hätte. Warst du mit deinem Steuerberater im Kino? Oder hast du gedacht, es sei ein Porno? Ich hielt sie plötzlich für clever genug, bei einem Seitensprung ihres Mannes eine Kosten-Nutzen-Rechnung anzustellen. Mit wem hatte A. *Melancholia* gesehen?

Ich griff zu den Tuna-Sandwiches.

»Essen Sie nichts?«, fragte ich.

»Ich bin auf Diät.«

Was gibt es Luxuriöseres als freiwilliges Hungern. Wenn man den Berichten über die überaus gesunde Wirkung des Fastens glauben darf, frage ich mich, wie gesund Flüchtlinge wirklich sind. Die Beschäftigung mit dem eigenen Körper hat epidemische Ausmaße angenommen.

Bildhauerarbeit.

Feinschliff.

Kontrolle über das Gehäuse.

»Ich teste gerade die allerneueste Ernährungsumstellung aus L. A. Kohlehydrate sind strengstens untersagt.«

Gut, dachte ich, dann mach ich allein die Etagere platt. Ich stopfte mir ein glasiertes Teil mit Eiertopping in den Mund. Meine eigene Kochkunst beschränkte sich bisher auf die Serviervorschläge auf den Dosen.

»Die effizienteste Diät kommt von Breivik. Er beschreibt sie in seinem Manifest. Topfit der Bursche dank Training, Disziplin und Protein Shakes.«

Ich hatte absichtlich mit vollem Mund gesprochen, um Catherine Vertrautheit zu symbolisieren. Die Masche hatte ich aus deutschen Filmen, wo die Schauspieler, wenn sie locker klingen wollen, immer mit vollem Mund sprechen. Deutsche Schauspieler klingen trotz vollem Mund gekünstelt. Vielleicht mal mit Mayonnaise probieren. Die Mayonnaise auf dem Sandwich war wohltuend. Das Roastbeef hervorragend. Das waren nicht die Teilchen einer Gourmetbox, das waren ganz individuell gefertigte kleine Werke, in denen Liebe steckte. Ich lauschte den göttlichen Klängen aus der Küche, in der das Mädchen hantierte. Ein wohltemperiertes Klappern, nicht zu harsch, nicht zu hektisch. Ich überlegte, wie ich ihr einen Zettel zustecken könnte, um sie zu bitten, einmal in der Woche zu mir zu kommen, vielleicht für zwei Stunden.

»Breivik? Hat das was mit Paleo zu tun?«

Ich wischte mir den Mund mit den handgestickten Servietten ab.

Das Monogramm von A.

Es kitzelte an der Lippe.

»Das ist der Typ, der in Norwegen 80 Leute im Jugendcamp ermordet hat. Er hat seine Theorien mit eiserner Selbstbeschränkung untermauert. Notwendige Opfer, wie er sich ausdrückte.«

Der Zusammenhang zwischen Diät und Mord ergab für mich mehr Sinn als alles, was mir Catherine Steiner bisher erzählt hatte. Askese für einen höheren Zweck. Cromwell in der Küche. Reinheit in vollendeter Eigendynamik.

Sie sah mich verzückt an.

»Die Diät ist verdammt effizient.«

Ich blieb eisern dabei. Das würde mir garantiert meinen Abgang in fünf Minuten erleichtern.

»Training und Anabolika.«

Catherine lächelte milde mit schräg gelegtem Kopf.

»Obwohl Sie so geschmacklos auftreten, leisten Sie gute Arbeit.«

Das Wort geschmacklos gefiel mir. Wenn es so etwas wie ein erklärtes Ziel in meinem Leben gab, dann war es vollkommene Geschmacklosigkeit. Ich suchte nach einem Wort für die Delikatessen, ein Wort, das in ihrer Klasse nicht gebräuchlich war, Worte, die klarstellen, dass ich nicht um ihre Freundschaft buhlte.

»Die Snacks sind top.«

Der Besuch in A.s Villa warf keine andere Perspektive auf das, was ich nicht ohnehin schon wusste. Ich hatte also Lust, mich wieder zu entfernen und das Privileg der Episode zu genießen. Ich wollte keine weiteren Einblicke in das Privatleben von A. und Catherine Steiner, und ich wollte wirklich gehen.

»Außerdem propagiert Breivik die Ehe, die nicht auf Liebe basiert und die vertraglich auf 20 Jahre Laufdauer geregelt ist. Ich denke, das ist seine Sicht, die Erhaltung der Art zu garantieren.«

Die leere Etagere ließ mir keinerlei Handlung übrig.

»Sie sind hart. Aber so müssen Sie wohl sein für Ihren Job.«

Ihr Blick war Flirt. Sie zwinkerte mir zu.

Bevor sie sich jetzt zuschüttet und mir dann ihre Ehe verklickert, geh ich besser, dachte ich.

In unseren Gegenden ist die Ehe ein in die Breite gezogenes Delirium nach folkloristischer Eröffnungsfeier. Ich wollte nichts von ihrem Drama wissen.

A. hatte mir immer gesagt, dass seine Ehe haltlos sei. Catherine wirkte auch nicht froh. Aber es wäre leichter, die Farben aus einem bunten Knetmasseklumpen zu isolieren, als eine Beziehung zu entwirren. Eine saubere Kausalkette ist schier unmöglich.

Was A. und mich betrifft, denke ich, dass wir rausgeholt haben, was möglich war. Ablenkung. Wir blieben für uns die ewige Option.

Catherine und A. dagegen konservierten Haltlosigkeit.

Catherine hatte mittlerweile die ganze Flasche alleine getrunken, und ich spürte ihr Verlangen, mit mir zu reden, egal über was auch immer. Ihre Haltung wurde weicher, sie begann über den Dalai-Lama zu sprechen. Das Seidenkleid zerfloss an ihr. Die Haare hatte sie mittlerweile gelöst, die goldene Nadel wippte auf dem Glastisch, ohne zu klirren. Der Dalai-Lama war für mich nicht der Mann, der den Emergency Exit kennt.

Bei voller Fahrt aussteigen, das schafft nur ein Meteorit. Uns bleiben noch ein paar vergnügliche Runden und dann Adios. Gnädiges Verglühen.

Ich stand im Soldier-Modus auf und verabschiedete mich mit vorgestreckter Hand. Eine Beamten-Verabschiedung. Sie hielt meine Hand fest. Erstaunlich, was diese elegante Hand für Kraft hatte. Man sollte diesen deutschen Gruß abschaffen. Ekelhaft. Catherine Steiner lächelte spöttisch.

»Wenn Sie könnten, wen würden Sie gerne treffen?«
»Summit von IBM.«

Sie ließ meine Hand los und lachte das entfesselte Lachen der Betrunkenen.

»Wenn mein Mann zurück ist, könnten wir vielleicht einmal zusammen essen.«

In ihrer Stimme war keinerlei Zweideutigkeit. Vielleicht traute sie A. gar keine Affäre zu, oder sie traute mir A. nicht zu.

Ich spendete ihr mit einer aufrichtigen Lüge ein standesgemäßes Goodbye und verzog mich.

Als ich mein Fahrrad aufschloss, stand sie immer noch in der hohen Tür, in der Hand eine Zigarette. Eine Jugendstilfigur.

Warum nur machten sich die beiden das Leben so schwer? Wenn der Cashflow stimmt, kann man sich doch wirklich aus dem Weg gehen.

Ich konnte es kaum erwarten, endlich in meiner Wohnung

zu sein. Ich schaltete in den höchsten Gang. Cannondale SuperSix EVO Ultimate.

Luna wohnte wieder mal bei mir. Sie steckte mitten in den letzten Vorbereitungen für ihre große Ausstellung im Kunstverein. Mit 26 hatte das noch keiner vor ihr geschafft. Wenn die Radikalität dem Dekor für das Sofa gewichen ist, so erzählte sie mir, werde ich einen Unternehmer heiraten. Und dann bringe ich Hirschheimers Briefe raus. Der nächste steinerne Gast ist eine Frau. Ich traute ihr alles zu. Eigentlich ist es egal, wer uns die Hand zur Hölle reicht.

Lunas verrückte Gedankenwelt war ein Ort, an dem ich mich wohlfühlte. Ich bastelte im Kopf die Geschichte des Abends. Ich hörte sie bereits lachen. Bis auf den Millimeter ausformulierte Sandwiches in der Villa Steiner. Sie war die Einzige, der ich von der Affäre mit A. erzählt hatte. Sie hatte immer gelacht.

Ich schloss mein Rennrad an den Bauzaun.

Keines der Fenster war erleuchtet. Ich kramte nach meinem Schlüssel. Luna war vielleicht wieder bei Chang. In den vergangenen Wochen war ich Zeuge ihrer Hochzeiten und ihrer Verachtung geworden. Luna und Chang beherrschten ein breites Repertoire. Ich wurde nicht schlau aus dieser Beziehung. Möglicherweise war der einzige gemeinsame Punkt, dass sie eigentlich eine Beziehung ablehnten. Es gab diese ungeheure Anziehung und gleichzeitig diese amöbenhafte Unabhängigkeit. Ich betete, dass Luna da war, und ich war gewillt, sie zu wecken. Die Villa Steiner verlangte nach Auswertung.

Ich zog meine Schuhe aus und schloss auf.

Der Raum bildete eine Wand aus unguter Stille. Meine nackten Füße traten in etwas Nasses.

Im Abendrot sah ich Luna neben der vordersten Säule liegen. Mein Hirn schaltete in den Profimodus, und ich drückte mechanisch mit dem Ellenbogen die Türe zu und das Licht an. Die Wunde am Hals war malerisch, der Kopf war seitlich gedreht und blutig. Ihr Mund stand offen. Nichts ist stiller als der Tod. Ich rührte nichts an, ich hatte genug gesehen. Ich brauchte sie nicht anzufassen. Man sieht es, wenn es vorbei ist. Diese kalte Ruhe war nicht zu verwechseln.

Ich wusste, es war nichts mehr zu machen.

Aber ich wusste, was jetzt zu tun war.

Dennoch tat ich sekundenlang nichts.

Mein Gehirn gab mir Instruktionen, denen ich mich widersetzte. Ich war ein Eisblock, und mein Kopf war in der Hölle. In mir hämmerte die Glut eine messerscharfe Frage. Warum trug sie den Vanderbilt? Das aufgerissene Paket stand noch auf dem Küchentisch. Ich hatte auf der Paketmarke anstelle Catherine Steiners meine Privatadresse verwendet. Es gibt keinen besseren Ausdruck, als dass mir das Blut in den Adern gefror. Wie hatte es DHL geschafft, über Nacht auszuliefern? Mein Gehirn lief Amok.

Ich ging wie ein Automat an meinen Kleiderschrank und schnappte mir ihre externe Festplatte, das Teil, das sie immer lachend zwischen meine Unterwäsche geschoben hatte. Etwas, was sie war und immer bleiben würde. Etwas, was ihr heilig war und was ich hüten sollte. Den Inhalt kannte ich nicht. Ich wollte es nicht den Analytikern überlassen. Ich wusste, es war verboten.

Ich machte mich daran, meinen Rucksack zu packen.

Kopfhörer.

Klebeband superstrong.

Die externe Festplatte.

Ich hatte absolut keine Lust, dass meine Habseligkeiten kontrolliert und protokolliert wurden. Ich wickelte den Rucksack in eine Aldi-Tüte und warf ihn aus dem Fenster in die Dunkelheit. Ich würde die Wohnung mit leeren Händen verlassen. Die Baustelle nehmen sich die Beamten später vor. Luftaufnahmen würden sie bei Tageslicht machen.

Dann wählte ich die Nummer der Polizei. Ich setzte mich auf die Treppe im Hausflur und wartete, wie jemand, der seinen Schlüssel vergessen hatte. Vor meiner Tür lag eine fremde Münze, die steckte ich ein, Gott weiß warum. Ich hatte herzlich wenige Gedanken. Als ich die Einsatzwagen hörte, ging ich nach draußen. Eine kalte Nacht.

Ich gab meine wenigen Wahrheiten an. Alles, was mir geblieben war.

Uhrzeiten.

Orte.

Catherine Steiner, die mein Alibi bestätigen würde. Ich ging mit den Männern hoch.

Die Polizisten konstatierten, dass der Boden so wunderbar sauber war und die Fußspuren so übersichtlich. Ich liebte diesen Boden aus Teak. Ich hatte immer militante Anweisungen gegeben für jeden, ihn ohne Schuhe zu betreten. Es hatte mir Spott eingebracht.

Spießbürgerin Slanski.

Auf dem Boden befanden sich nur die Abdrücke des Mörders, meine Schritte und die von Luna. Meine Putzfrau hatte wie immer am Donnerstag ihr Bestes gegeben. Luna lag nackt auf dem Rücken, ein Bein leicht angewinkelt auf dem anderen, der Vanderbilt-Kimono verhüllte sie nur dürftig. An irgendetwas erinnerte mich das Bild, es war, als hätte ich alles schon einmal gesehen. Keinerlei Spuren von Einbruch. Ich sah auf ihre perfekt lackierten Fußnägel, ihre Nacktheit war mir vertraut, aber nicht in diesem bunt bestickten Gewand. Das Moschino-Höschen mit den zwei dummdreisten Teddybären hatte mir A. geschenkt, ich hatte es nie getragen. Ich weiß nicht, warum sie es jetzt trug. Am oberen Rand gab es noch das Preisschild. 63 Euro. Das Verrückte war nur, dass der dazugehörige BH in meiner Schublade fehlte. Die Beamten drehten mich um.

Ich wusste nicht wohin, aber ich gab den Polizisten beim Bluttest die Adresse von Helena und Lucky. Ich hörte den Notarzt reden. Er redete über mich, aber es war, als redete er über eine fremde Person. Eine Polizistin nahm mich an der Hand und setzte mich neben sich in den Wagen, der nicht mit Blaulicht fuhr. Sie umklammerte mein Handgelenk, bis es wehtat.

Unmittelbare Sicherheit.

Ich überließ der Polizei, was einmal mein Zuhause war.

Der Wagen fuhr in die Zwischenwelt.

Helena verbot mir Alkohol. Auf meine Bitte den Wodka betreffend, gab sie mir eine Valium, die von der Polizei stammte.

Standby.

Das Notaggregat schaltete sich ein, um den totalen Ausfall zu vermeiden.

Ich glich einem Stein, aber stellte noch den Wecker.

Dennoch begann ich, mit Helena und Lucky den Verkauf des Lofts zu besprechen. Ich wollte dort nie mehr hin. Ich bot ihnen 5 % von der Kaufsumme. Helena und Lucky nickten. Sie ließen mich reden und nickten. Sie hatten geschäftliche Gesichter. Sie spielten mit.

Sie nickten. Insgeheim war ich dankbar für die Tablette,

die mich in die Kissen drückte und das unorganisierte Treiben in meinem Gehirn beendete.

Die totale Zäsur.

Eine Leerzeile dank Chemie. Catherine Steiner hatte recht, Chemie würde den Konkurs unserer Gefühle restrukturieren. Wir haben noch eine Chance dank künstlicher Molekularverbindungen.

Um 5 Uhr in der Morgendämmerung hielt ich meinen Kopf unter kaltes Wasser und schleppte mich in Zeitlupe zu der Baustelle, dümpelte im Matsch rum und fand schließlich meinen Rucksack in einer Baugrube hinter dem Loft. Die Festplatte war eingewickelt in Ice-Power-Einwegkältebeutel, von Haargummis zusammengehalten. In dem Rucksack lag ein geköpfter weißer Pudel aus Porzellan, der den Fenstersprung nicht überstanden hatte und von dem ich nicht mehr wusste, warum ich ihn eingepackt hatte.

Posttraumatisches Stresssyndrom.

Eine Stunde später kam ich mit Schlamm besudelt wieder bei Helena und Lucky an und faselte von Joggen. Sie glaubten mir die Sport-Version, zumal ich immer noch in meinen Trainingsklamotten steckte und mir vor Anstrengung der Schweiß herunterlief. Ich gab ihnen mein Handy, den Rucksack nahm ich mit ins Bett und schlief das ganze Wochenende. Lucky und Helena stellten mir wie einem Haustier Essen und Wasser ans Bett. Ich rührte nichts an.

Dann stand ich auf.

An meinem Vorsatz hatte sich nichts geändert. In meinem Kopf war der Plan, gegen den ich nichts machen konnte. Helena sollte die Wohnung verkaufen.

Die Deutlichkeit meiner Syntax griff. Meine Stimme hatte jeglichen Zweifel eliminiert. Entscheidung ist Handeln. Das

Programm führte mich über die Klippen und bewahrte mich vor dem Absturz. Es war möglicherweise ein Defekt. Ich wusste, ich würde dieses Programm nicht stoppen können.

Ich erklärte ihnen, dass ich jetzt in meine Wohnung gehen würde.

Ein letztes Mal. Der Ort war ohnehin verloren.

Aber ich hatte etwas vergessen. Es gibt keine Erklärung für die Dinge, die man in die nächste Zeit mitnimmt und die man zurücklässt. Ich ließ mir von Helena unterschreiben, dass sie das Loft für mich verkaufen würde, und überwies ihr eine sofortige Anzahlung der Provisionssumme per Mausklick. Die zurückgelassenen Landschaften verblassen, wenn man sich nicht mehr nach ihnen umdreht. Ich aß das überteuerte Gebäck von dem trendigen Bäcker, den ich immer *Zeit für Tod* genannt hatte, ich trank das Wasser aus den Glasflaschen, ich schmiss meine Klamotten in die Mülltonne, ich borgte mir Hose und Shirt, alles sah normal aus.

Ich ging mit Sonnenbrille, als ob mich das schützen würde oder als ob ich das nicht selbst wäre.

Die Spurensicherung in ihren Fukushima-Anzügen gab gerade meiner Wohnung den Rest, und irgendwelche Menschen in Uniform ließen mich gegen Vorlage meines Personalausweises hinein. Meine Geschichte hatte Hand und Fuß. Der leitende Beamte war äußerst rücksichtsvoll. Die Psycho-Coachings bei der Polizei werden offensichtlich immer besser. Exzellentes Betragen. Der Beamte ging mit mir zur Wand und nahm das Stückchen Himmel auf Leinwand ab, welches mir Luna geschenkt hatte. Ein blaues Rechteck mit angeschnittenen Wolken in Weiß. Ein überwältigendes Blau. Die halben Wolken hatten feine Schattierungen und einen sauberen Schnitt.

Den Himmel rollte ich in meine Jacke.

Der Beamte ließ mich keine Sekunde aus den Augen. Seine Kollegen sahen mich beim Verlassen des Lofts mitfühlend an, aber sie baten mich höflich, die Leinwand aufzurollen. Sie befingerten den Himmel von allen Seiten. Am Himmel war nichts zu finden. Als sie sahen, dass ich nichts als einen Fetzen Leinwand eingepackt hatte, ließen sie mich in Ruhe und konzentrierten sich weiter auf den Innenraum. Zwei Mitarbeiter der Mordkommission fragten mich über Luna aus. Ich wusste wenig, was ihre Biographie betraf. Sie wohnte ab und zu bei mir, eine Bekannte meiner Mutter. Exaltiert mit hoch und runter, mehr konnte ich zu ihrer Persönlichkeit nicht sagen. Ich unterschrieb ein Protokoll. Der leitende Beamte erklärte und entschuldigte sich. Ich nickte. Den Himmel unter der Achsel verließ ich die Szenerie. Reste aus einem abgehakten Leben. Die Baustelle war leer.

Ich ging quer durch den Schlamm ins Motel One und ließ mir die Zimmer zeigen.

Sie waren alle gleich. Ich entschied mich intuitiv meinem Plan folgend für die Aussicht auf die Baustelle mit guter Sicht auf mein ehemaliges Zuhause. Der Junge hinter der Rezeption nahm meine Adresse aus dem Personalausweis auf, stockte kurz und fragte, ob das meine aktuelle Anschrift sei. Unsere Adressen waren nur durch eine unterschiedliche Hausnummer getrennt. Er hatte die Freundlichkeit eines Komparsen in einem mittelmäßigen Film. Ich bejahte, und er hackte professionell, ohne großen Aufhebens, auf seiner Tastatur herum und erklärte mir die unterschiedlichen Business-Tarife. Dann betete er die Events der Stadt herunter, ohne von seinem Bildschirm hochzusehen. Ich sagte ihm, dass mich der Messekalender nicht interessiere, er solle einfach seinen Job machen und mich einchecken. Er erkundigte sich nach der Dauer meines Aufenthaltes.

Von jetzt ab, bis es fertig ist, sagte ich.

Er musterte kurz die Rolle unter meinem Arm und den Eastpak. Mein Erscheinungsbild gab Streit mit dem Partner her oder geplatzte Rohre, eventuell den Einsatz von einem Kammerjäger, schließlich zog ich lediglich auf die andere Straßenseite. Für einen Moment wechselte er sein geschäftiges Gesicht und sah mich verständnisvoll an, dann erklärte er mir entschuldigend, dass er ein Datum eintragen müsse. Ich legte die Kreditkarte in Gold, die mein Stiefvater mir geschenkt hatte, auf den Empfangstisch und bezahlte für die nächsten sechs Monate. Er wünschte mir einen angenehmen Aufenthalt.

Aufenthalt würde ich haben. Der Rest war unklar.

Ich entschied mich für die Treppen, gegen den Fahrstuhl. Als ich über den Kunstfaserteppich ging, kam ich mir vor wie auf einem Schiff, das den Hafen nie mehr erreicht. Die Luft im Flur war so unecht wie die Bilder an der Wand. So muss man sich in einer Taucherglocke fühlen. Meine Hose klebte an meinen Beinen. Als ich an der mir zugeteilten Nummer ankam, entlud sich die Spannung an der Türklinke. Heimat in Form einer dreistelligen Nummer.

Das Zimmer hatte ein eingerahmtes Bett im Zentrum und keinen Schrank. Gemacht für die Welt des Geschäfts. Von Emotionen befreit. Wiedererkennbar. Effiziente Aufteilung.

Ich hängte den Himmel an die Garderobe. *South Seas II* hatte sie ihn genannt. Früher gab es die Kirche, hatte sie gesagt. Heute stülpen nur noch Reisebüros einen blauen Himmel über den Dreck hier unten. Und während wir Ozeane und Wälder durchpflügen, um alles zu entdecken, sehen wir nichts als Grün (Pantone 14-0452) und helles Blau (Pantone 15-4427). Hirschheimer wollte das Bild haben. Aber bevor er es neben seine dreckigen Phantasien hängt, hau ich es lieber in die Tonne, hatte sie gesagt. Ich habe ihr 3000 Euro gegeben. Ein Freundschaftspreis. Sie war eine gute Verkäuferin. Der Himmel passte perfekt zu dem Aquarium auf dem Bildschirm an der Wand, der sich einschaltete, wenn man das Zimmer betrat. *South Seas II*. Auf dem Teppich und der Gardine waren großrapportige Linien, die beim genaueren Hinsehen eine Blume darstellten. Glücklicherweise gab es sonst keine Dekoration. Auf dem angedeuteten Schreibtisch lag lediglich ein Granny Smith. Diese Apfelsorte steht wohl für Design. Unnatürliches Grün auf Hartplastik. Ich mochte das Zimmer sofort. Es sah aus wie eine Urlaubsattrappe. In der Luft lag Reinigungsgeruch, also riss ich das Fenster auf.

 Den Lappen am Fußende des Betts knüllte ich ins Regal. Meine Mutter hatte mich auf den wenigen gemeinsamen Reisen immer ermahnt, mich nicht mit meinen Klamotten auf die Bettwäsche zu setzen oder gar meinen Rucksack daraufzustellen. Dafür ist der Schal am Bettende da, hatte sie gesagt. Unser Mädchen musste die Fernbedienung abwischen und die Minibar verkleben. Ich erinnere mich, wie ich in der Lobby nicht abgeräumte Gläser leer trank. Ich legte mich aufs Bett. Auf dem Nachttisch lagen Werbeprospekte. Qualität kennt keine Sterne. Ich meditierte diesen Werbespruch vor mich hin. Er brachte mich in einen beruhigenden tranceartigen Zustand. Dieses Hotel kannte jedenfalls keine manisch-depressiven Innenarchitekten.

 Ich war fest entschlossen zu meiner eigenen Version der operativen Fallanalyse.

 Sie hieß Handeln.

Also verließ ich erst mal das Hotel mit unbestimmtem Ziel. Auf der Straße entdeckte ich einen Friseur, der kostenlose Modelle für seine Lehrlinge suchte. Das war es. Zu irgendwas nützlich sein. Die Hälfte meiner braunen langen Haare fiel auf den Boden. Ich dachte an das Märchen von den Seejungfrauen, die ihre Haare der Hexe opfern, um ihre Schwester zurückzugewinnen. Die Hexe gibt ihnen einen Dolch. Einen Dolch, das war es, was ich gerade brauchte. Die vier Phasen der Trauer. Leugnung. Wut. Innere Auseinandersetzung mit dem Verlust. Es war so beruhigend, dass Experten immer alles schon geklärt haben. Ich wollte nichts akzeptieren, und es wird keine innere Auseinandersetzung geben. Meine Auseinandersetzung würde mit dem Dolch in der Hand stattfinden. Stufe vier: Neuer Weltbezug. Den kann sich ihr Mörder suchen. Bei Brettspielen im Knast. Ich versuchte, mich auf die dummen Magazine zu konzentrieren, um Stufe zwei in den Griff zu kriegen, Aggressionstraining. Ich blätterte in den Seiten. Meghan und Harry berichten vom täglichen Rassismus – die Queen ist entsetzt – Flüchtlinge auf dem offenen Meer – ich bin pansexuell und wusste es nicht – mit Elektroautos schaffen wir alles – die Neuseeländer gewinnen den America's Cup – M2 verlängert Wimpern. Ich legte die bunten Heftchen weg. Der Junge war von seiner Arbeit so hingerissen, dass er nicht aufhören konnte. Ich ließ ihn an meinem Kopf rummachen, bis ich mich nicht mehr wiedererkannte. Ich ähnelte den Models auf den Titelbildern, nur die Narbe auf meinem Jochbein unterschied uns. Der Hairstylist nährte die unbegründete Hoffnung, dass, wenn man sich oben anders begrenzt, der Schmerz aufhört, die Hoffnung, dass die Leiche aufsteht und sich verbeugt. Schulterlanges Haar in Platin, Granny hair, elegante Asche. Meine dunklen Augenbrauen wirkten entschlossener als sonst unter diesem neuen Haar. Deep Fake im Spiegel. Ich würde Luna nie wieder sehen. Ich drückte dem Jungen einen Hunderter in die Hand, und er fragte mich, ob ich zufrieden sei. Alles besser als vorher, sagte ich, wenn es mir wieder gut geht, färbst du mir die Haare pink. Dann kaufte ich mir ein Paar Jeans bei einem Discounter im Türkenviertel und eine Packung Slips. Die Unterhosen zierte ein Aufdruck mit den sieben Wochentagen. Schlüpfer für Demenzkranke.

Im Army-Shop holte ich mir einen Parka, damit sah ich so unspektakulär wie eine Klimaaktivistin aus. Die einzige modische Ergänzung zu meiner Trainingshose war ein T-Shirt mit dem Aufdruck *STAY WORKING DEDICATED*, ein Sonderangebot aus dem Baumarkt, wo ich von nun an frühstückte. Streng genommen brauchte ich nicht mehr.

Mein neuer Lebensraum im Motel One hatte die Größe einer ägyptischen Grabkammer und war ebenso von schlichter Ausstattung. Das Zimmer hüllte mich wohltuend ein und führte automatisch zu guter Konzentration. Wenn man das Fenster aufmachte, hatte man das Gefühl, man stünde an den Niagarafällen. Der Verkehr donnerte vorbei, und man fühlte sich überflüssig und dennoch nicht mehr einsam. Ich fand es prima. Das war Niemandsland. Ich legte mich auf die antiallergischen Kissen, die sich wie geraspelte Autoreifen anfühlten.

Ich schoss mir meine Musik durch den Kopf und schloss Lunas Festplatte an meinen Laptop an. Das Ergebnis sah aus wie eine mittelalterliche Buchhaltung. Unter Zukunft hatte sie künstlerische Projekte abgelegt und die zu erzielenden Preise vermerkt. Unter Gegenwart fand ich männliche Vornamen und eine Summe in Euro dahinter. Weiterhin gab es eine Adressliste, die sie offensichtlich benutzt hatte, um Einladungen zu verschicken, in der sich befremdlicherweise auch A. befand. Plötzlich fiel mir auf, dass sich A. seit der Beerdigung meines leiblichen Vaters nicht mehr gemeldet hatte. Jetzt musste ich mich auch noch um einen neuen Sexualpartner kümmern. Große Pausen hatten mich nie gestört. In der momentanen Situation dachte ich allerdings darüber nach, wie seltsam diese Funkstille war. Möglicherweise Hausarrest. Catherine Steiner war unberechenbar. Ich konzentrierte mich wieder auf Lunas Daten. Auf der Festplatte gab es ihr Werkverzeichnis und eine Liste der verkauften Kunstwerke mit Angaben der Käufer, darunter meine Mutter und im Wesentlichen Tom Chang. Die einzigen mir unbekannten Käufer waren die Landwirtschaftliche Rentenbank, ein Fitnessclub ohne Personenangabe und ein Käufer, vermerkt unter »F*«. Diese Bilder sah ich mir genauer an. Auf den Fotos war sie nackt zu sehen, schlafend. Die Fotos wirkten wie Tatortbilder. In dem Ordner befanden sich weiterhin bizarre Detailaufnahmen ihrer Genitalien, die mit Ton unterlegt waren. Ein Roboter sprach die Texte.

Und der wilde Knabe brach
's Röslein auf der Heiden;
Röslein wehrte sich und stach,
Half ihr doch kein Weh und Ach,
Musst' es eben leiden.
Goethe, du Arsch. Ausrufezeichen.

Hallo, ich habe das Goethe-B1-Zertifikat zur selbständigen Verwendung von deutscher Sprache, sagte die computergenerierte Stimme. Und jetzt hacke ich alles kurz und klein, damit es bekömmlicher wird. Kunst geht oben rein und kommt unten als Scheiße raus. Kauft Klopapier!

Kunst war das Letzte, was mich jetzt interessierte. Ich schaltete aus. Die Fotos waren eher die Bestandsaufnahme eines Werkzeugkastens als die eines Menschen. Akribische Ordner mit den Zutaten für Kunstprojekte. Die halfen mir nicht weiter. Rechnungen und Kontoauszüge wären perfekt gewesen, aber die gab es hier nicht. Dafür fand ich unverständliche Dialoge mit der Künstlersozialkasse und den Meldeschein für einen 450-Euro-Minijob, ausgezahlt von Hirschheimer. Zeitraum fünf Jahre, letzte Zahlung kurz vor ihrem Tod. Von diesem Job konnte sie sich ihren extravaganten Lebensstil nicht geleistet haben.

Ich sah auf den Bildschirm an der Wand. Die bunten Fische kreuzten von links nach rechts. Das Aquarium hatte die Kälte der abstrakten Idee. Ich fand nicht den Mut, in den Ordner mit den Videos zu schauen. Es ist eine Perversion, zu glauben, dass animierte Bilder den Tod vergessen machen. Ich hatte panische Angst, Luna in Bewegung zu sehen. Ich packte den Computer weg.

Etwas Kaltes klebte an meiner Haut. Die fremde Münze. Ich versuchte den Gedanken an Alkohol loszuwerden und ohne einen Drink einzuschlafen. Wenn mir das gelingen würde, könnte ich bleiben. Ich sah auf die Fische, bis mir die Augen zufielen.

Gegen neun Uhr morgens erwachte ich, in meiner Hand immer noch die Münze.

Ich stand auf und setzte die Ereignisse zusammen. Die Komponenten ergaben eine zähe Masse, die auf mir lastete. Aber es hatte sich zu allen Ungereimtheiten eine neue Spur eingraviert, die mir suggerierte, dass Lunas Tod nur ein Versehen war, dass sie nicht gemeint war, dass ein gedankenloses Schicksal sie getroffen hatte, an meiner Stelle.

In dieser Stadt gab es jemanden, der mich loswerden wollte. Von allen bestehenden Möglichkeiten hatte ich mir diejenige ausgesucht, die mich am meisten traf. Das daraus resultierende Gefühl saß in meinem Kopf fest und nannte sich Schuld. Dieser Zustand wollte auch nicht durch ausgiebiges Duschen verschwinden, dennoch löste das Organic Shower Gel eine Art Zuversicht bei mir aus. Vielleicht war es auch die Theorie in meinem Kopf. Jedes Leben besteht aus Annahmen. Aber ich war noch nie durchgekommen, ohne mir auch für den kleinsten Dreck eine Theorie zu basteln. Da kam es auf eine mehr oder weniger auch nicht an. Es gab kein Zurück. Kein Jetzt. Es gab nur weiter.

Ich schnappte mir meinen Rucksack und ging zu Fuß die sieben Etagen hinunter.

In der Frühstückslounge schaufelten sich die Hotelgäste die Teller zu, als stünden die apokalyptischen Reiter in der Lobby. Die Luft war eine Wand aus Fertigrührei und synthetischem Parfüm. Ich brauchte eine Ewigkeit, um mich zu erinnern, wo ich mein Fahrrad gelassen hatte. Ich stand wie versteinert in der Lobby, mühselig die Minuten rekonstruierend, und spähte durch die Scheiben, bis ich mein Fahrrad am Bauzaun sah. Immer noch Absperrbänder und Einsatzwagen gegenüber.

Vor dem Hoteleingang fragte ich einen Penner, ob er sich fünf Euro verdienen wolle und mir mein Fahrrad holen könne. Der Penner sagte NEIN. Ich ging zurück in die Hotellobby und stand unschlüssig rum. Ich ertrug den Ort nicht, wo mein Zuhause war.

Ein Hotelmitarbeiter fragte mich, ob er mir behilflich sein dürfe. Ich drückte ihm zehn Euro und meinen Fahrradschlüssel in die Hand und erklärte ihm, wo mein Fahrrad stand. Der

Angestellte sah mich verdattert an. Aber er kam mit meinem Rad zurück. Ich war glücklich wie über einen alten Bekannten. Ich genoss die Verbundenheit zu einem vertrauten Gegenstand. Dann fuhr ich zu Chang.

Chang war für einen Chinesen zu groß, und er sah verdammt gut aus. Sein Büro befand sich im Bankenviertel. Als ich eintrat, war er, wie immer, im Geschäftsmodus. Den Wechsel von Konkubinen war er gewöhnt, obwohl Luna eine Sonderposition in seinem Leben eingenommen hatte. Er schien ihren Tod zu verwalten wie ein weiteres notwendiges Übel, sein Gesicht unlesbar wie eh und je. Ich schätzte das an ihm. Jeder andere hätte die Gelegenheit genutzt, um daraus sein universales Lebensdrama zu entwerfen. Aneignung der Toten und Umgestaltung in eigene Grandezza. Die Verlockung des Eigentums. Zugewinn an symbolischem Kapital, indem man sich als Opfer darstellt.

Aber Chang war ein Macher. Er wusste, dass das Leben durch Bedürfnisse in Gang gehalten wird, und er machte Geld daraus. Viel Geld.

Neben seinem Schreibtisch saßen seine Kampfhunde Nacho und Taco und schlangen ihr fettreduziertes Frühstück runter mit den üblichen Vitamintabletten und dem Omega-3-Lachsöl gegen Haarausfall.

Er zeigte sich kaum erstaunt, als ich mich setzte. Dabei war ich ohne Anmeldung in sein Büro hineinspaziert. Der blaue Anzug stand seiner Entscheidungsfähigkeit gut. Die fehlende Krawatte machte ihn keineswegs lässiger, sondern flößte mehr Angst ein. Seine tiefschwarzen Haare waren durch Haarwachs in abzählbare Bahnen gelenkt. Sie gaben ein undurchdringliches Gesicht frei.

Wir saßen minutenlang in seinem Büro und sagten nichts.

Je länger ich stumm in sein Gesicht sah, desto mehr registrierte ich die Endgültigkeit des Todes von Luna. Erst jetzt begann ich, sie aus meiner Adresskartei zu löschen. Ohne Chang hätte ich das nicht geschafft. Auf seinem Schreibtisch lag der frisch gedruckte Katalog für ihre Ausstellung im Kunstverein. Weiße Schrift auf Himmelblau.

Davenport 160 × 90.

Ich starrte auf den Katalog. Chang öffnete ein Schubfach und nahm ein verschlossenes Kuvert in Himmelblau aus einer Mappe. Darauf stand: Für Sonja.

Ich steckte wie ein Roboter den Brief in meinen Rucksack.

Die Ausstellung würde ohne sie stattfinden.

Es war eine Stille wie im Panzerschrank.

»Ist das neu?«

Ich deutete auf ein Wandgemälde hinter ihm. Das Bild war eine einzige gelbe Fläche.

»Das ist ein Hirschheimer. *Ausschnitt Commerzbank*. Das ist der Titel.«

»Hm. Da kann er ja noch 'ne Weile malen, scheint ja nur das Dekolleté zu sein.«

Wir schwiegen.

»Sie hatte bei Hirschheimer einen Minijob. Wusstest du das?«

»Ja, sie hat für ihn gemalt.«

Wir schwiegen wieder.

»Wusstest du, dass sie als ART ESCORT gearbeitet hat?«, sagte Chang.

»Sie hat auch als Modell für Bandagen gearbeitet«, sagte ich.

Wir sahen uns ungerührt an. So wie ich bei ihm, wusste auch Chang bei mir nie, wo er dran war.

Irgendwie hatte ich geahnt, wie Luna ihre Karriere vorangetrieben hat. Art Escort hatte ich allerdings noch nie gehört. Erklärte sie Kunst, bevor sie einen Blowjob gab? Die Nutte für das Bildungsbürgertum? Oder machte sie aus jedem Treffen ein Projekt? Ich sehe sie noch vor mir, wie sie manchmal spät in der Nacht zurückkam. Anders als sonst. Schwarzes kurzes Kleid. Hohe Schuhe. Brille. Die Haare im Nacken geknotet.

OVER. AGAIN. BEFORE.

Das hatte sie sich auf den Rücken tätowieren lassen, und der Ausschnitt ihres Abendkleides legte es bloß. Schon vor ihrem Tod wirkte dieses Tattoo für mich wie die Inschrift auf einem Grabstein.

Männer faszinierte es. Chang hatte diesen Nebenjob wohl ignoriert, ihr Freiheit gewährt. Der Clubbesitzer und die Künstlerin, ein schönes Bild für die Presse. Hochglanzartikel für das Zentralarchiv. Wen interessiert schon die Wahrheit. Monokausale Zusammenhänge sind schon schwierig genug.

»Hast du das der Polizei gesagt? Das mit der Escort-Nummer?«

»Das war eine Info von der Polizei. Und dass sie zugekokst war.«

»Super. Die graben dir jetzt den Club um. Besonders die VIP-Lounge. Du solltest die Drogen außer Reichweite bringen.«

Chang sah mich an wie der Putzdienst, der nicht weiß, wo er anfangen soll.

Ich starrte auf ein kleines Medaillon an der Wand, das aussah wie Schimmel in Aspik. Rote Farbe hatte sich in winzigen Wirbeln im Acrylat verewigt. Große Emotionen. Alpina. Rot – die aufregendste Farbe der Menschheit. Mit Luna im Baumarkt. Baumärkte beruhigen mich einfach. Halle und Material. Ordnungssysteme. Chang ahnte nicht, wie tief ich in der Sache steckte. Wir wussten nichts voneinander, ich beließ es dabei. Nun entdeckte ich auch, dass sich in der Mitte des Medaillons ein eingegossenes altes Heftpflaster befand.

Chang ging zur Wand, nahm das durchsichtige kleine Teil ab und drückte es mir in die Hand.

»Ich bin gerade auch nicht stabil.«

»Stabile Sinnsysteme sind Paranoia.«

Das Acryl fühlte sich kühl an. Ich drehte das Medaillon um. Lunas Handschrift.

> *LOVEPOEM*
> *You never pop in*
> *In my evening*
> *Can't read you*
> *Cincinnati Kid.*

Offensichtlich fühlte sich Chang ohne Lunas Gedicht an der Wand besser. Ich steckte es in meinen Eastpak. Für eine kurze Weile gab es nur Stille.

»Hör mal, ich brauche deine Hilfe. Ist der Libanese noch an der Tür?«

Chang schaltete plötzlich um, setzte sich kerzengerade hin und guckte mich an wie bei einem Einstellungsgespräch.

»Was soll das werden, Slanski? Eine private Schnüffeltour? Wenn ich deine Hilfe brauche, melde ich mich.«

Ich legte ihm die libanesische Münze auf den Tisch.

»Das habe ich in der Ritze vor meiner Tür gefunden.«

»Worauf willst du hinaus, Slanski?«

»Falafel im Fladenbrot jedenfalls nicht.«
Chang sah mich skeptisch an.
»Ahmed ist für diese Woche eingeteilt.«
»Ist das der libanesische Kurde?«
»Slanski, ich warne dich. Hier herrscht meine Ordnung.«
»Ich will ihn nur was fragen. Man sieht sich.«
»Slanski!«
Das war ein Kommandoton. Ich drehte mich an der Tür um.
»Hör auf mit der Scheiße!«
»Wir können nicht mehr aufhören, Chang. Wir können einfach nicht mehr aufhören. Wir können nicht aufhören.«
Ich ging schnell. Eine Flucht vor Begründungen.
Draußen auf der Straße hallten meine eigenen Sätze in mir nach. Eine gesteigerte innere Unruhe fiel über mich her. Wir können nicht mehr aufhören. Alles vibrierte. Ich stand einen Moment unschlüssig herum. Ich ließ die Wärme der Sonne auf mich wirken und nahm das Medaillon aus dem Rucksack. Das Licht brach sich im Acryl, alles funkelte. Chang stand am Fenster seines Büros. Die Entfernung war viel zu groß, als dass ich ihn hätte weinen sehen können, und doch war ich überzeugt, dass er es tat. Ein Glitzern, aus dem einfach keine Geschichte werden sollte.

Ich schloss mein Fahrrad auf und fuhr zur Bar, die sich gegenüber der Kanzlei Hoffer & Bertling befand. Ein paar Blumenkübel in einer Parklücke mit rustikalem Holztisch und Bänken. Links und rechts parkende Autos. Die Ästhetik der Umsatzsteigerung. Ich setzte mich auf die provisorisch eingerichtete Terrasse und nahm einen Drink in der Parklücke, um die Gegend zu beobachten. Vor dem Biomarkt links hingen zielgruppenorientiert die Bettler rum. Die hatten es geschnallt, wie man mit dem schlechten Gewissen der Leute Geld verdient. Die legten ihre Beine direkt vor die Eingangstür. Drinnen war ein Stand von Greenpeace, der für eine aussterbende Vogelart kämpfte. Der Standort entscheidet die Rendite.

Ich repetierte zum wiederholten Mal die Handlung. Tom Chang hatte vielleicht Grund, seine Geliebte umzubringen, aber nicht in meiner Wohnung, zudem schloss ich bei ihm Affekte schlichtweg aus. Lunas Kunden hätten sie ebenfalls überall besser umbringen können als in meiner Wohnung. Ein Liebhaber, dem sie allein gehören soll. Stattdessen gehört ihr toter Körper nun zu dem Boden aus Teak. Ein furchtbares Bild. Die Wohnung war verloren für mich. Ich verstand nicht, wie man gebrauchte Klamotten kaufen und sich die Geschichten fremder Leute um den Leib wickeln konnte, geschweige denn in die Wohnung zurückzukehren, in der eine Tote lag. Raub war ausgeschlossen, denn an diesem unseligen Abend sah meine Wohnung so unberührt aus wie immer. Ich bin keine pedantische Ordnungsfanatikerin, aber mich stören herumlungernde Dinge beim Denken. Manchmal hatte ich der Haushälterin ein paar verdreckte Wäschestücke hingelegt, die das Loft bewohnter wirken ließen und die ihr das Gefühl gaben, gebraucht zu werden. Luna hatte Männer konsumiert wie andere ihren Frühstückskaffee. Glaub mir, wir haben alle was davon, war ihr leitendes Prinzip. Tiefere Einblicke hatte ich nicht. Luna war tot und würde nie wieder zurückkehren. Alles war eine Frage des Motivs, dachte ich. Das Motiv war ich selbst, dachte ich. Der Gedanke, dass der Mord mir galt, nahm mehr und mehr Gestalt an. Eine fixe Idee, die nicht verschwinden wollte. Mein letzter Job vor dem Mord betraf die Kanzlei gegenüber. Die Spur gravierte sich wie von selbst in mein Hirn. Ich sah stumpf auf den Eingang zur Kanzlei. Ich sollte aufhören zu recherchieren. Ich hatte sie gestört. Auftragskiller gab es schon für 1000 Euro. Diese hinterfotzigen Juristen wollten mich beseitigen. Bei dem Wettlauf um den Besitz kommt es auf einen mehr oder weniger nicht an.

Plötzlich hielt ein schwarzer Mercedes mit grabgetönten Scheiben. Die totale Verriegelung. Der Fahrer stieg aus und öffnete die hintere Tür. Das war von Behringen. Kopf gesenkt, die Aktentasche unterm Arm. Alleine auf der Welt. Die Haltung schien ihm ins Fleisch gewachsen.

Niemand verdient seine Beachtung, der nicht in seinem Kalender steht.

Ein penetranter Typ neben mir brüllte Anweisungen in schaurigem Englisch in sein Telefon. Im nächsten Gespräch wechselte er ins Deutsche und senkte seine Stimme. Er redete die andere Seite mit Schatz an. Das dritte Gespräch war seinen Scheidungskosten gewidmet.

Der Anzugträger redete in aller Seelenruhe über den Versorgungsausgleich und die Gesamtkosten.

Diese Schamlosigkeit störte meine Konzentration.

Ich wollte dem Bastard die Fresse polieren.

Ich starrte unverwandt auf den Eingang zur Kanzlei und hörte mir die Aufteilung der Güter an. Obszön, wie der Typ alle Hüllen fallen ließ.

Nach zwei Stunden kam von Behringen wieder heraus. Er setzte sich in seinen Wagen. Der Fahrer schloss geräuschlos die Tür.

Eine unerwartete Zartheit auf dieser dreckigen Straße.

Das Geräusch einer Zeitung, die gefaltet wurde. Ich drehte mich um. Der Anzugträger war verschwunden. Aber der Typ schräg gegenüber mit der *NZZ* war noch da. Den hatte ich das letzte Mal auch schon hier sitzen sehen. Der Typ notierte sich etwas auf die Zeitung. Ich ging rein und beobachtete den Zeitungsleser von drinnen. Er winkte die Kellnerin heran, zahlte und verschwand. Einen Teil der Zeitung hatte er mitgenommen. Vermutlich seine Notizen.

Ich verschwand auf die Toilette, als mein Handy klingelte.

Unbekannte Nummer. Die Dinger klingeln immer, wenn man sich die Hose runtergelassen hat.

Eine geschmeidige Stimme stellte sich als Mitarbeiter der Polizei vor, die genaue Abteilung verstand ich nicht, weil jemand die Spülung betätigt hatte. Die Stimme fragte mich, ob ich verreist sei. Ich unterbrach das Wasserlassen und sagte, dass ich Kurzurlaub mache, während seine Kollegen meine Wohnung durchgraben, und ob das ein Problem sei.

Er entschuldigte sich mit warmen Worten und lud mich zu einem Gespräch ein. Er fragte nach meiner E-Mail-Adresse für eventuelle Fragen oder Benachrichtigungen.

ich@augenfluid.com.

Die sollen in den Zentralrechner schauen, wenn sie meine persönlichen Daten wissen wollen.

Ich würde eine Vorladung erhalten. Ich dich auch.

Förmliche Verabschiedung.

Ich pisste fertig und zahlte.

Übellaunig beschloss ich, mir eine Flasche Wodka zu besorgen. Ich fuhr durch die halbe Stadt, um eine Flasche von meinem Lieblingsstoff aufzutreiben, aber in dieser verdammten Stadt führte keiner meine Marke. Ich war wild entschlossen, nichts anderes als den Xellent zu mir zu nehmen. Was Alkohol betraf, konnte ich Ausdauer zeigen. Irgendwie war ich froh, dass im Kapitalismus materielle Wünsche doch noch offenblieben. Es gab nicht alles und auch nicht sofort. Aber was meinen Lieblingswodka betraf, blieb ich hartnäckig. Diese sonst so ausgewogenen Schweizer konnten doch unmöglich so einen beschissenen Vertrieb haben. Ich fuhr zu einem Gourmetladen im Bankenviertel und realisierte, wie sich mein Geschmack mit dem der Finanzwelt deckte. Neben skrupellos teurem Champagner stand auch mein Wodka im Regal. Ich bestellte zehn Flaschen. Die Dame hinter dem Ladentisch sah mich an, als müsste sie in den Orkus steigen, und ging missmutig in den Keller. Sie kam mit fünf Flaschen zurück und erklärte mir ranzig, dass das alles sei. Ich packte die roten Flaschen mit der weißen Schrift und dem hübschen kleinen Kreuz in meinen Rucksack und legte ihr 200 Euro auf den Tisch.

»Brauchen Sie eine Quittung?«, fragte sie und schielte das Bargeld ängstlich an, als könne sie der Versuchung nicht widerstehen, es einfach in ihre Tasche zu stecken.

»Eher würde das Finanzamt Viagra akzeptieren als monogames Saufen.«

Die Dame hinter der Theke lächelte gezwungen.

Ich brachte den Xellent ins Motel One und ließ eine Flasche im Rucksack für Helena und Lucky. Ich weiß nicht, was mich mit einem Mal geritten hatte. Der Plan in meinem Kopf machte mit mir, was er für richtig hielt. Kurz vor Helenas Wohnung drehte ich um und gab Speed. Mir brach der Schweiß aus. Der Weg zu dem deutschen Wald.

Der Weg zu Catherine Steiner.

Vor der Villa stand der verdunkelte Mercedes, den ich am Nachmittag vor der Kanzlei Hoffer & Bertling gesehen hatte. Im Wagen saß der Fahrer und beobachtete die Straße.

Ich schloss mein Fahrrad etwas abseits an. Von meinem

letzten Besuch wusste ich, dass die Terrasse hinter der Villa an den Nachbargarten grenzte. Ich schmiss meinen Parka über das Fahrrad, band die Haare zusammen, klingelte am Nebenhaus, grüßte von Catherine und erzählte, dass ich Steiners Landschaftsarchitektin sei und ich nachsehen wolle, ob die Hecke sie störte. Ich schüttete sie zu mit halbgarem Wissen über Flachwurzler und wie Tiefwurzler für die Ewigkeit gemacht sind. Die Leute ließen mich mit erschrockenem Lächeln ein und führten mich zu der Hecke. Ich wühlte unter Aufsicht ein bisschen im Gras herum, begutachtete die Blätter der Hecke und spähte dabei nach Catherine Steiner und von Behringen. Die beiden saßen bei Wein und Snacks auf der von Statuen flankierten Terrasse. Zwischen dem Weinkühler und den Kristallgläsern türmten sich irgendwelche Unterlagen. Ich versuchte wenigstens ein Stichwort aufzuschnappen. Um mich herum lärmten die Vögel, dennoch vernahm ich das Wort Ehevertrag. Von Behringen stand unversehens auf und stellte sich hinter Catherine Steiner. Es wirkte wie ein Adelsfoto um die Jahrhundertwende in der Art, wie seine Hände ihre Schultern berührten, dann legte er sie um ihren Hals. Sie hatte die Augen geschlossen und drückte ihren Kopf nach hinten. Ihre Arme streckte sie nach oben und die Aquarellmotive ihrer Stola klappten zur Seite. Das seidene Trägerkleid spannte sich um ihren Körper. Ihr Rücken wölbte sich und die Brustspitzen zeichneten sich unter der hellen Seide ab. Ich konnte nicht länger hinsehen. Ich fühlte mich wie ein Kind, das aus Versehen ins Schlafzimmer der Eltern getappt ist. Die Szene sah so geglättet aus, dass ich jeden Moment erwartete, dass er sie umbringt. Catherine Steiner erhob sich und zog von Behringen ins Haus. Sie entschwebten wie im klassischen Ballett. Tipptipptipp.

Ich konzentrierte mich auf seine Turnschuhe, denn an deren Profil würde man ihn als Mörder entlarven. Alle waren Mörder für mich. Seine Turnschuhe waren von exklusiver Hässlichkeit. Sie waren die typischen Produkte einer übersättigten Industrie, die ihre Kunden durch hohe Preise hypnotisierte. So was merke ich mir.

Ich erhob mich und bedankte mich bei den Nachbarn.

Vor dem Tor stand der dunkle Mercedes, der Fahrer schlief. Ich stieg auf mein Fahrrad. Unterwegs kam ich an einer offenen Garage vorbei, sammelte ein nagelneues Longboard mit Blumenmotiv ein, das dort auf dem Boden lag, neben dem Wodka ein hübsches Geschenk. Immerhin verdankte ich Helena und Lucky einiges.

Ich hatte die beiden in Gefahr gebracht und wollte mich entschuldigen. Insgeheim hoffte ich auf Hinweise, Auffälligkeiten, Verbindungslinien, die ich ziehen konnte.

Lucky und Helena freuten sich überhaupt nicht, mich zu sehen. Sie waren in heller Panik wegen dem Datenklau. Sie hatten auf dem Präsidium ihre Angaben über mich machen müssen. Die Polizei forstete gerade mein Umfeld durch. Sie hatten nichts von dem Virus erwähnt, nichts von den geklauten Daten. Jetzt drehten sie völlig durch. Ich verstand, dass die unmittelbare Begegnung mit der Staatsmacht konsterniert, aber, Herrgott, es war immer noch Deutschland.

Bürokratisch.

Rechtsstaatlich.

Lahmarschig.

Sicher.

Ich musste versprechen, dass ich alles geraderücken und sie aus der Angelegenheit raushalten würde. In ihrem Wortschatz stand GERADERÜCKEN noch zur Verfügung. Beneidenswert. Es war doch alles auf dieser Welt unwiderruflich verbogen. Gesellschaft bedeutet Geflecht, dem man nicht entkommt. Und raushalten kann man sich, wenn man tot ist. Aber das sagte ich ihnen nicht. Ich setzte ein verständnisvolles Gesicht auf.

Helena sprach von Rechtsverletzung.

Lunas Tod hatte mich in eine unheimlich schwarze Phase gebracht.

Helena wollte nicht aufhören mit ihrer Rechtsbelehrung. Lucky verdrehte die Augen. Dabei adressierte sie alles an mich.

Ich versuchte, sie auf eine andere Schiene zu bringen, und fragte Helena, ob sie mir ein Oberteil und High Heels für den Club am Donnerstag borgen könnte. Sie sah kurz so aus, als ob sie mir eine knallen würde, ging aber und kam mit einem schwarzen T-Shirt wieder, übersät mit schwarzen Glitzersteinen und Slingpumps. Irgendwie nahm sie meinen Vorsatz, in den Club zu gehen, als Zeichen, dass ich wieder am Leben teilnahm. Ich dankte ihr und überließ die beiden ihrem Abendprogramm. Mit denen konnte ich momentan nicht mehr rechnen. So viel stand fest.

Im Hotel angekommen, hängte ich umgehend den Hinweis *BITTE NICHT STÖREN* draußen an die Tür.

Ich setzte mich aufs Bett und holte den Briefumschlag aus dem Rucksack. Eine Kinderhandschrift. Wie man seinen Eltern Gutscheine zum Geburtstag schenkt, weil einem Kleingeld fehlt oder eine Idee. Aber Luna hatte es nie an Ideen gefehlt, auch wenn sie Angst machten. Ihre Scherze waren hart. Alle lachten, sie nicht. Sie war vernarrt in diese fluoreszierenden Farben, die sie per Internet bestellte. Herkunft egal, Hauptsache billig. Das Zeug leuchtete im Dunkeln, und ich wartete drauf, dass auch dieser Brief es tat. Reglos saß ich vor dem Umschlag.

Ich wusste nicht, wie ich das blaue Ding öffnen sollte. Ich entschloss mich zu einem Schluck Wodka. Der Wodka machte mir klar, wie der Brief zu öffnen sei.

Gar nicht.

Dann startete ich Komasaufen.

Delirium. Zwischendurch mal eine Pizza. Wasser aus dem Hahn.

Nach zwei Tagen Wodka – Schlafen – Wodka – Schlafen konnte ich endlich meine Trauer in Sätze quetschen. Ich brauche für alles im Leben gut gebaute Sätze. Ich habe fast nie geweint, ich wollte immer nur Sätze finden. Sätze, deren Gültigkeit über einen Tag hinausgehen. Nachdem ich mein Hirn leer getrunken hatte, kamen diese Sätze wie von selbst. In diesen Sätzen reflektierte ich die Zeit mit Luna. Die Sätze beschrieben ein Gefühl. Und sie formulierten die perfekten Erinnerungen. Diese Erinnerungen deckten sogar die Fragezeichen zu. Also ging ich einen Schritt weiter und versuchte, alles auf einen einzigen Satz zu bringen. Der Satz, der sich gegen die Welt stellen würde. Es ist gut, wenn man solch einen Satz hat. Der Satz muss simpel und möglichst brutal formuliert sein. Der Satz muss ein Joker für Notsituationen sein.

Mein Satz lautete: Ihr Assis!

Es war Abend.

Ich duschte, als könnte ich selbst durch den Abfluss verschwinden, und verließ nahezu fiebrig das Bad. Die schwarzen Steine auf Helenas Oberteil funkelten düster. Die feinen Riemchenschuhe wollte man einfach in den Händen halten, aber nicht an den Füßen tragen. Sie verlangten nach Balance, die mir im Augenblick fehlte.

Aus dem Changs donnerte die Musik gegen die Türen. Salven für jede Stimmung. Marilyn, die Dragqueen am Eingang, hatte mich auf der Gästeliste und umarmte mich überschwänglich. Elfenbeinhaut. Wir unterhielten uns über Bodylotion, Ketamine, Zimt-Honig-Backpulver-Zitrone-Mixturen für noch zartere Haut, den Einzug der albanischen Mafia und auswaschbare Haarfarben.

Als Marilyn sich wegdrehte, um sich den anderen ankommenden Gästen zu widmen, fragte mich ein Kerl im Anzug, ob ich auch mal ein Mann gewesen sei. Ich senkte meine Stimme und flüsterte ihm ins Ohr: »Ich bin ein Mann.«

Der Typ sah mich geschockt und geil zugleich an. Irgendwie hatte ich Verständnis dafür, dass es nach einem öden Tag im Büro nur eine Frage an das Leben geben konnte: Wen kann ich heute flachlegen?

Dann traf ich Mirko, der im Anzug und mit Headset das Geschehen betrachtete. Chang hatte ihn kürzlich auf meine Empfehlung hin im Sicherheitsbereich eingestellt. Wenn er nicht gerade trainierte, fuhr Mirko den Vorstand einer Versicherung herum. Davor war er in einer Spezialeinheit in Afghanistan. Die Exsoldaten sind beliebt bei den Vorständen. Die machen ein besseres Gefühl. Vermutlich sind sie die einzigen Personen, denen der Vorstand traut. Von ihnen haben sie nichts zu befürchten, von ihnen würden sie gerettet, vielleicht sogar geliebt. Das kann ansonsten nur noch ein Hund.

Chang hatte ein Händchen für gute Leute. Wie für jede halbwegs intakte Beziehung galt es, vorher die Augen weit auf, später halb geschlossen zu halten.

Mirko und ich nickten uns kurz zu. Eine Umarmung hätte seiner Autorität geschadet.

Kraft generiert sich in erster Linie durch Abstand.

»Wer ist Ahmed?«

Mirko zeigte auf einen kantigen Typ am Eingang. Ich sah ihm eine Weile zu, es war amüsant, wie die Leute allerhand Faxen versuchten, um in den Club zu kommen. Ahmed sah die meisten unter ihnen noch nicht einmal an.

Macht entsteht durch Nichtbeachtung.

Ich ging langsam auf ihn zu.

»Hi.«

Ahmed würdigte mich keines Blicks und nuschelte, ich solle vom Eingang verschwinden. Ich fragte ihn auf Arabisch, wo er herkäme.

»MIN AYNA ANTA?«

Seine Körperposition und seine Mimik blieben unverändert, volle Konzentration auf die Menschentraube am Eingang.

»Weitergehen!«

»SUAL WAHID SAGHIR.«

Hinter uns hielt ein 3er-Cabrio, und ein dicklicher Teenager gab seinen Schlüssel inklusive einem Geldschein dem Mitarbeiter vom Parkservice. Das Babyface ging durch die Menge der Wartenden, die sich wie das Rote Meer teilte, als ob der Prophet durchschritt. Ahmed nickte kurz und trat zur Seite, um sofort wieder seine warnende Haltung den auf Einlass Hoffenden gegenüber einzunehmen. Das Leben enthält vorwiegend Ausnahmeregelungen.

»MAN KAN HADHA«, fragte ich.

»Bist du Bulle?«

»Nee, Zeuge Jehovas. Ich wollte mit dir mal über Gott reden.«

Ich hatte nicht erwartet, dass mein Witz ankommen würde.

Ahmeds ganze Aufmerksamkeit schien zwei durchschnittlichen Typen zu gelten, die um die lila angestrahlten Bäume vor dem Club schlenderten. Ich hielt sie eindeutig für Dealer. Meine Vermutung wurde bestätigt, als das Babyface im Steve-Jobs-Outfit aus dem Club kam, auf die beiden zuging und seine Geldbörse aus der Hosentasche zog, sorglos, als wollte er einen Fahrschein kaufen. Als sich Babyface an mir vorbei in den Club drängelte, erkannte ich den Sohn von Hoffer. Ich weiß nicht, was in mir vorging, aber ich verlor komplett die Beherrschung und ging vermutlich zu schnell auf die Typen zu. Ein Unbekannter rempelte mich an, dann spürte ich einen starken Stoß und kippte an den lila Baum. Ich hatte von vornherein was gegen die Slingpumps. Mein Kopf schlug an die Borke. Für einen kurzen Moment nahm ich die Umgebung mit dem Weichzeichner wahr.

Als ich die Augen aufmachte, lag der Himmel schief über mir, ein Mondschnipsel hing in dem Baum. Gefühlt geisterte mein Gehirn auch da oben in den Zweigen rum. In meinem Kopf gab es nur trostlosen Brei. Mirko saß mit einem Verbandskasten neben mir und herrschte die Gaffer an, sie sollten sich verziehen. Ich rappelte mich auf die Knie. Blut lief mir aus dem Gesicht. Mein Kinn schmerzte. Nicht schon wieder im Gesicht. Das lila Licht des Strahlers schwärzte mein Blut, meine Arme wirkten weiß wie die einer Toten, aber der Baum sah ja auch scheiße aus. Ich holte tief Luft und hielt den Schmerz für den sichersten Beweis, dass etwas an den Typen verdächtig war, etwas jenseits der Drogen. Meine Theorie hatte mich fest im Griff. Ich musste weitergehen, auch wenn die Koordinaten möglicherweise nicht stimmten.

»Slanski, du siehst aus wie ein Vampir«, sagte Mirko und zog den antiseptischen Spray aus dem Kasten.

»Ist es das weiße Haar oder läuft mir Blut aus dem Gesicht?«

Ich kniete immer noch. Mirko sah die Wunde am Kinn an.

»Das musst du klammern lassen. Ich fahr dich in die Klinik.«

Der Schlag am Kinn hatte den Reflex ausgelöst. Knockout. Die Wunde blutete pathetisch, war aber in meinen Augen nur ein Kratzer, nichts für einen Besuch in der Klinik.

Ahmed kam auf mich zu. Ich hielt eine Mullbinde mit Desinfektionsmittel vor mein aufgeplatztes Kinn. Meine Fürsorge galt dem Oberteil. Ich wollte mir weitere Panikattacken von Helena ersparen. Die Flüssigkeit brannte, als würde ich mir eine Feuerqualle ins Gesicht halten.

Ahmed sprach mich an.

»Genug gekriegt, Lady?«

»Kennst du die Typen?«

»Das waren Albaner, und die kenn ich nicht, klar?«

Ahmed ging zurück zum Eingangstor und winkte weiter Leute rein. Ich existierte nicht mehr für ihn. Mein Kinn tat höllisch weh.

Die Welt ist gnädiger, wenn man sein Gesicht nicht reinhält.

Mirko packte mich in seine geschniegelte Karre. Am Spiegel hing ein Madonnen-Medaillon. Ich nahm das Automagazin vom Sitz, legte es auf seinen Schoß und parkte mein Gesicht darauf. Ich wollte ihm auf keinen Fall weder die Polster noch den Anzug vollschmieren. Er telefonierte offensichtlich mit Chang, meldete sich ab, erklärte die Situation. Irgendwie beruhigte mich das. Er startete den Wagen und legte seinen Arm beim Fahren auf mich. Unter seiner rauen Pranke wurde der Geisterhimmel sicher. Die Laternen flogen in wilden

Fetzen vorbei. So wollte ich bleiben. Für immer in einem Schlagertext. Aber leider wurde meine Ewigkeitsanwandlung durch das Uniklinikum unterbrochen.

Wir saßen im Korridor vor der Notaufnahme. Durch die offene Tür sah ich einen alten Mann liegen, der ununterbrochen die gleichen Sätze vor sich hin sprach. Das Alter ist schlabberig und kommt in abgegriffenen Farben, dachte ich. Der Arzt nähte mit drei Stichen mein Kinn und guckte zwischendurch auf meine nackten Füße in den Slingpumps.

»Glück gehabt. Ist eher am Kinn. Sieht man in ein paar Wochen nicht mehr. Soll ich Ihnen ein Schmerzmittel mitgeben?«

»Nee danke, mit einem Blowjob wird's heute eh nichts mehr.«

Der Arzt lachte nicht. Er hielt mir den Schein zum Unterschreiben hin. Ich entließ mich selbst, wie üblich. Auf eigenes Risiko. Im Korridor hörte ich immer noch den alten Mann die gleichen Sätze vor sich hin sagen. Fischers Fritze fischt frische Fische, frische Fische fischt Fischers Fritze. Das ist es also, was von einem Leben bleibt. Ein verdammter Zungenbrecher.

Mirko hängte mir seine Jacke über die Schultern und sah mich an, als wollte er mich fragen, ob er mich tragen soll. Dann befahl er mir zu warten, während er den Wagen holte. Wo soll ich dich hinbringen, fragte er mich. Ich nannte ihm das Motel One, was ihn kurz verunsicherte. Ich hatte keine Nerven, um ihm die Geschichte zu erzählen. Geschichten nutzen sich ab, je öfter man sie erzählt. Sie verteilen ihre Kraft. Ich aber brauchte alle Kraft, um auf ihren Anfang zu kommen.

Ich sah in den Seitenspiegel.

Meine Haare waren strähnig und mir klebte Mull am Kinn. Wortlos gingen wir gemeinsam ins Motel One.

Wortlos betraten wir mein Zimmer. Wir wirkten wie in einer Puppenstube. Zwei große Körper ließen den Raum einlaufen wie einen Wollpullover im falschen Waschgang.

Es wurde erst besser, als wir im Bett lagen. Ich legte mich mit der ungepflasterten Seite auf Mirkos Brust. Engere Kontakte unter Arbeitskollegen hatte ich immer abgelehnt, aber außergewöhnliche Situationen erfordern außergewöhnliche Maßnahmen.

Der Schweiß unter seiner Achsel war wie Morphium. Ich sog tief den Geruch ein, schloss die Augen, atmete tief.

»Slanski. Du bist eine Kämpferin, aber das ist eine Nummer zu hoch für dich. Ahmed hat mir gesteckt, dass die Typen für die albanische Mafia arbeiten. Die machen dir für 500 Euro den dreckigsten Job. Da darfst du nicht nah ran.«

»Du meinst das Babyface?«

»Quatsch, der ist einfach ein reiches Kind auf Würfelzucker.«

»Ich such einen Auftragsmörder.«

»Zeitarbeit vermittelt nicht solche Jobs. Good luck, Slanski. Glaubst du, die lassen sich in die Karten gucken? Die kürzen das Interview nach der ersten Frage ab.«

Mein Plan hatte den Angstfaktor ausgeschaltet. Ich unterschied mich durch nichts mehr von einem Mörder. Mein innerer Auftrag begann sich zu verselbstständigen, ich spürte, wie er begann, alle Mittel zu heiligen. Es war der deutsche Hang zur Perfektion. Nicht aufhören, bis die Aufgabe erledigt ist. Mirko schien zu spüren, dass ich nicht umkehren wollte.

»Die kriegst du nur, wenn du so bist wie sie. Und noch was, Slanski, selbst wenn ich eine Quelle hätte, würde ich sie dir nicht durchgeben.«

Sein Ton war beschwörend, sein Körper lag still.

Ich atmete fast bis zur Besinnungslosigkeit den Schweißgeruch unter seinen Achseln ein und legte meine Hand unter sein Hemd auf seine Brusthaare. Ich konnte nicht aufhören, mit meiner Hand über die warme Haut zu streichen und durch die weichen Haare. Sie glitten durch meine Finger und verlangsamten meine Gedanken. Der Plan ließ wohltuend nach. Mirko lag still, als wolle er mit keinem Atemzug stören. Dann strich er mir vorsichtig über die Haare. So viel Zartheit in einem gepanzerten Körper.

Als ich am Morgen aufwachte, war Mirko weg. Ich war ihm unendlich dankbar dafür. Meine Schenkel fühlten sich klebrig an und das Mullteil baumelte an meinem Kinn herum. Ich riss es mir mit einem kurzen Ruck aus dem Gesicht. Sah nicht gerade appetitlich aus. Die Fäden lugten wie Stoppeln aus meiner Haut. Der Bluterguss wirkte schwarz wie ein täppisch gemalter Bart. Ich fuhr zum Büro, hauptsächlich weil ich wusste, dass ich dort ein Pflaster hatte.

Auf meinem Tisch stach die Vorladung zur Polizei durch ihre trostlose Farbe heraus. Die Putzfrau hatte das Einschreiben angenommen und mit meinem Namen unterschrieben. Bis zur Vorladung hatte ich gerade noch eine Stunde Zeit, also fuhr ich zum Kaufhof, um im Untergeschoss eine Udon-Suppe zu essen.

Die lackierte Schale, in der ich mich spiegelte, sparte alle Feinheiten aus. Eine gewisse Oberflächlichkeit verschafft wohltuende Ruhe im Leben.

Auf meinem Handy leuchtete eine SMS von A.

»Ich muss dich sehen.«

»5pm Dom«, schrieb ich zurück. Das war das kürzeste Wort, das mir einfiel, während ich die Nudeln hochzog. Nach dem Treffen würde ich wissen, warum er sich nicht gemeldet hatte. Es war das erste Mal, dass ich umgehend antwortete, hoffentlich würde A. das nicht falsch deuten.

Ein Treffen mit A. im DOM. Es gibt schlechtere Orte. Im Dom war es kühl und ruhig, und die geistlichen Impulse blockierten garantiert sein Fortpflanzungssystem. Romantik brauchte ich jetzt wirklich nicht.

Dann radelte ich los zum Präsidium, einem Klotz aus Beton. Schön übersichtlich. Ich schob die Vorladung mit dem Aktenzeichen durch den Schlitz einer verglasten Pforte und machte die Pflichtrunde durch den Sicherheitscheck. Man führte mich in einen gemäßigt dekorierten Raum, und ich nahm Platz auf thermoplastisch verspannten Bürostühlen. Kurze Zeit später trat ein Mann um die 40 ein. Jeans. Schlichter Gürtel. Eine Figur, bei der man sofort phantasiert, wie schwer wohl sein Körpergewicht wiegen würde, wenn man flach unter ihm läge. Charakterloses Hemd, der oberste Knopf offen. Die Stelle unter dem Kehlkopf, die zur Brust führte, mit dem kleinen dunklen Haar, das herausschaute, lenkte mich von der freundlichen Kumpel-Kleidung ab. Exakte Rasur. Gut definierter Dreitagebart. Der kannte sein Gesicht. Die Linien waren perfekt gesetzt. Dunkle Augen mit einer Mischung aus Befehl und Güte, ganz perfide. Andere wollen immer mit ihrem Psychiater schlafen, ich nur mit der Polizei, muss mein permanentes schlechtes Gewissen gegenüber der Staatsgewalt sein. Der Typ passte in mein Suchprofil. Dunkle Haare, weder mit schwarz noch mit braun beschreibbar. Wenig Silber an den Ansätzen, wo der Bart anfing.

Ich stand kurz auf, bekam aber einen Krampf in den Zehen, möglicherweise fehlte mir Magnesium. Ich stellte meinen rechten Fuß auf halbe Spitze und wippte leicht, was einen ungeduldigen Eindruck verbreitete.

Etwas Unbegreifbares öffnete seine Schleusen. Ich hätte nicht so viel trinken sollen in den letzten Tagen. Jetzt wünschte ich, ich hätte doch mal Yogakurse genommen, um eine vernünftige Verkehrsregelung für die undefinierten Strömungen in meinem Körper zu finden. Das hier wird etwas anderes als ein übliches Inkasso-Interview.

Wir schüttelten uns routiniert die Hände, ich pflanzte mich wieder hin, und der Kommissar bot mir einen Kaffee an. Lupenreiner deutscher Filterkaffee, der wie ausgekochte Kanne schmeckte. Der stand sicher schon seit gestern auf dem verkratzten Tablett. Der Kommissar schob mir ein Schälchen mit Keksen hin.

»Sie haben sich verletzt?«

Er deutete auf mein Kinn.

»Hab mich beim Rasieren geschnitten.«

Wir sahen uns an. Ich konnte nicht mit Sicherheit sagen, ob das ein Lächeln war. Es glich eher einer Begrüßung aus dem Kampfsport.

»Brauchen Sie psychologische Betreuung?«

Diese Frage weckte mich auf. Ich winkte ab und erklärte ihm, dass ich keinen Bedarf für zusätzliche Probleme hätte. Er ließ es dabei bewenden, sah mich aber lange an. Ziemlich eindrücklich.

»Sie sind ins Motel One gezogen?«

Offensichtlich lag Interesse an meiner Person vor, sonst fände man das zentrale Anmelderegister nicht so spannend. Das war keine gewöhnliche Vernehmung.

»Ich mach gerade ein paar Tage Urlaub. Habe ich mir verdient, was denken Sie?«

Wir sahen uns wieder an. Endlich unterbrach er die Stille und griff zur Thermoskanne, schraubte rum und goss sich

Kaffee ein. Schöne Hände. Ich war erfreut, dass er sich Zucker und Milch nahm und das Ganze ineinanderrührte, das gab mir etwas Zeit, den Rest genauer anzusehen. Total bekloppte Sneaker. Über dem Gürtel ein dunkelblaues Hemd mit was drauf. Fischchen oder Paisleys. Ich wollte mehr von den Brusthaaren erhaschen, etwas unterhalb des Barts. Unkontrollierbare Stoppeln neben klaren Linien. Rasiert sich bestimmt jeden Tag. Testosteron. Ich musste in meiner fruchtbaren Phase sein. Andererseits schreiben Frauenzeitschriften, dass man nach einem Trauerfall scharf auf Sex ist. Im Amt sind bestimmt alle scharf auf ihn. Für diesen Typ braucht es keinen Trauerfall, nur ein gottverdammtes Bett. Er löste immer noch seinen Zucker auf. Bei der Menge an Zucker musste dieser Kaffee doch wie eine Flüssigpraline schmecken.

»Und Sie haben bereits ein Lieblingscafé gefunden in Ihrem Urlaub?«

Ich behielt mein Pokerface und nahm mir seelenruhig von den Keksen. Meinte er das Ringo zwischen Aladin Technik und myPhone oder den Nobelschrott aus Café und Bar im Westend, wo Hoffer & Bertling ihren Kanzleisitz hatten? War das aus der Luft gegriffen oder eine ernsthafte Anspielung? Der einsame Gast mit der *NZZ* in der peinlichen Bar? Warum sollte mir die Polizei mehr Aufmerksamkeit schenken? Mein Alibi war stichfest. Mörder denken das sicher auch. Seltsam, dass sich Catherine Steiner nach der Vernehmung nicht bei mir gemeldet hat. So was kommt ja nicht alle Tage vor. Wunderte sie sich über nichts, was außerhalb ihrer Person lag?

»Bei mir gibt es keine ersten Plätze. Ansonsten bevorzuge ich säurearm.«

Wir sahen uns noch länger an. Er räusperte sich. Ich kaute auf den charakterlosen Keksen rum. Das Geknuspere klang absurd.

»Bei mir muss die Aussicht stimmen. Unsere erste Gemeinsamkeit.«

Er sah mich an, als wenn er einen Treffer gelandet hätte, aber ich ließ ihn hängen und setzte das neutralste Gesicht auf, was ich hatte.

»Sie sind schnell. Haben Sie nicht Angst, dass Sie manchmal Dinge überspringen? Ihr Tempo könnte mit Stillstand enden.«

Ich hatte die schwarze Brühe tatsächlich getrunken und alle Kekse aufgegessen. Dabei waren die Dinger staubiger als die Sahara gewesen. Ich sah entsetzt auf den leeren Teller. Die endlosen Pausen nervten mich.

Ich setzte mich aufrecht hin.

»Alles hat ein Ende. Nur die Wurst hat zwei. Was wollen Sie wissen?«

Ich sah ihm in die Augen.

»Nichts. Ich will Ihnen etwas erzählen.«

Ich lehnte mich gelangweilt zurück, um ihm nicht zu viel Aufmerksamkeit zu signalisieren. Die Stimme des Kommissars breitete sich ungehemmt in meinem Körper aus. Jetzt sah ich deutlich, dass es Eulen waren auf seinem Hemd, aber die Farben konnte ich nicht bestimmen. Schlamm, Senf, in Preußischblau. Der warme Klang in seiner Stimme machte mir die entspannte Pose schwer.

»Sie sind im Kampfjet in die richtige Richtung. Was haben Sie gesehen. Die Startbahn. Die Landebahn. Ihre Kontrolldisplays. In Ihrem Kopf ist ein Ergebnis. Sie haben eine Emotion dazu. Sie mögen keine Details. Sie agieren zu schnell.«

»Ist das ein Meditationskurs?«

»Hoffer & Bertling haben einen durchaus geschickten Vertrag für Catherine Steiner erstellt, der sie profitabel beteiligt.

Als Catherine Steiner aussteigen wollte, wurde sie erpresst. Waren Sie auch schon so weit? Man könnte jetzt auf ihre Liebesaffäre mit von Behringen tippen. Aber die Herren Anwälte hatten rausbekommen, dass sie die Erkenntnisse einer Teamarbeit für eine neue Form von Schlaftabletten sehr freizügig für sich alleine genutzt hatte. Hoffer & Bertling machen noch ganz andere schmutzige Deals. Die Goldgrube Steiner wollten sie allerdings nicht freiwillig hergeben. Dann kamen Sie ins Spiel. Als die Klage zurückgezogen wurde, haben wir uns gefragt, wer das so schnell bewerkstelligt hatte. Wir haben Informationen, aber wir können sie nicht nutzen. Sie wissen ja nur zu gut, nehme ich an, wie die Wege des Gesetzes laufen. Wenn man allerdings den Leuten klarmacht, was im Netz an kriminellen Dingern läuft, heben alle die Hand zum totalen Überwachungsstaat. Sie sind bereit, ihre bürgerlichen Rechte zum Schutz ihres Eigentums aufzugeben. Der Bürger will Sicherheit, aber vom Schmutz und den Waffen, die es dafür braucht, will er nichts hören.«

Mir wurde schlecht. Es gab also einen Zusammenhang von Lunas Tod mit der Kanzleigeschichte. Ich suchte nach unverfänglichen Formulierungen, um Zeit zu schinden.

»Weg mit dem Eigentum. Flatrate für alle.«

»Sie übertreten die zulässige Geschwindigkeit beim Assoziieren. Passieren Ihnen häufig Unfälle? Worauf ich hinauswill ist ... uns sind die Hände gebunden.«

»Kein schönes Bild für einen Polizisten. Warum jagen Sie Hoffer & Bertling nicht das Finanzamt auf den Hals? Das Finanzamt hat doch direkten Zugriff auf die Konten. Die haben keine zugebundenen Hände, aber vielleicht Tomaten vor den Augen?«

Wir sahen uns wieder an. Länger, sehr lange.

»Ich will auf den Punkt kommen. Der klassische Weg funktioniert immer noch am besten. Wir müssen falsche Identitäten einschleusen. Was halten Sie von einer Zusammenarbeit mit uns?«

»Zusammenarbeit ist was für eine Gruppentherapie.«

Der Staat geht mir am Arsch vorbei, dachte ich, und jetzt rächt er sich dafür. Dieser Staat sollte froh sein, dass ich ihm nicht auf der Tasche liege. Dafür erwarte ich, in Ruhe gelassen zu werden. Meine Tätigkeit als selbstständiger Unternehmer mit monatlichen Umsatzsteuervorauszahlungen reichte mir voll und völlig. Ich brauchte weder einen Übungsleiterfreibetrag noch einen Steuerfreibetrag für ein Ehrenamt und schon gar nicht eine Zusammenarbeit mit der Polizei.

Wenn es nach der Anzahl der tagtäglichen Beschuldigungen in der Presse ginge, müsste man sich fragen, ob in diesem Land überhaupt noch jemand nicht undercover ist. Oder war es ein Trick, um an Lucky zu kommen? Ich sah zur Tür und betete meinen Text runter.

»Ich halte das Regelwerk nicht aus. Das haben die Persönlichkeitstests für Beziehungsfragen bei ElitePartner eindeutig bewiesen. Zu viel Phantasie, zu wenig Disziplin und ein ganz normales Verhältnis mit meiner Mutter. Untreu stand da übrigens auch noch. Ist das Ihr Arbeitsplatz? Ihr Kampfplatz für den Frieden? Also meiner sieht anders aus.«

»Ich arbeite normalerweise nicht hier. Die Kollegen waren so freundlich, mir einen Raum zu borgen. Außerdem wollte ich Sie nicht auf eine längere Fahrradtour schicken, obwohl Sie ziemlich schnell sind.«

Ich musste erst mal mein Oberstübchen neu sortieren. Der Typ war doch nicht etwa vom BKA? Ich fummelte in meiner Hosentasche nach der zerknüllten Vorladung. Da stand in der

Tat nichts von Staatsanwaltschaft, und ein Grund war auch nicht angegeben. Diese Vorladung ließ völlig offen, ob ich als Beschuldigter oder Zeuge an dem Ermittlungsverfahren teilnehmen sollte. Es gab gerade mal ein Aktenzeichen und Hinweise zum öffentlichen Nahverkehr. Oben rechts das Sternchen von der Polizei. Eine größere Wirtschaftssache, Luna und ich mittendrin. Eigentlich nur noch ich. Und ich sollte mit ihnen zusammenarbeiten. Das klang nicht nach Unterstützung durch Zeugenaussagen.

»Noch einen Kaffee?«

Der Typ war so bitter wie das, was die hier Kaffee nannten. Ich nickte mechanisch.

»Sie könnten uns helfen.«

»Ist das ein Job, wo ich mir prophylaktisch den Blinddarm entfernen lassen muss?«

»Nein, im Ernst, Sie haben einen guten Job gemacht.«

»Wollen Sie mir eine Unbedenklichkeitsbescheinigung für Geschicklichkeitsspiele ausstellen?«

In meinem Business hatte ich immer Erfolg mit paradoxer Intervention, aber hier schien es nicht zu wirken. Der Typ sah mich belustigt an und zog seine Nummer weiter durch.

»Sie sind frei, und Sie werden mit ein paar zusätzlichen Freiheiten ausgestattet.«

Was ist die Steigerung von Freiheit, dachte ich. Eine Axt im Walde? Du mich auch, du Spast. Ich beschloss, ihm einen Brocken hinzuwerfen.

Ich klaubte die bronzefarbene Münze aus meiner Hosentasche und machte den banalen Tischkantentrick.

»Was kommt nach der Freiheit?«

Ich weiß nicht, ob er ernsthaft über diese hochphilosophische Frage nachdachte, aber es entstand eine lange Pause. Insgeheim genoss ich diese Stille. Es war genau dieselbe Freude, wenn der Schachcomputer hängt. Die unregelmäßigen Daten sind die, die Freude machen. Wenn ich es geschafft hatte, dass das Programm mehr als üblich rechnen musste. Aber der hier machte einen auf Beschützerinstinkt. Der hatte so was Warmes. Ich schob ihm die Münze über den Tisch. Der Kommissar betrachtete die Münze, ohne sie vom Tisch zu nehmen. Am oberen Punkt auf seinem Hinterkopf lichtete sich leicht das Haar. Manche schwören auf Hirsana gegen Haarausfall. Meine Mutter hatte sich jeden Morgen Hirsebrei gemacht und sie hatte unverschämt schöne Haare. Der Kommissar sah mich fragend an.

»Die habe ich vor meiner Eingangstür in der Tatnacht gefunden. Können Sie behalten, Souvenir aus dem Orkus. Tja, so weit wäre ja alles klar, dann kann ich ja jetzt in die Karibik. Zahlt der Staat die Spesen, wenn Sie mich aus nächster Nähe observieren?«

»Wie sind Sie denn aus nächster Nähe?«

»Nicht halb so gut wie auf Entfernung.«

Ich griff zu meinem Rucksack und stand auf. Er reichte mir eine Karte.

»Nur für den Notfall. Falls Sie mal wieder ein Publikum für Ihre Witze brauchen.«

Wir reichten uns die Hand. Mein Gesicht formulierte keinen Witz. Ich sah ihn eher entschlossen an. Motherfucker-Style. Er hielt meine Hand eine Spur länger als nötig. Ritardando. Das war schon Übermaß. Eine glatte Übertreibung. Ich hatte Mühe mit meinem Gesicht. Durch dein Hemd spürte ich die Landschaft, in der ich sein wollte, als wär ich eins mit dir.

Mein Gehirn versuchte die verpixelten Gefühle zu sortieren. Aber trauen konnte man dem Ergebnis nicht. Das Gehirn ist bekannt für Mosaike aus der Erfahrungstüte. Manchmal bleiben nur die Worte fürs Kreuzworträtsel. Er hatte Luna mit keinem Wort erwähnt, das machte mich stutzig. Er schrieb nichts mit. Er war alleine. Ich beschloss, die Dinge auf mich zukommen zu lassen.

»In meiner Abteilung reicht das Spesenkontingent nur bis zum Schwarzwald.«

»Traumhaft. Bringen Sie mir eine Kuckucksuhr mit.«

Der Dialog war verkackt. Er hatte mir doch ein gutes Stichwort geliefert. Warum habe ich ihn nicht nach seiner Abteilung gefragt? Kuckucksuhr war die bessere Punchline, brachte mich aber kein Stück weiter. Abwarten. Ich war schließlich nicht in einem deutschen Fernsehfilm.

Ich nickte in Richtung der libanesischen Münze.

»Libanon. 500 Pfund. Kriege ich dafür eine Stunde in der Schussanlage?«

»Wenn alles so einfach wäre wie Ihre Welt, Fräulein Slanski. Aber Kompliment, Ihr Informatiker hat ganze Arbeit geleistet. Wer ist das?«

»Tante Dante. Direkt aus dem Inferno.«

Ich wollte gerne gehen, aber ich stand da wie thermofixiert und zerlegte seinen Satz. Lucky war entdeckt. Bundeskriminalamt. Ich repetierte alles, was gesagt wurde. Hier ging es um eine größere Sache. Was tat um Himmels willen Luna darin? Die Sohlen meiner Schuhe verbanden sich mit dem Resopalboden. Ich starrte den Kommissar immer noch an. Da hatte er sich einen Volltreffer für den Schluss aufgehoben. Ich stand doch schon. Bereit zum Gehen. Lucky hackt den Kanzlei-Computer. Luna öffnet meine Wohnungstür. Ich legte den unheimlichen Gedanken zur Seite. Ich musste mich beruhigen. Zusammenarbeit durch Erpressung. Da lag der Kumpel falsch. Ich fühlte mich zu alt für den Straßenstrich. Überhaupt, aus welchem Jahrhundert kam denn der Ausdruck FRÄULEIN Slanski?

Das klang wie ein Musical aus den 50ern. Oder sollte ich mit ihm jetzt das Wort EINFACH deklinieren. In meiner einfachen Welt war Luna tot.

»Brauchen Sie Personenschutz?«

»In der Sauna vielleicht.«

Er winkte resigniert ab.

Ich hatte das Gefühl, dass er mir nachsah. Ein langer Korridor. Ich hatte mehr Mühe als sonst, die Schritte voreinander zu setzen. Wenn man nicht zurückblicken darf, spürt man die Impulse im Rücken mit dreifacher Wucht.

Ich hatte die Treppe schon erreicht.

»Sagt Ihnen Caprisonne was?«

»Ist ein Kindergetränk mit zu viel Zucker«, rief ich und bog ab.

Caprisonne war das Passwort für Lunas Computer. Vermutlich hatte die Forensikabteilung schon ihren Computer analysiert. Oder hatte Caprisonne mit der Kanzlei zu tun? Ich machte mir Gedanken um Lucky. Er war besser als alle anderen.

Von Strafverfolgung würde man absehen. Auf Spezialisten kann man nicht verzichten. Im schlimmsten Fall werden sie ihm genau deswegen einen Job anbieten. Aus mir würden sie nichts herausbekommen, tröstete ich mich.

Meine Gedanken rumpelten durcheinander. Ich wollte jedenfalls den Typen so schnell nicht wiedersehen, auch wenn er ein netter Snack war. Auf der Karte stand nur sein Name und eine Handynummer. Ein Fake-Name. Austauschbar wie meine One-Night-Stands.

Die besten Flirts brauchen keine Realität. Ich liebte es, meine Phantasie an einem Satz, einer Geste, einer Handschrift, einer Stimme festzumachen. Die Visitenkarte des Kommissars in meiner Hand reichte mir für eine gute Runde Onanie. Und danach muss man nicht gemeinsam in den Supermarkt einkaufen gehen oder Sonntage organisieren.

Unabhängigkeit auf schwindelnder Höhe. Aber auf dem Weg nach oben lagen die Tote und der Datenklau. Ich wünschte mir Gedankenlosigkeit.

Also legte ich mich im Park auf eine Bank, einfach zum Runterkommen in die Welt der Wortverbindungen, in den Sumpf der Schlussfolgerungen. In die Realität der Unverbindlichkeit.

Ich war todmüde.

Im Halbtraum ging ich auf Kreuzfahrt. Sobald das Schiff ablegte, begann der Verkauf. Das Schiff würde sinken. So viel stand fest. Ich ging zur Brücke und setzte mich auf den Schoß des Kapitäns. Seine Finger griffen in mich. Er riss mich hoch und zog mir die Bluse aus. Ich konnte nichts anderes tun, als bewegungslos in sein Gesicht zu sehen. Das Gesicht des Kommissars. Die deutsche Polizei schaffte es in meine Träume. Ich hatte Lust, ihm eine runterzuhauen, aber ich war wie gelähmt. Das Gewicht seines Körpers drückte mich gegen die Wand aus Plastik. Ich klebte mit dem Rücken an der glatten Wand, bis ich abrutschte. Der Boden war nicht besser und roch nach Buttermilch.

Ich hörte, wie draußen der Kampf um die Rettungsboote begann. Sein Schwanz schob mich zusammen und ließ mich eins werden mit dem siffigen Boden. Wenn ich überleben wollte, müsste ich jetzt aufwachen, aber die Besatzung, die hektisch an die Türe pochte, interessierte mich nicht. Seine

Hände pressten meine Hände über meinem Kopf an den Boden, dass meine Knöchel schmerzten. Mir lief das Wasser aus allen Poren. Sein Schwanz stieß gegen meine Bauchdecke und füllte jeden Winkel aus. Mir war egal, was kommen würde. Es würde der Tod sein. Dann realisierte ich die Parkbank, die Spaziergänger sahen auf mich wie auf einen Penner. Ich stellte befriedigt fest, dass ich keine Bluse trug, sondern ein T-Shirt.

Zwei Russen kamen auf mich zu, als wollten sie mich überfallen, fragten aber nur nach dem Konsulat. Ich beschrieb ihnen den Weg. Dann stand ich auf und ging ins Bahnhofsviertel.

Im Ringo war nicht viel los. Das Ringo war eines der letzten Cafés, das nicht bis in den kleinsten Winkel gestaltet war. Wie immer stand ein Schild vor der Tür. Die Toiletten funktionieren nicht. Bitte nicht fragen. An einem Ecktisch trank ein Mann mit Camouflage-Baggy und altmodischer Weste einen Kaffee. Maria brachte mir wortlos einen Kaffee. Sie lächelte mich an wie immer. Die Zahnspange war mir unbekannt, machte sie aber durchaus jünger. Ich wippte meinen Kopf in die Richtung des Typen in den Kleingärtnerklamotten.

»Neu hier?«

Maria zog mich in die Küche und sah erschrocken auf meine frische Narbe am Kinn. Sie holte aus einem Schrank Pralinen und streichelte mich. Ihre Hände waren weich, dabei hatte sie Fingernägel wie Edward mit den Scherenhänden, nur komplett in Pink. Wie immer, wenn ich nicht mit Fragen bedrängt werde, begann ich zu erzählen.

Sie hörte aufmerksam zu und sagte lediglich, ich solle auf mich aufpassen und ob sie was für mich machen könne.

»Vielleicht noch einen Kaffee?«, sagte ich.

Meiner Erfahrung nach konnte man hier im Viertel alles bekommen, Waffen, Drogen, Killer, Informationen. Man musste nur einen Anfang finden, wie ein Spurenleser. Ich ging bei dem Neuen vorbei.

»Vsjo choroscho.«

Er sah mich spöttisch an. Ein seltsam zeitloses Gesicht mit einem gewissen Hinterhalt. Mir fiel nichts mehr ein. Der Typ konnte 40, aber auch 60 sein.

»Alles gut«, sagte er leise. Seine Worte klangen hölzern.

Ich sah ihn weiter an. Keine Ahnung warum. Sein Gesicht bestand aus nichts als Verachtung. Es war kein Vergnügen, ihn anzustarren. Er legte zwei Euro auf den Tisch, kramte eine Zigarette aus der Weste, lächelte mich ungemütlich an.

»Albania«, sagte er.

Ich weiß nicht, warum er mir das erzählte, ich hatte ihn nicht gefragt, woher er kommt.

Dann ging er raus.

Maria zuckte mit den Schultern. Sie wollte von mir kein Geld annehmen und drückte mir zum Abschied ein kleines Auge aus Keramik in die Hand. Irgendwas, was mich beschützen sollte. Diesen Schwachsinn konnte ich nur von ihr annehmen. Dann ging ich direkt zum Dom. Das Wort Albania saß in meinem Kopf fest wie die Ansagen der Telekom in der Warteschleife.

Als ich vor dem massiven Bau stand, bereute ich, dass ich mich verabredet hatte. Es lag weniger an A. als an meiner Abneigung gegenüber Kirchen. Kirchen und Friedhöfe – beides grobschlächtiges Steinzeug.

In so einem Ding kann man erzählen, was man will, man hat immer recht. Der Tod und die Kirche haben die Unfehlbarkeit im Text miteingebaut. Vor dem Dom überreichte mir ein Mann einen Flyer. Er hielt ihn mit beiden Händen und machte eine Art Verbeugung. Gehirnlos stellte ich mich auf den Gestus ein, machte auch einen Bückling und nahm den bunten Wisch. Das ist es, was die Kirchen mit einem machen. Gehirn raus, Glauben rein. Im Dom stellte sich der Zettel als Werbung für polnische Wurstwaren heraus.

Mir war noch nie aufgefallen, wie sehr die mittelalterlichen Löwen einem Golden Retriever ähnelten. Wie dümmlich die dreinschauten.

Es war Freitag, und A. hatte vermutlich Angst vor dem Wochenende, daher das Treffen. Ich war seine Fallback-Position, und ich hatte die Rolle dankend angenommen aus Ermangelung an sinnstiftenden Lebensinhalten. Was ihn selbst anbelangte, wollte er sich höchstwahrscheinlich schnell noch einen Happen Bestätigung abholen, um die Tristesse einer kaputten Ehe zu überstehen. Wochenenden machten ihm womöglich klar, dass der Tod sie nicht mehr scheiden konnte. Was mich belangte, war es Resignation. Wir hatten doch schon längst die Grenze überschritten. Irgendwann mal hatte die Ewigkeit eine Stoppuhr getragen. Aber Geschichten werden erst präzise nach ihrer Auslöschung. In seiner Geschichte war ich immer noch die Eintrittskarte ins Fantasialand. Der Muffgeruch im Dom legte sich auf mein Gemüt, und die harten Bänke taten das Übrige. Ich versuchte eine Sitzposition zu finden, die erträglich war, aber wie ich meine Knie auch legte, bequem ging einfach nicht. Ich saß steifgefroren in dem demütigenden Mauerwerk, der Geist der protestantischen Ethik fühlte sich wie Arthrose an und hatte sich sogar in den katholischen Dom geschlichen. Ablasszettel heißt heute Zertifikat, und Gott hat eine Bankverbindung. Ich versuchte die gequälte Musik auszublenden und setzte das Gesicht des Kommissars zusammen. Ich ging seine Sätze durch, aber schon nach dem dritten Satz vögelte ich mit ihm. Ich stellte mir ihn vor wie in einem billigen Porno, mit schusssicherer Weste und Knarre im Halfter. Dafür war die Polizei gut. Sex mit einem Polizisten in voller Montur nach einem Einsatz gegen Hooligans.

 A. setzte sich und legte seinen Arm um mich, genau in dem Moment, als der Orgelspieler massiv auf die Tasten schlug und die Orgel bleiern von der Empore regnete. Ich rutschte quengelig auf der Bank rum und suchte den Organisten, indem ich nach oben sah, alles um die Position mit A. ins Ungleichgewicht zu bringen. Schließlich nahm A. seinen Arm weg. Der Messdiener sah aus wie eine der versteinerten Skulpturen am Gemäuer. Ich saß in verrenkter Position. Die absolute Ordnung tritt ein, wenn der Sargdeckel verschraubt wird, dachte ich, wie ich überhaupt immer bei Orgelmusik an zugeschraubte Särge denken muss. Meine Mutter hatte man mir in einer Tiefgarage übergeben. Ein Karton mit einem Namensschild. Innen eine weiße Urne mit goldenem Rand. Der Bestatter musste die Verschraubung lösen, bevor er sie in die Nordsee schütten konnte. Rituale helfen angeblich, aber ich weiß, dass Leichen nicht einzeln verbrannt werden.

 Nur der Tod beendet dieses verdammte Wunschdenken. Wenn die Würmer fertig sind, wissen die Bakterien, was zu tun ist. Das ist Kreislaufwirtschaft. Ich hatte zwei Beerdigungen hinter mir in den letzten Wochen, und die schlimmste stand noch an. Warum sollte ich nicht fortwährend an den Tod denken. Die Frage ist, ob man von einer Post-Drohne oder einem selbstfahrenden Auto umgenietet wird. Ich legte A.s Hände zur Seite. Das Gefummel raubte mir den Nerv. Überhaupt der ganze Inkognito-Scheiß. Der lief bei ihm sicher unter Romantik. Das Geknarre der Bänke zerhackte meine

Gedankenketten. Ahmed hatte die Albaner erwähnt. Die libanesische Münze vor meiner Tür. Die reisen aus und vorbei ist die Schnitzeljagd. Libanon, Albanien, Capri. Ich konnte nicht aufhören, nach einem Anfang zu suchen. Das Schicksal annehmen und Lunas Tod kompetenten Stellen überlassen, die Variablen tobten in meinem Schädel herum. Das Blut hämmerte gegen die Außenwände und schob die Gedanken von einer Seite auf die andere. Angestrengt versuchte ich die Fakten zusammenzuschalten, aber immer wieder entstand Leere. Gepriesen seien die, die aufhören können. Die Orgel tat es. Endlich ins Freie.

Draußen kam die Dämmerung, und A. warf mit beiden Händen seine Phrasen über mich. Wir gingen in eine Schnöselbar neben der Notschlafstelle für Obdachlose. Durch die Fenster sah man die Menschentraube, die darauf wartete, dass das Tor zur B-Ebene geöffnet wird. Hier konnte man Drinks bestellen und sich an das Elend der Welt gewöhnen. Wodka ohne Eis. Drei Scheiben Zitrone auf einem separaten Teller, sagte ich. Glücklicherweise war auch nur duseliges Licht, das ersparte mir die Fragen nach der roten Naht an meinem Kinn und dem Bluterguss darunter. Sicherheitshalber ging ich auf die Toilette, irgendeine Tusse steht da immer rum mit Makeup oder Concealer. Ich hatte Glück und borgte mir von einer Lady mit extrem besorgtem Gesicht ihren Abdeckstift. So sollte es gehen, dachte ich und ging wieder an die Bar.

A.s Stimme hatte einen anderen Tonfall, als ich mich setzte.

»Was sollte das mit meiner Frau?«

»Was willst du konkret wissen?«

»Cathy hat mir gesagt, dass ihr euch getroffen habt. Musste das sein? Bist du absichtlich in ihren Yogakurs, um sie kennenzulernen?«

Ich dachte mich verhört zu haben.

»Yoga? So beschissen geht's mir nun auch wieder nicht. Deine Frau ist bei mir aufgetaucht, den Rest kann sie dir selbst erzählen.«

A. schien nachzudenken.

»Was wollte sie?«

Er hatte ein bemitleidenswert verdutztes Gesicht.

»Vielleicht hat sie einfach meine Karte in deinem Schreibtisch gefunden. Immerhin bin ich eine Firma. Sie wollte wegen ihrem Patent eine Forderung eintreiben.«

»Welches Patent?«

Mein Geduldsfaden war brüchig, meine Sätze klangen beherrscht und klarer als gewöhnlich, es war der Zustand vor dem Amoklauf.

»Hör mal, ich freue mich, dass ihr noch viele herrliche Winterabende vor euch habt, an denen ihr euch bei Kerzenschein euer gemeinsames Leben erzählen könnt. Nur lass mich da raus! Sie wollte was Geschäftliches, und wie du weißt, rede ich nicht über meine Kunden und deren Firmenangelegenheiten. Weiß sie, dass zwischen uns was gewesen ist?«

A. wirkte konfus. Nicht panisch, aber verwirrt. Als ob er sich nichts sehnlicher wünschte als ein simultanes Übersetzungsgerät. So einen Kasten, den man sich im Museum wie einen Hafersack vors Maul hängt und der einem die Kunst erklärt.

»Sie weiß nichts von uns. Sie ist anders als andere Frauen. Es interessiert sie nicht. Überhaupt, warum redest du in der Vergangenheit, also ich betrachte unsere Beziehung nicht als abgeschlossen.«

Er nahm meine Hand. Seine Hand war weich, sanft, fast unschuldig, und sie machte mich schwächer, als ich ohnehin schon war. All die Ereignisse hatten sich wie Spinnfäden um mich gewickelt und ließen mich nicht mehr los. Ich musste etwas tun, um nicht verdaut zu werden. Alles, nur nicht Opfer sein. Die Täter schlafen nicht ruhiger, aber sie wissen, warum sie morgens aufstehen. Handelnde sind immer gewissenlos. Mir wurde der ungeheure Kraftaufwand bewusst, den es braucht, um Abstand zu schaffen, Zeichen zu setzen. Ich zog meine Hand weg und parkierte sie in meinen Hosentaschen.

»Cathy hat nicht die geringste Ahnung von Wirtschaft. Sie hat damals ihr Chemiestudium abgebrochen und mit BWL angefangen, aber auch nicht beendet. Was ist das für eine Firma?«

Ich traute meinen Ohren nicht, aber ich wollte mich auf gar keinen Fall einmischen. Welches dunkle Geheimnis sie auch immer verbindet und warum Catherine ihr Firmenpatent verbirgt, es war mir egal.

»Ich bin zum Schweigen verpflichtet. Frag sie selbst.«

Die amtliche Schweigepflicht galt für mich eigentlich nicht, ich habe vor dem Gesetz noch nicht mal Bilanzierungspflicht als sogenannter Einzelunternehmer, aber die sollen untereinander klären, wie sie ihr Geld verdienen.

A. sah mich bewundernd an. Er schrieb mir immer korrektes Verhalten zu, Aufrichtigkeit, Ehrlichkeit. Eigenschaften, mit denen ich mich nicht identifiziere. Der Kodex für korrektes Verhalten wird zusehends länger heutzutage und die Menschheit immer bigotter. Die einen entscheiden sich für degeneriertes Wimmern, die anderen für geistloses Draufschlagen. Wen wunderts. Ich würde auch zuschlagen. Ehrlichkeit. Ehrlichkeit. Was mich betrifft, ich lüge einfach besser. Und der Rest war Gemeinheit ihm gegenüber. Ich hatte mir angewöhnt, all seine Probleme mit brutalen Analysen zu kontern. Eine

Art Rache oder Gefallsucht, denn er liebte diese pointierten Kommentare. Extremistische Ratschläge. Undurchführbar, es sei denn, man sitzt in einer Höhle in Afghanistan. Oder im Weißen Haus. Die Entweder-oder-Variante. Das kann schon mal wie Aufrichtigkeit aussehen, wohl wissend, dass solche schwarz-weißen Lösungsvorschläge fast nie funktionieren, nicht in der Realität.

Ich war nicht aufrichtig, aber hatte auch keine Lust, ihm zu widersprechen, und bestellte einen weiteren Wodka ohne Eis. Drei Scheiben Zitrone auf einem separaten Teller. Ein ertappter Gauner, der sich dafür schämt, dass ihm die anderen die schlechten Geschichten glauben. A. konnte seine Augen nicht von mir lassen, so sehr schien es ihn zu beeindrucken, dass ich mich seiner Ansicht nach an moralische Gesetze hielt. Dabei würde ich alles Unmoralische tun, ich war nur zu faul dazu.

»Weißt du, was heute für ein Tag ist?« A. fummelte unablässig an meinen Haaren herum, drehte sie um seine Finger, was bei mir für Aufbruchstimmung sorgte. Ich schwankte zwischen Amoklauf und Bedauern.

»Irgendwas nach der Geburt Christi und vor dem Jüngsten Gericht.«

»Nah dran, ich habe heute Geburtstag.«

»Happy Birthday.«

Ich kippte den Wodka auf ex und biss in die Zitrone.

»Weißt du, was Cathy mir geschenkt hat? Einen Gutschein für Fallschirmspringen. Aber erst, als ich sie daran erinnerte, dass ich Geburtstag habe. Sie findet Geburtstage spießig. Ihre Familie hat an Silvester den Geburtstag von allen Familienmitgliedern gefeiert, witzig nicht?«

»Kosteneffizient.«

Ich knabberte an den Zitronen rum, um seine Finger aus meinen Haaren zu kriegen. Ich setzte bei ihm auf Etikette, dass man Leute beim Essen nicht stört, und es klappte.

A. mischte seine Vokabeln und machte weiter.

»Ganz coole Idee, findest du nicht. Fallschirmspringen wollte ich schon immer. Kommst du mit?«

»Wenn ich kotzen will, dann bestelle ich mir mehr von den klebrigen Drinks hier.«

Ich zeigte auf die völlig überteuerte Karte und bestellte mir den nächsten Wodka.

Der Konkurs der Gefühle beginnt, während sie dir die Reißleine erklären. Vermutlich will er mir mit dem Sprung aus 3000 m Fallhöhe imponieren, dachte ich. Den Tandemmaster an den Oberschenkeln umklammern und hinterher das Wort SUPER verwenden. Was war denn daran radikal? Sumpfgebiete. Die sind radikal.

»Wenn dir deine Frau demnächst einen Gutschein für Base-Jumping schenkt, weißt du, wo du dran bist.«

A. lachte.

»Ich musste 500 Leute entlassen. Warst du schon mal segeln? Ich habe mir immer vorgestellt, wie das mit dir wäre. Das Meer, die Sonne. Wusstest du, dass wir in der Zukunft weit über 100 Jahre alt werden.«

»Cool, 100 Jahre länger mit deiner Frau.«

A. lachte. Unser Hauptmissverständnis bestand darin, dass er alles, was ich sagte, für einen Witz hielt. Aber ich mochte das. Es machte die Dinge entschieden leichter in einer Welt von harmonischer Unordnung.

»Eingeschränkte Funktionalität und niedriger kognitiver Status machen eine Traumehe draus«, setzte ich nach.

»Du bist immer so hart.«

Er lächelte immer noch und suchte nach Gesprächsstoff.
»Die neue Frisur steht dir gut. Sag mal, wie geht es dir?«
»Blendend«, erwiderte ich trocken. Die Bar füllte sich mit Leuten, die noch die Happy-Hour-Drinks abgreifen wollten. A. war sichtlich sauer, dass ein paar Typen im Anzug sich um uns gruppierten.
»Kennst du eigentlich eine Kanzlei Hoffer & Bertling?«
»Du willst immer nur mit mir über Business sprechen.«
Ich schwieg.
Sein Gesicht drückte puren Unwillen aus. Aber sein hartnäckiger Optimismus ließ ihn einen neuen Anlauf für einen Themenwechsel nehmen.
»Was schenkst du mir zum Geburtstag?«
Er wandte sich wieder mit seinem Flirtgesicht zu mir, legte die Hand auf meinen Oberschenkel und schaffte es sogar noch, auch der rothaarigen Barfrau zuzuzwinkern. Omnipotenz auf abgelegener Insel. Ich nahm den Edding aus meinem Rucksack und eine der Visitenkarten, die auf der Theke auslagen. A. sah mich erwartungsvoll an, streichelte mir den Rücken und holte sich zeitgleich die Blicke der Barfrau ab, während ich schrieb. Ich schob ihm die Minikarte über den Tisch.

Für A.
Am nächsten Morgen
wusste ich nicht mehr
was ich gesagt hatte
aber glücklicherweise
hattest du nicht zugehört
1 × Pizza
1 × Eis

Ich weiß nicht, warum er beim Lesen des Zettels lächelte.

Schriftliches ist brutal.

Ich wusste, dass ich mein Versprechen nicht einhalten würde. Nach der Schrift kommt gleich das Morden.

»Du lädst mich zu Eis und Pizza ein? Das ist lustig.«

»So lustig wie komödiantische Musikstücke?«, sagte ich.

A. strahlte.

Bevor die Firma seine Schritte zählte und ihm die Zahlen auf den Leib schrieb, gab es mal ein Leben. Übrig geblieben sind ein paar Golfschläger aus Carbon.

In den fünf Jahren, die ich A. kannte, konnte ich zusehen, wie er in die Barbourjacke hineinwuchs mit dem ICH-HABE-ES-GESCHAFFT-GESICHT. Manchmal glaubte ich, ich hätte mich damals in eine vage Hoffnung verliebt, dass hinter all den gedankenlosen Sünden, den Führungsqualitäten, dem sogenannten Konkurrenzkampf, den gehirnamputierten Motivationsreden noch etwas anderes sein müsste, etwas Unschuldiges.

Ich verabschiedete mich mit den vornehmsten Lügen, um das Gleichgewicht im Geschehen zu erhalten. Ich war nicht in der Lage, eindeutige Entscheidungen zu treffen, nicht, wenn sie mich unmittelbar betrafen. A. umklammerte mich, und ich fragte mich, wie er den Widerstand meines versteiften Körpers einfach ignorieren konnte. Er hätte auch einen Baum umarmen können, aber das schien ihn nicht zu stören.

»Warst du jemals einsam?«, fragte ich ihn, mehr um ihn von meinem Körper abzulenken. Er sprang sofort darauf an, fast, als wolle er die Schnittflächen zwischen uns angleichen.

»Im Himalaya«, sagte er wie ein eifriger Schuljunge, der stolz über eine Lösung ist.

Letzter Ausflug in die Freiheit, nachdem die Pubertät schon die Kapitulation vor sich selbst geregelt hatte.

Ich hatte diese Art Leistungsanreiz seitens meiner Mutter immer abgelehnt, teure Reisen, die zu nichts führten, als den Hass der Ärmeren unmittelbar zu spüren, die dich um deine bunten Outdoor-Klamotten und den teuren Rucksack beneiden oder mit Flipflops an den Füßen auf deine Trekking-Botten glotzen. Wozu gab es das Internet? Dort sind die Berge nicht von hundsarmen Sherpas bevölkert. Ich stellte mir seine Familie beim Fünf-Uhr-Tee vor, seinen Reisegeschichten lauschend und ihn verbessernd, wenn er geopolitische Fakten durcheinanderwarf. Geschichten, die nicht seine Geschichten waren. Kreditkarten sorgen für Abstand, dachte ich und sah ihm zu, wie er schlafwandlerisch seine Geheimzahl eingab, um die Drinks zu bezahlen.

Ich war froh, als er die Autotür zuschlug, ich endlich auf meinem Fahrrad saß und mich auf eine Dusche freute, um mir die feuchten Küsse zu entfernen. Was ihn betraf, bedeutete der rasche Abschied, dass er schnellstens nach Hause musste. Spätestens morgen früh würde ich eine Textmessage bekommen, in der er sich manierlich für den Abend bedankt, in der er mir sagen wird, wie ich ihn bereichern würde, und er wird dreimal meinen Kosenamen benutzen.

Sonitschka. Ich war wütend. Alles hatte mit Catherine angefangen, genauer gesagt, mit ihm, mit mir.

Ich fuhr keuchend durch die Nacht, um dem letzten Schnipsel Sympathie, die ich für ihn empfand, zu entkommen, dem letzten Rest Mitleid, der Trauer über das Verschwinden eines kleinen Leuchtpunkts, der mir Hoffnung gemacht hatte. Der kleinste Gang auf dem Fahrrad diszipliniert den Schmerz.

Endlich tauchte das neontürkise Logo vom Motel One auf. Eine Farbe aus der Zukunft. Ein Curaçao, der vom Dach gekippt wird. Am Himmel bekämpften sich diverse Tiefdruckgebiete. Ich spürte sie bereits in meinem Kopf. In der Lobby hingen zwei Engländer mit hochrotem Kopf ihre Pferdegesichter über Bierflaschen, und ein Mann an der Bar drehte sich um, als die Schiebetür aufging. Ich konnte es nicht glauben. Der hatte mir gerade noch gefehlt. Ich versuchte mit gesenktem Kopf zügig zum offenen Fahrstuhl zu gelangen. Was ich nicht sehe, sieht mich nicht. Der Kommissar stieg mit mir in den Fahrstuhl. Seine dunklen Haare glänzten unter der Neonlampe, ansonsten sahen wir aus wie auf dem Operationstisch. Das dunkelblaue Hemd stand ihm gut. Warum wurde ich den Gedanken nicht los, dass er sich wegen mir besonders gut angezogen hatte.

»Angst vor dem Wochenende? Sollten wir uns nicht ein bisschen besser kennenlernen, bevor wir aufs Zimmer gehen?«, sagte ich.

Der Kommissar lächelte mich an.

»Mit Eifersucht kann ich gar nichts anfangen.«

Meine Stimme klang schroff.

»Glückwunsch, Sie sind durch die erste Runde gekommen. Sie haben keine blöden Fragen gestellt. Trinken wir einen?«

Er machte Anstalten, einen Knopf zu drücken.

Ich betätigte den Türöffner.

»Hat Sie Ihre Frau rausgeschmissen?«

»Ich bin nicht verheiratet.«

Die zwei zugedröhnten Engländer stiegen ein. Wir schwiegen wie ein Pärchen, das sich gestritten hat, und fuhren stillschweigend bis in die 7. Etage mit. Eine Stimmung wie in einem Bierfass und vor allem viel zu eng. Ich drückte wieder Ebene 0/Ausgang/Rezeption. Aber offensichtlich war jemand schneller gewesen und hatte den Fahrstuhl gerufen. Wir fuhren weiter nach oben. Wortlos sahen wir uns im Sezierlicht an.

Zombies, die sich vielleicht gewogen waren. Auf Level 9 stand ein älterer Herr im Bademantel und machte mit den Händen ein Herzzeichen zum Abschied. Die Dame mit den nackten Beinen fuhr mit uns nach unten. Wir standen stumm im Fahrstuhl. Sie verließ mit schnellen Schritten das Hotel. Unsere Situation dagegen ging nicht nach vorn und nicht zurück. Ich war plötzlich unentschieden.

»Noch ein Durchgang?«, fragte ich, nicht ohne meine Unentschiedenheit in ein höhnisches Gesicht zu packen.

Der Kommissar stieg aus und zog mich am Ärmel mit. Ich war so geschockt von der plötzlichen Intimität, dass ich nicht reagierte. Wir standen blöde in der Lobby rum.

»Soll ich Ihnen ein Taxi rufen?«, rief der Nachtportier und sah mich dabei an. Vermutlich hielt er mich für eine Nutte. Der Kommissar winkte ab. Jetzt antwortet er schon für mich, dachte ich.

»Darf ich noch ein paar Minuten in der Arche Noah bleiben?«

Er zeigte auf die Fensterscheiben. Draußen schiffte es in Strichen.

»Wenn Sie nicht gleich in die Suite wollen?«

Wir setzten uns auf die putzigen Sessel in der Lobby und musterten uns. Dann stand er rasch auf, ging zur Bar, holte zwei Bier und eine Schale mit Kartoffelchips. Er stellte das Tablett auf den Tisch, verharrte eine kurze Weile in dieser Position, sein Gesicht nahe an meinem. Ich lehnte mich zurück. Die viel zu kurzen Rückenteile ließen mich meine Bauchmuskeln anspannen.

»Sie sollten das Wetter checken, wenn Sie Lust auf ein paar befristete Sonnenuntergänge haben.«

»Und Sie sind ein verschlossener Mensch, Fräulein Slanski.

Ich gebe zu, Humor ist die beste von allen Möglichkeiten, Abstand zu schaffen.«

Dann setzte er sich mir gegenüber, prostete, trank, stellte das Bier ab und sah mich an.

Ich peilte ihn an, bis Kimme und Korn auf einer Linie waren.

»Sie denken, ich mache Witze?«

Wir sahen uns an, möglicherweise zu lang. In seinen Augen lag undefinierbarer Spott. Aber sein Gesicht blieb todernst. Er wirkte auf mich wie Hypnose. Wie ferngesteuert kam ich an den Punkt, wo die Phantasie beginnt. Ich stellte mir vor, wie ich ihn fragen würde, ob wir Motel One bewerten wollen, besonders die Dusche, die Betten, die Qualität der Matratzen. In diesem Hotel, in allen Hotels.

»Man sagt von Ihnen, Sie springen nicht auf Autoritäten an.«

»Ich springe auch nicht auf alles andere an.«

Es hat niemals Sinn, in Euphorie zu verfallen. Mein Gehirn wiederholte das wie einen Rosenkranz. Ich wollte seine Haut berühren und dabei lässig wirken. Also griff ich in die Trickkiste, legte meine Hand auf sein Armgelenk und schlug einen mütterlichen Ton an.

»War das Ihre Key Message? Bin ich Ihre Schlüsselfigur?«

Seine Haut war warm und trocken, die dunklen Haare darauf streiften auf angenehme Weise meinen Unterarm. Ich zog in Slow Motion meine Hand zurück und lehnte mich nach hinten in den Sessel. Ich wollte nur Zeit schinden. Ich dachte an Sex. Die Realität war eine beschissene Provokation. Möglicherweise hätte ich von einer chinesischen Massage mehr. Garantiert den Besuch wert. Im Bahnhofsviertel gab es mehrere Möglichkeiten.

Er sah mich unverwandt an. Eine Ewigkeit lang.

»Sie sind traumatisiert.«

Seine Stimme hatte plötzlich etwas Samtiges. Ich sah ihn entgeistert an.

Vermutlich hatte er meinen Energieschwund wahrgenommen und nutzte die entstandene Lücke aus. Ich würde es nicht anders machen. Aber ich würde den Leuten nicht mit der Psycho-Maske kommen. Ich würde richtig zuhauen. Zugegebenermaßen musste ich vorsichtig sein. Was den Datenklau betraf, saß ich im Glashaus. Außerdem war er die beste Möglichkeit, an Indizien zu kommen. Der Typ war meine Strickleiter. Ich versuchte, meine Gesichtsmuskeln in Richtung Hilflosigkeit zu lenken, und hoffte, dass es nicht dümmlich aussah, und prompt wurde seine Stimme pastoral.

»Verzeihen Sie mir diese Worte, der Tod ist immer unpassend, immer am falschen Ort, zur falschen Zeit. Werfen Sie sich ihren Tod vor? Fühlen Sie sich schuldig? Was suchen Sie? Ein Mord wiegt schwerer als ein natürlicher Tod. Und was die Kanzlei betrifft, sie steht in keinem Zusammenhang damit, wir ermitteln dort ganz anderer Dinge wegen.«

Ich war wieder hellwach. Da war sie, die Sinnfrage. Ich faltete meine Hände ineinander und sah nach unten, ich wollte keine überflüssigen Worte verwenden. Ich komprimierte im Kopf meine Sätze wie die Vakuumgeräte am Airport die übergewichtigen Koffer. Aber die Inhalte platzten aus allen Nähten. Ich suchte verzweifelt nach schlüssigen Sätzen, wie ich mein Leben lang meine Geschichte auf schlüssige Sätze bringen wollte. Sätze, die nicht mehr hinterfragt würden, Sätze so endgültig wie auf Grabsteinen. Ich fragte mich plötzlich, warum ich das alles tat. Ging es noch um Luna? Ging es um Hass? Ehrgeiz? Schuld? Die Schließung einer Lücke im Gehirn? Plötzlich stellte ich Emotionslosigkeit fest. Unsere Moral wird von Suchmaschinen verwaltet. Den Rest erledigt die Polizei. Warum sich noch anstrengen. Ein bemerkenswerter Energieschwund ließ alle Gefühle stillstehen, das Netz war zusammengebrochen, die Ressourcen aufgebraucht. Da kam ja die Sintflut draußen gerade richtig. Ich musste kühl bleiben. Ich musste mehr erfahren.

»Und was suchen Sie? Eine kausale Ordnung?«

Ich hörte mich selbst reden. Kausale Ordnung, als ob Gott ein Mechaniker wäre. Was hatte ich mit der Sache zu schaffen. Catherine Steiner ging mir am Arsch vorbei. Hoffer & Bertling waren Kriminelle – na und. Die ganze Wirtschaft war eine geschlossene Zirkulation akkumulierten Verbrechens. Solange Geld verdient wird, hört das auch nie auf. Wo soll man hin, alle Plätze sind besetzt. Die letzten unschuldigen Plätze sind in irgendwelchen Sumpfgebieten und voller giftiger Schlangen. Ruhe kriegt man in der Senkrechten oder mit einem Rucksack voll Sagrotan in Burundi.

»Die Geschichte ist komplex. Das Ding erfordert Geduld, ein gutes Netzwerk, eine ausgeklügelte Strategie, um die Leute vor den Richter zu bringen. Glauben Sie mir, wir haben die besseren Mittel. Arbeiten Sie mit uns.«

Bis hierher dachte ich allen Ernstes, dass der Typ mit mir ins Bett will, dabei wollte er wirklich nur, dass ich für ihn arbeite. Sollte ich ihn jetzt mit einer übertriebenen finanziellen Forderung umlegen oder mit einem miesen Witz. Beides fiel mir nicht ein.

»Sagen Sie mal, arbeiten Sie für die Mordkommission oder für die Podcasts der Polizei?«

Der Kommissar drehte sich um und sah sich die Lobby an, wir waren mittlerweile allein. Er dimmte seine Stimme.

»Weder noch. Wir haben die Europol-Daten im EncroChat-Fall aufbereitet und an die landespolizeilichen Dienststellen gesendet. Momentan ist mein Team hier im Präsidium. Unsere Kollegen in Luxemburg haben sich mal die Zweigstelle von Hoffer & Bertling angesehen. In demselben Büro sind noch 50 weitere Firmen angemeldet. Auf zehn Quadratmetern.«

»Noch weniger Steuern zahlt man auf dem Dixi-Klo.«

Ich war hauptsächlich auf mich sauer, dass ich den Krempel mit Catherine Steiner überhaupt angenommen hatte.

Ich hatte den zukunftslosen Schwachsinn mit A. viel zu lange zugelassen. Wir waren nie auf den Stand der Reproduktion gemeinsamer Gefühle gekommen. Es war mir gleichgültig, ob sie von der Affäre wusste.

Die Diva faszinierte mich zugegebenermaßen. Man konnte von ihr lernen, wie man sich mit leeren Versprechungen an eine Partnerschaft haftet, wie man sich mit Smalltalk an die Gesellschaft bindet. Ich dagegen katapultierte mich aus allen Szenen heraus. Und das würde auch bis zum Altersheim so bleiben. Was A. und Catherine machen würden, war mir schlichtweg egal.

»Wussten Sie, dass es einen Markt für unbrauchbare Arzneimittel gibt? Hoffer & Bertling scheinen verwickelt zu sein. Man verkauft zu hohen Preisen abgelaufene Krebsmittel, die Proteine sind längst tot. Man beteiligt sich an legaler Produktion, um illegal zu verkaufen. Catherine Steiner mit ihrem Patent ist eine Randepisode. Nebenbei ist die Abwandlung zu herkömmlichen Schlafmitteln gering, und das sogenannte Patent ist die Kopie einer Dissertation eines Studienkollegen, der nicht das nötige Kleingeld hatte, um die Sache auf den Markt zu bringen. Was halten Sie von ihr?«

»Nichts.«

Der Typ wurde mir unheimlich, vermutlich weiß er auch von der Sache mit A. Immerhin war er weiter als ich beim Puzzeln. Vor mir lag eine Riesentüte mit Pappschnipseln in Grautönen. Mülldeponie oder Geröllhalde.

Ich sah in die Nacht hinaus. Draußen war immer noch Endzeitstimmung.

»Wie mir die Kollegen sagten, hatte die Tote ein ziemlich hohes Einkommen? So viel Bilder konnte sie gar nicht gemalt haben. Geld für Sex hat hohes Risikopotential.«

»Fällt Kindergeld bei Ihnen auch unter die Rubrik?«

Er ignorierte meine Ablenkung und kniete sich richtig rein.

»Sie sind doch zu intelligent, um an den Mythos vom einzelnen genialen Helden zu glauben. Bei einer seriösen Fallanalyse dreht es sich um äußerst komplexe Methoden, die durch interdisziplinäre Forschungsergebnisse ständigen Veränderungen ausgesetzt sind. Das erfordert gründliche und kooperative Teamarbeit.«

»Soll ich mich bei dem Hauptverdächtigen um den Posten als Freundin bewerben und mit erotischen Phantasien ein Geständnis provozieren?«

»Sie gehen von einem männlichen Täter aus? Das tut die Mordkommission auch.«

Dieser Anfänger will mich mit kleinen Häppchen ködern, dachte ich. Team war das falsche Stichwort. Meine Unterschrift unter die Verpflichtungserklärung kann er sich im Traum abholen.

Ich zuckte wortlos mit den Achseln.

Er sah mir tief in die Augen. Mit so einer Art Hypnoseblick. Sollte sicher Fürsorge darstellen, um die Grenze zwischen Führung und Manipulation zu verwischen.

»Was wollen Sie vom Leben, Sonja?«

Das reichte jetzt.

»Vielleicht, dass Sie endlich abhauen.«

Er griff meinen Arm.

»Ich bin nicht Ihr Feind.«

Offensichtlich hatte ich ihn beleidigt. Sein Handgriff hatte etwas von einer Rohrzange. Ich tippte auf seine Hand, wie alte Leute ihr Handy bedienen.

»War das ein Heiratsantrag?«

Er zog seine Hand zurück und setzte wieder dieses warmherzige Lächeln auf.

In den Fensterscheiben erschrak ich plötzlich über mich selbst. Im Fenster sah ich aus wie Andy Warhol, irgendwie gespenstisch.

»Wann waren Sie das letzte Mal richtig glücklich?«

»Als ich Trockenshampoo für meine Haare entdeckt habe.«

Der Typ ließ einfach nicht locker, aber mit solchen Standardsätzen kam man nicht an mich heran. Ich sah ihm in die Augen, lange. Ich genoss den Niedergang der Hormone, das Verbleichen kleiner Illusionen. Romantische Gefühle taugen fürs Poesiealbum. Im Leben dagegen fallen die Rosenbilder ab. Übrig bleiben krustige gelbe Stellen vom Kleber.

Endlich stand er auf.

»Arbeiten Sie für uns. Und nebenbei, lassen Sie die Finger von der Kanzlei, wenn die mitkriegen, dass Sie ihre Ruhe stören, gehen diese Leute zum Äußersten. Sie haben doch selbst Hoffers Persönlichkeitsprofil gecheckt – dieser Typ kann nicht verlieren.«

»Ich bin keine Berufsrevolutionärin.«

»Dann machen Sie es einfach wegen dem Geld.«

»Ich habe Lust auf ein eindeutiges Leben. Das steckt in Ihrem Angebot nicht drin.«

»Ein eindeutiges Leben? Interessanter Ansatz. Wenn Sie es raushaben, geben Sie mir ein paar Tipps? Was wollen Sie sich noch beweisen? Innere Werte?«

»Meine inneren Werte habe ich schwarz auf weiß. Sie sind exzellent. Gesamtcholesterin unter 200 mg/dl. Machen Sie auch mal ein großes Blutbild. Bon Weekend.«

»Schlafen Sie gut, Sonja.«

»Wer sagt denn, dass ich schlafen will. Ich hör mir noch den Kugelsicher COPCAST von der Polizei an. Eins a beruhigende Stimmen und Geschichten, die man mit Humor verwechseln könnte.«

Ich drehte mich abrupt um und nahm die Treppen, ich hatte nicht die geringste Lust, noch eine Sekunde mit ihm rumzustehen. Da waren sie wieder: meine legendären Abgänge. Gehen, wenn es am schönsten ist. Bloß nicht umdrehen, man könnte versteinern. Keine Sackgassen wählen, denn die Fluchtwege führen über Mauern. Der Medusa niemals ins Gesicht schlagen, wenn man sich nicht rechtzeitig vor dem geflügelten Pferd ducken kann. Der Typ kannte kein bisschen Feingefühl. Ich hatte schließlich eine Leiche auf dem Fußboden. Einen hübschen Kopf mit erstauntem Gesicht, weil der Tod die Muskeln hat erschlaffen lassen. So ein Bild möchte man sich herausoperieren lassen.

Mein Zimmer im Motel One empfing mich mit anonymer Kälte. Es war genau der Raum, den ich brauchte. Zum Denken. Der neutrale Boden des Alles und Nichts. Der Trevira-CS-Boden und die flammhemmenden Gardinen machten es einem verdammt leicht, sich nur auf der Durchreise zu fühlen. Dieser Raum war meisterhaft zum Nirgendwo gestaltet. Nebenan sang allen Ernstes jemand a cappella zu den Foreigners, vermutlich die Kopfhörer drauf. URGENT. Mir war nie bewusst, wie viel Musik da drin ist, denn die Pausen waren lang. Seine Schreie klangen verzweifelt. Ich hörte zwanghaft zu und zählte den Takt mit. Der unbekannte Nachbar machte weiter mit COLD AS ICE. An derartige Situationen denken die Architekten natürlich nicht. Die Wände waren eine materialisierte Sparmaßnahme. Eine Akustik, dass man neben dem eigenen auch noch das ganze Elend der anderen mitkriegt. Planung geht einfach am lebenden Objekt vorbei. Nach zwei Millionen Jahren muss man doch langsam mal begriffen haben, dass man die anderen nicht hören will.

Ich stand an der Klospülung und versuchte, meine Gedanken zu retten. Draußen gab die Stadt endlich Ruhe, und auch mein Nachbar war schließlich still. Helena hatte mir getextet, dass sie ein paar Unterlagen brauchte, weil sie einen Käufer für das Loft gefunden hatte. Vielleicht sollte ich für eine Weile die Stadt verlassen, wenn der Verkauf abgeschlossen war. Das Zimmermädchen hatte den blauen Umschlag mit dem Schriftzug *Für Sonja* auf die Werbeunterlagen des Hotels gestellt. Fast feierlich. Daneben stand der Pudel ohne Kopf. Ein kaputter Jeff Koons. Ich würde Luna die letzte Ehre erweisen, ich hatte Chang versprochen, sogar noch auf die Eröffnung ihrer Ausstellung zu gehen. Danach haue ich ab, sagte ich mir. Irgendwas mit mindestens drei Filmen Flugdauer. Ich schloss erneut die Festplatte an. Niemand teilt seinen letzten Gedanken mit, also suchte ich nach ihrem vorletzten. Der steinerne Gast war als Frau aufgetreten und erteilte mir persönlich den Auftrag. Die Suche nach dem Warum zwang mich, die Datei zu öffnen.

Feuerengel 423. Wenn bei Capri die rote Sonne im Meer versinkt.

Es sind immer Scheißaufträge, die von oben kommen. Ich klicke das erste Video an. Lunas Hände greifen in ein Glas Kokosfett von Alnatura. Mit vier Fingern nimmt sie die weiße Masse aus dem Glas. Sie sitzt nackt auf meinem roten Sofa, ihren Bauchnabel sah man noch, aber ihr Gesicht ist nicht zu sehen. Makellose Haut. Noch sitzt sie brav wie eine Schülerin, dann öffnet ihre linke Hand die Schenkel und mit der anderen massiert sie ihre Vagina. Das Fett schmilzt in der Wärme ihrer Hand. Der Landing Strip gleicht Hitlers Bärtchen, flach vom Fett. Die Tropfen fallen auf den Boden. Sie streicht über ihre Schamlippen. Muschelfarben. Ihre Stimme ist sanft, und langsam betont sie jedes Wort.

Über allen Gipfeln
ist Ruh',
In allen Wipfeln
Spürest du
Kaum einen Hauch;
Die Vögelein schweigen im Walde.
Warte nur! Balde
Ruhest du auch.

Ich schaltete das Video ab.

Goethe hätte es gefallen. Deutsche Klassik in 5-Minuten-Clips, die mit Preisen versehen waren. Der Exportschlager aus Weimar. Offensichtlich ließ sich damit immer noch Geld verdienen.

Im Traum erschien mir eine singende Muschi, die die Gretchenfrage stellte. Du bist ein herzensguter Mann, aber glaubst du auch an Gott?

Gegen zehn Uhr weckte mich das beharrliche Geräusch einer Motorsäge. Ich sah aus dem Fenster. Auf der Wiese vor dem Hotel übte sich ein Vater an einem Flugdrachen. Das Kind saß gelangweilt auf dem Gras und spielte mit dem Handy. Der Drachen flog grinsend seine Kurven mit nervigem Motorengeräusch. Ich wünschte mich in eine Welt zurück, wo diese Dinger noch stumm waren. Muss denn alles auf dieser Welt ein Geräusch machen oder einen Duft haben. Ich ging in letzter Zeit fast nur noch im Netz einkaufen, weil keinerlei Musik den Einkauf störte, niemand bot einem Kaffee oder Champagner an, man war nicht den synthetischen Düften ausgesetzt, Raumsprays, die jeden Gedankengang blockierten. Wunderbäumchen, die Kloake überdecken.

In der Lobby saß ein Mann im Anzug, Prada-Brille, *Harry-Potter*-Buch in der Hand. Möglicherweise macht dieser Umstand die Welt besser, oder wir sind am Ende.

Bei der Rekonstruktion des Abends fiel mir auf, dass ich mir einen herrlichen Flirt mit dem Kommissar verdorben hatte. Kurz überschlagen hätte diese Verbindung ausgesprochene Synergie-Effekte, aber nur wenn er mich an seine Datenbanken ranließe. Andererseits ist undercover fucking boring, und wenn es spannend wird, hat man meistens eine Knarre am Kopf. Ein zu hoher Preis für ungewissen Sex und nette Texte per WhatsApp. Ich fuhr ins Ringo, um bei Maria Kaffee zu trinken.

Als sie mich sah, machte sie zwei Kaffee und setzte sich zu mir auf das durchgesessene Sofa.

»Hast du schon mal mit einem Polizisten gevögelt?«

Maria stimmte ihr schepperndes Lachen an.

»Bist du in eine Radarfalle gefahren?«

»Ne, ist wegen Luna.«

Maria nahm meine Hand. Die klebte wie ein Pritt-Stift. Ich nahm schnell einen Schluck Kaffee. Ich hatte keine Lust, meine Umwelt mehr als nötig zu belasten. Das war meine Art Umweltschutz.

»Der Typ, der mich verhört hat, trifft so eine Art Nerv bei mir.«

Ich konnte ihr unmöglich die ganze Geschichte erzählen.

»Ist doch toll, wenn du beschützt werden willst.«

Maria hatte die Gabe, alles positiv und als Austausch von Energie zu betrachten. In Marias Welt ging nichts verloren. In ihrer Gegenwart konnte man plötzlich der Unumkehrbarkeit aller Prozesse etwas abgewinnen. Sie stellte sich immer voll auf den Augenblick ein, während ich mich nur auf den nächsten Augenblick einstellen konnte.

»Der Typ kann sich wahrscheinlich gar keinen Flirt leisten. In seiner Position opferst du deine sexuellen Vorlieben für den Dienst am ICH. Der da hängt auch schon wieder hier rum.«

Ich zeigte auf die Gestalt mit der altmodischen Weste, die ich schon beim letzten Mal gesehen hatte.

Maria zog mich in die Küche und schob mir Kuchen vom Vortag hin.

»Von dem willst du keine Gutenachtgeschichte hören.«

»Und wie geht es dir, Maria?«

»Wie immer, alles bestens, alles beim Alten. Manchmal bete ich, es möge sich nichts ändern, alles möge immer so bleiben, wie es jetzt ist.«

Als wir aus der Küche kamen, war das Café leer. Ich legte Maria zehn Euro Trinkgeld hin und ging. Ich gab ihr immer zehn Euro, einfach dafür, dass sie an das Gute glaubte. Nichts bleibt, wie es ist, und ich hatte keine Ahnung, wie es anders gehen sollte. Die Welt bietet diffuses Material und dieses Café trockenen Kuchen.

Im Büro packte ich den Aktenordner für den Besichtigungstermin ein und machte mich auf den Weg zu meinem Loft. Bis zum Treffen mit Helena war noch Zeit, ich schloss mein Fahrrad ab und sah auf das Gelände, wo die Bombe gelegen hatte. Die Bombe, die gesprengt wurde, um Luxusapartments Platz zu machen. Bauzäune, Baugruben, freie Flächen für eine vollgestopfte Zukunft. Zwölf Uhr mittags, die Baustelle war menschenleer, die Betonmischer standen still. Als ich auf meine Haustür zuging, bemerkte ich den Typen aus Marias Café. Er schlich um das alte Gebäude rum und blieb an der Feuerleiter stehen. Der neue Brandschutzbeauftragte war das sicher nicht. Der Typ war mir suspekt. Der Gedanke an Luna und ihren Drogenkonsum schob sich in den Vordergrund. Sie wäre nicht die Erste, die bei einem Drogendeal draufgegangen ist. Ich blieb mit meinen Augen an ihm hängen, er schlich am Gebäude lang, sah sich die Mülltonnen an, die Klingelschilder. Vielleicht war er einer von denen, denen man auf dem Flohmarkt seine eigenen Sachen wieder abkaufen konnte. Ich hatte ein ungutes Gefühl. Der Typ hatte mein Interesse geweckt, und ich wollte es wissen. Ich musste nur noch den Besichtigungstermin loswerden.

Ich rannte rüber ins Hotel und setzte mich ans Fenster in der Lobby, von wo aus ich immer noch den herumschleichenden Albaner beobachten konnte.

Helena erschien in Kostüm und Bluse, formvollendet. Allein ihr Outfit würde den Quadratmeterpreis in die Höhe treiben, ihre Aktentasche garantierte Gewinn. Die Lippen akkurat gezeichnet, forscher Schritt, schnittig wie zu einer Waffenparade. Es war bemerkenswert, wie sie sich in eine Immobilienmaklerin verwandelt hatte. Ich kam mir neben ihr vor wie ein Drogenjunkie. Die Leute in der Lobby guckten ängstlich zu uns rüber, so als ob mein Vormund mich abholen würde. Der Kontrast zwischen uns ließ sie automatisch überprüfen, ob ihre Geldbörsen noch da waren.

»Helena, du musst den Termin absagen.«

»Die haben die Wohnung schon reinigen lassen, falls du das meinst.«

Ich starrte unentwegt auf das Loft und versuchte, den Typ nicht aus den Augen zu lassen.

»Du musst den Termin absagen.«

»Sag mal, bist du verrückt geworden? Weißt du, wie viel Arbeit das bis hierher war? Was soll der Scheiß? Wir nehmen momentan alle Rücksicht auf dich, aber es gibt Grenzen. Kannst du mir erklären, was los ist?«

»Du kriegst es doch bezahlt, was ist denn dabei, wegen Krankheit abzusagen?«

»Es geht nicht ums Geld, es geht darum, dass ich nicht deine Angestellte bin. Weißt du, ich bin echt froh, dass ich alles koordiniert hatte. Offensichtlich bist du schwer traumatisiert. Hol dir halt professionelle Hilfe und geh deiner Umwelt nicht auf den Zeiger. Warum geht es denn jetzt nicht, den Grund möchte ich gerne mal hören.«

Ich konnte ihr unmöglich sagen, dass ich wegen einem herumstreichenden Albaner, den ich nicht kannte, niemanden in die Nähe der zu verkaufenden Wohnung lassen wollte. Genauso gut hätte ich ihr erklären können, dass ich mich von Vampiren verfolgt fühle, dass ich mich für so wichtig halte, dass man mich umlegen will. Sie hätte jeden Einwand in die Rubrik Psychose abgelegt.

Helena war ernsthaft sauer. Ihr porzellanhaftes Madonnengesicht glühte unter dem Make-up. Ich sah sie an wie ein Dompteur seine Tiger.

»Helena, ruf an und verleg den Termin.«

»Ich möchte den Grund wissen, warum ich hier sinnlos antrabe und Käufern absage, die zwei Millionen hinblättern wollen. Existiert in deiner Welt Verlässlichkeit?«

Wenn sie mir mit solchen Kategorien kommt, dachte ich, ziehe ich eine emotionale Trumpfkarte.

»Es geht um Luna.«

Helena sah folgerichtig nach unten und holte betroffen ihr Handy aus der Aktentasche. Luna erzeugte Schweigen. Ich wusste, dass sie diesem Stichwort nichts entgegensetzen konnte. Die Nähe zu den Toten erzeugt Starre und Scham. Mit den Toten kann man immer punkten. Helena zwitscherte eine Lüge durchs Telefon. Sie ist verdammt professionell, nur der Profi lügt verständlich. Das Gespräch dauerte. Helena beantwortete Fragen, hörte zu, kramte in den Unterlagen, holte ihren Kalender.

Ich wurde nervös. Drüben verschwand der Typ im Eingang, die dämliche Department-Agentur hatte vermutlich geöffnet. Der nichtsnutzige Golden Retriever, den sie immer im Hof rumliegen lassen, würde hundertprozentig nur mit dem Schwanz wedeln, wenn der Albaner alle Fahrräder mitnimmt. Diese arglos dreinschauenden Tiere sabbern einem höchstens die Hosen voll. Meine Nerven waren überreizt, ich wollte nachsehen gehen, was da drüben vor sich ging.

»Kannst du mir meinen Schlüssel borgen? Ich bring ihn heute Abend wieder zurück.«

Helena kramte widerwillig den Schlüssel aus ihrer Tasche.

»Hast du keinen Zweitschlüssel?«

Ihre Stimme klang misstrauisch, und sie sah mich mit ihrem pädagogischen Blick an. Sie versuchte, in mein Hirn zu dringen, aber wir sind die meiste Zeit füreinander versiegelt, da kommt es auf einmal mehr oder weniger auch nicht an.

»Den Zweitschlüssel hatte Luna. Besser, wir lassen das Schloss ändern.«

Ich griff den Schlüssel und stürmte nach draußen. Dann wartete ich kurz, um mich zu vergewissern, dass Helena mir nicht folgte. Ich sah sie den Weg zur U-Bahn nehmen. Sofort rannte ich zum Loft und schloss leise die Haustür auf. Ich spürte, dass noch jemand da war. Ich ging nach oben, weder besonders laut noch besonders leise. Als ich an meiner Tür angelangt war, hörte ich auf der Treppe über mir ein Geräusch. Ich stellte mich an die Stufen, die zum Dachboden führten. Auf dem mittleren Absatz stand tatsächlich der Albaner. Stand da und sah mich an.

»Kann ich helfen?«

Er sagte kein Wort. Fixierte mich, wieder das seltsame Grinsen im Gesicht. Eine Mischung aus Hilflosigkeit und Verachtung.

Ich stand vor meiner Tür, bereit, keinen Millimeter zur Seite zu gehen.

Er kam langsam die Treppe herunter. Meine Muskeln spannten sich. Unten klappte die Haustür, und er stürzte plötzlich auf mich los, in der rechten Hand ein Messer. Ich fing seinen Arm ab und kugelte ihn aus. Er stöhnte, drehte sich um, ohne sein Messer fallen zu lassen, und rannte die Treppen hinunter. Ich hinterher. Vor der Tür blockierte ein Müllwagen die Sicht, die Tonnen schepperten ihren Inhalt in den Schlund. Ich konnte den Albaner nirgends sehen, es war, als hätte er sich in den Abfall gestürzt. Erst jetzt bemerkte ich, dass mein T-Shirt am Hals nass war.

»Uh, Lady, das sieht nicht gut aus«, sagte einer der Müllmänner. Er machte Anstalten, Hilfe zu rufen, wedelte sogar mit einem Erste-Hilfe-Kasten rum. Ich fasste mir ins Gesicht und hatte Blut an der Hand.

Nicht schon wieder in der Visage, dachte ich. Ich bedankte mich bei den Fahrern für die Mullkompressen und rannte ins Hotel. Der Albaner hatte mich irgendwie vom Ohr am Hals entlang erwischt. Es blutete mehr, als dass es bedrohlich war. Ich wickelte mir ein Handtuch um den Hals, zog meinen Parka an und fuhr mit dem Rad zur Uniklinik. In der Notaufnahme erzählte ich, mir wäre beim Aufräumen ein Messer aus dem Schrank gefallen. Glück gehabt, meinte der diensthabende Arzt. Hauptsache noch alle Tassen drin, im Schrank. Ich lachte ihm zuliebe und war froh, dass er keine weiteren Fragen stellte. Der Kommissar hatte recht. Die guten Reflexe reichen nicht aus, um das Leben zu klären. Vielleicht ist nichts durch Geschwindigkeit zu klären. Reaktionstests in simulierten Cockpits. Mein Stiefvater hatte mir diverse Flugstunden geschenkt. Was bedeutet es schon, wenn man in der Theorie die Männer hinter sich lässt, es macht einen nur übermütig. Zur Prüfung habe ich es nicht gebracht. Man muss nicht alles zu Ende bringen. Mir reichte es, darüber nachzudenken. Diese Probestunden im Cockpit haben außer ein paar One-Night-Stands nichts gebracht. Was nützt die schnelle Reaktion, wenn das Warum und Wie so unklar bleibt. Im Ernstfall gibt es keine guten Resultate, da kann man nur versuchen durchzukommen und hoffen, dass einen irgendwer wieder zusammenflickt. Der Arzt gab mir einen Termin zum Fäden ziehen. Ich sah kurz in den Spiegel. Die Stelle war gut erreichbar, das würde ich selber klären, wie auch schon am Kinn, wie auch nach meinem Unfall. Freiheit ist, wenn man selbst Hand anlegt.

Zurück im Hotel zog ich ein frisches T-Shirt an, packte Helenas Glitzerteil ein und stopfte das verblutete Shirt und meinen Parka in den Eastpak. Dann fuhr ich zu Helena und Lucky. Helena öffnete und schrie kurz auf wegen des dicken Verbandklumpens an meinem Hals. Verbände sehen immer pathetisch aus.

»Bin nur auf die Schnauze gefallen mit dem Fahrrad, ist nichts weiter. Hier ist dein Oberteil zurück, vielen Dank. Könnte ich bei euch meine Wäsche waschen? Sorry, ich fang wieder ein normales Leben an.«

Helena sah mich an wie eine gütige Blumenfee.

»Soziologisch betrachtet ist Normalität sehr schwer zu definieren. Du solltest das wissen. Du schickst mich weg und kommst ramponiert wieder, ist das dein normales Leben?«

»Flüssigwaschmittel verschleimen die Waschmaschine. Habt ihr gewusst, dass man ab und zu 90-Grad-Waschgänge machen soll, um die Bakterien zu töten?«

Ich warf meinen Parka in die Waschmaschine und setzte mich an den Tisch. Spinatlasagne. Sah gesund aus. Ich schob Helena den Schlüssel über den Tisch.

»Wenn du ins Loft gehst, komm ich besser mit.«

Hier schaltete sich Lucky ein. Er hatte einen verdammt aggressiven Tonfall.

»Jetzt ist Schluss, Slanski. Du klärst uns auf oder verschwindest. Halte uns gefälligst raus. Vor zwei Tagen ist eine Assel aufgetaucht, die mir ein Jobangebot gemacht hat. Wie du dir denken kannst, war es kein Headhunter, denn die rufen wenigstens vorher an. Wenn ich jetzt nicht ein Verfahren kriegen will, muss ich mindestens ein Jahr einer geregelten Arbeit nachgehen als Windows-Versteher bei Legasthenikern. Ich hab nicht Informatik studiert, um für Europol Erfolgsmeldungen zu schustern. Fuck, lassen wir das beiseite, es geht darum, dass du Leni rauslässt, klar? Was ist sonst noch los? Was ist das für eine Scheiße?«

Helena hatte aufgehört zu essen, die beiden setzten sich aufrecht hin und guckten mich an, als warteten sie darauf, dass ich einen Toast auf den Weltfrieden ausspreche. Sie schienen es bitterernst zu meinen. Ich erzählte ihnen langatmig von dem Albaner, um nicht von der Polizei und der Kanzlei zu reden, davon, dass ich meine Privatadresse auf der DHL-Marke verwendet hatte. Ich verwendete schmückende Details und versuchte sogar auf Mitleid zu machen.

Bei Helena klappte es. Sie stieg auf die Einbruchgeschichte ein.

»Man kann seine Lichtanlage so kunstvoll wie James Turrell programmieren; wenn niemand raus- und reingeht, wissen die, dass du im Urlaub bist. Ist euch mal aufgefallen, dass die Durchsagen am Bahnhof, die vor Taschendiebstahl warnen, zunehmen?«

Lucky beachtete sie nicht, fixierte mich wie kurz vor dem Kehlbiss und fauchte mich weiter an.

»Du suchst doch nicht etwa weiter in Sachen Kanzlei rum? Kapier endlich, dass du nicht unverletzlich bist, Slanski. Guck dich an. Das Paradox und der Tod trennt uns von der Maschine. Das Paradox kann ganz witzig sein, aber der Tod, echt, ja?«

Wenn er von Maschinen reden kann, beruhigt er sich wieder, dachte ich.

»Ich komm klar«, sagte ich trotzig.

In meinem Gesicht schien sich etwas zu formen, was ihn abhielt, mich weiter zu beschimpfen. Irgendwas Trauriges.

»Tut mir leid, dass ich euch reingezogen habe.«

Helena legte ihre Hand auf Luckys Arm. Ihre Nägel waren

klassisch rot lackiert. Das sah so sauber aus. Eine Welt, in der jedes Problem geklärt werden kann. Man musste sich nur an ihre Zeichen halten. Mir entging auch nicht, wie sie Lucky unter dem Tisch Zeichen gab, dass er aufhören sollte. Wenn ein Bulle den Weidezaun durchbricht, muss man nur eine Kuh irgendwo anbinden, dann kommt er schon zurück, dachte ich.

Helena legte mir die Verträge zum Verkauf des Lofts hin, schob den USB-Stick in den Rechner, zeigte mir die technischen Skizzen vom Grundriss, die Bilder, Fotos meiner Wohnung, die sie gemacht hatte. Aber ich sah nur die Stelle, wo Luna gelegen hatte. Es war nicht das übliche Koma, das mich befiel, wenn ich amtlichen Schriftkram in die Hände bekam. Irgendwas verklemmte sich in meiner Brust. Ich hustete und drehte meine Schulterblätter vor und zurück, als könne man die Verkantung wie bei einer alten Schublade lösen.

Lucky hatte sich beruhigt und erzählte mir, dass ihm die Mitarbeit in den EncroChat-Teams angeboten wurde. Das schwer knackbare Mobilfunknetz, das die Gangster benutzten, brachte mich auf eine Idee.

»Kannst du Lunas Handy knacken?«

»Sie telefoniert nicht mehr«, sagte Lucky.

»So was knackt man nur, wenn es in Betrieb ist. Gegenfrage: Hast du schon mal an eine psychische Entstörungsstelle gedacht?«

Er ging grußlos aus dem Zimmer, Helena widmete sich den Kaufverträgen.

Eine dumme Frage, meine Nerven tanzten Tango. Ich schlich zu Lucky ins Zimmer und legte ihm Lunas Festplatte auf den Tisch.

»Ich komm nicht weiter, Lucky. Bitte, bitte, vielleicht findest du etwas? Die ist von Luna.«

»Das ist doch schon wieder so ein inoffizielles Ding. Wenn das rauskommt, ist das Beweisvereitelung. Wo hast du die Festplatte her?«

Er sah mich an wie der Exorzist.

»Irgendwas war ihr an dem Ding wichtig, sonst hätte sie die Daten nicht in meiner Unterwäsche versteckt. Sie hat mir explizit gesagt, dass ich darauf aufpassen soll. Ich kann mir nur nicht die Videos ansehen, Performance und den ganzen Scheiß. Sie hat irgendeinem Typen Pornos verkauft. Vielleicht findest du gelöschte Dateien oder irgendetwas anderes. Bitte.«

»Und das ist dein Business? Mit so was erkämpfst du dir einen Platz auf der Liste der Hauptverdächtigen, da kann dein Alibi noch so wasserfest sein.«

»Vielleicht findest du was, irgendwas, was meine Erinnerung auffrischt.«

»Wenn du zurückblicken willst auf deine Erinnerungen, dann lass dich von deinem OneDrive unterrichten oder wirf einen romantischen Blick auf deinen Browserverlauf. Halte dich raus, Slanski.«

»Mann, Lucky, in meiner Wohnung lag eine Tote. Eine, die bei mir auftaucht und kurz danach tot ist. Kannst du dir vorstellen, dass in meinem Gehirn eine Lücke ist. Kannst du dir vorstellen, dass ich die schließen will. Hilf mir oder lass es. Belehrungen sind das Letzte, was ich jetzt brauche.«

Ich ging wieder in die Küche. Dann trank ich genauso lange Wodka, wie die Waschmaschine lief, nahm die nassen Sachen und überließ die beiden ihrem Samstagabendprogramm. Wenigstens hatte mir Lucky nicht die Festplatte zurückgegeben.

Als ich wieder im Motel One angekommen war, machte ich kein Licht und hängte den gewaschenen nassen Parka an die Garderobe. Der Parka verbreitete mit seinem Persil-Duft eine unglaublich klare und frische Atmosphäre, nahezu Heimat. Ich stellte mich ans Fenster. Der Schuttberg des alten Industriegebäudes war eine dunkle Masse. Eine angehaltene Landschaft. Ich verharrte am Fenster, unfähig, irgendetwas mit mir anzufangen. Nichts beruhigte mich. Nach der Achterbahn konnte man wenigstens kotzen gehen, ich aber musste das Rauf und Runter in meinem Inneren ertragen, ohne eine Lösung parat zu haben.

Ich öffnete das Fenster und legte mich hin. Zum ersten Mal spürte ich, dass sich die Kissen einfach nicht anpassten, die gingen total in den Widerstand. Ich schob die geschäumte Füllung von einem Winkel in den anderen, zerdrückte das Kissen, bis mir der Schweiß kam. Mein Puls hämmerte gegen die Matratze. Die Sinnfrage kam hereinspaziert. Es war die generelle Art. Das operative Tagesgeschäft ist einfacher. Da kann man immer auf die Schnelle etwas finden. Wenn man gar keinen Sinn mehr findet, kümmert man sich um die Dritte Welt. Die Suche nach dem Sinn setzte ihr Fragezeichen hinter die Vergangenheit, direkt hinter die Blutlache neben Luna. Eine unvollendete Geschichte. Das war schlimmer.

Die Lücke wurde zum Riss und drohte, alles in mir zu zerteilen. Ich hatte eine Lawine ins Rollen gebracht, und sie hat die Falsche erwischt, aber wer ist schon die Richtige für einen Mord. Kein Ding ohne seine Deutung. Wir wollten es nicht anders, als an allem selbst schuld zu sein. Hatte sie auf ihr Schicksal hingearbeitet oder hat eine unglückliche Verkettung der Ereignisse den Schlusspunkt gesetzt? Ein Escort-Job ist nicht ganz ungefährlich. Wenn man den Mörder hereingebeten hat, fällt die stilvolle Verabschiedung schwer. Die Begriffe verklebten in meinem Hirn. Das Gefühl, nicht weiterzuwissen, versetzte mich in Panik. Sie fiel mich an wie ein Raubtier und begann mich zu zerfleischen. Ich ging so weit, einen Schneeleoparden vor mir zu sehen. Die Ohren aufgestellt, der Blick starr auf mich gerichtet. Die mathematische Einsicht, dass die Wahrscheinlichkeit, allein im schneebedeckten Tibet zu sein, gegen null ging, half nicht mehr. Mein Körper lehnte sich gegen vernünftige Sätze auf. Im Albtraum bleibt dir keine Zeit, über allgemeine Fragen nachzudenken, ob dein Verhalten richtig oder falsch ist.

Ich stand auf, kramte in meinem verdreckten Rucksack und fand tatsächlich noch zwei Tabletten Melatonin. Mir war kalt. Ich schluckte die Tabletten und versuchte, an den Typen zu denken, der mir das Zeug mal nach einem One-Night-Stand geschenkt hatte. Ich versuchte, andere Applikationen in meinem Hirn anzuwählen, umzuprogrammieren, aber die Raubkatze drängelte sich vor. Sie atmete wie ich, nur leiser. Ich nahm einen kräftigen Schluck Wodka. Wir waren so unglaublich weit vorangekommen in der Entdeckung der eigenen Feinfühligkeit. Jetzt hatte ich das Resultat. Kalt war es. Ich versank im Tiefschnee und schwitzte vor Anstrengung, wieder herauszukommen. An meinen Fersen das hungrige Raubtier. Endlich erschien der Kommissar. Er setzte den rettenden Narkosepfeil ein.

In Zeitlupe sah ich, wie der Pfeil mich traf. Falsch, alles falsch. Du Blödmann. Es hätte so romantisch werden können. Ich spürte, wie ich in den kalten Schnee fiel. Über mir die gezuckerten Bäume. Die Kälte walzte sich nach oben und fror meine Gedanken ein.

Ein grenzenloser Optimismus breitete sich in meinem Körper aus.

Beim Aufwachen war nichts mehr davon übrig. Und noch dazu war es Sonntag.

Sonntage sind das Schlimmste. Jetzt hieß es, sich an althergebrachte Gesetze zu halten. Mach dich hübsch, das zieht deinen miesen Inhalt nach, hatte meine Mutter immer zu mir gesagt. Luna hatte als Leiche noch verdammt gut ausgesehen.

Ich duschte, als könnte ich mich runderneuern. Dann setzte ich die Kopfhörer auf und ließ heitere Musik in die Wiederholungsschleife, aber selbst die lustigste Musik wird traurig, wenn man sie zum 100. Mal hört. Die Narbe am Hals war ein exakt gezogener roter Strich, ich holte mein Taschenmesser, um die Fäden zu ziehen. Rechts neben dem Knoten schneiden, nach links wegziehen. Die Narbe am Kinn war nur noch wulstig rosa. Beschriftung durch Narben. Ich sollte langsam aufhören damit.

Das Leben sollte mit Tinte schreiben, die von selbst verschwindet. Ich hatte einmal einem Studienkollegen, den ich nicht ausstehen konnte, in der Vorlesung meinen japanischen Stift geborgt. Tinte, die nach zwei Tagen verschwand. Der dann seine Doktorarbeit über Türklinken schrieb. Der mir mal beim Tanzen sagte, dass ich immer denselben Style draufhätte, worauf ich ihm antwortete, dann müsse er woandershin als auf meine Titten gucken. Ich rotzte mein ICH mit der Zahnpasta in den Abguss und machte die Blackbox los, die ich mit dem Klebeband unter dem Bett befestigt hatte. In der Blackbox war das Geschenk meines Stiefvaters. Anlässlich meiner Scheidung. Eine Art Maskottchen. Ich sehe es mir immer an, wenn ich einsam bin. Djeduschka Moros schien damals erleichtert zu sein, als ich ihn einlud zu meiner Party, am Abend nach dem Gerichtstermin. Davon abgesehen fand er irgendwie immer Gründe, um mich zu beschenken. Obwohl ich ihn nach der Trennung von meiner Mutter nur noch selten zu Gesicht bekommen hatte, beschenkte er mich zu allen wichtigen Eckdaten. Manchmal war es Geld, manchmal kamen Pakete, meist aus unterschiedlichen Ländern. Seine Sekretärinnen benutzten unterschiedliche Versanddienste. Die Party war gerade voll durchgestartet, als es klingelte und ein dunkelhaariger Typ vor der Tür stand mit einem dunkelblauen Anzug und einer Ray-Ban Wayfarer. Der Typ sah aus wie ein Kleriker aus Equilibrium, knackiger Snack von der düsteren Sorte.

»Hi, ich bin das Geschenk deines Vaters.«

Die Gäste johlten auf, weil sie ihn für einen Stripper hielten. Für einen kurzen Moment hatte ich gedacht, dass mir mein Vater meinen Ehemann vorbeisendet, in seiner bestimmenden Art wäre das durchaus drin gewesen. Der Ray-Ban-Mann verzog keine Miene und gab mir eine schwarze Schachtel mit dem weißen Logo von MOSCHINO. Djeduschka Moros schenkte mir immer Moschino. Während des Studiums hatte ich mir von dem Verkauf der Teile meine Drogen finanziert, wenn sich mein Kontostand auf einem metaphysischen Tiefpunkt befand. Ich hatte lediglich eine schwarze Allerweltshose behalten, im Hinblick auf denkbare Vorstellungsgespräche, Trauerfeiern, Kundentermine oder wenn ich was bei der Krankenkasse zu regeln hatte. Djeduschka Moros fragte nie nach, ob mir die Geschenke gefielen. Er war großzügig, nicht von der Sorte, die ein Leben lang Dank erwartet, bei denen man bei jeder Gelegenheit das Geschenk erwähnen muss, bis man den Tag verflucht, an dem man es bekommen hat.

»Mach es auf, wenn du allein bist.«

Der Ray-Ban-Mann hatte sich auf der Treppe noch mal umgedreht. Er musterte mich, wie man den technischen Zustand einer Luxuskarre beurteilt.

»Er konnte nicht kommen.«

Dann verschwand er im dunklen Treppenhaus. Ich stand mit der Schachtel da und bedauerte, dass der Typ verschwunden war. Vielleicht auch, dass Djeduschka Moros nicht gekommen war.

Als ich ins Schlafzimmer ging, um die Schachtel zu öffnen, war die Stimmung heiter bis hysterisch. Schrilles Gelächter und Rufe, ich möge es doch vorführen. Aber Djeduschka Moros war so ziemlich der Einzige, bei dem ich mich an Abmachungen hielt. Ich ging also in mein Schlafzimmer, setzte mich auf das Bett und zog das seidene Bändchen auf. Eine Rossi 971, Blue Steel 4 Inch Barrel in einem rosa Fuchspelz von Moschino. Das Ding hier würde mich glatt drei Monate auf Bewährung kosten, aber sie war es jede Minute wert. Von nun an müsste ich immer so viel Geld auf meinem Konto lassen, dass ich die Geldstrafe für unerlaubten Waffenbesitz zahlen konnte. Die Rossi war echt und sie war Freiheit. Wenn man die Schnauze voll hatte, konnte man damit einen Schlusspunkt setzen. Aber wie ich meinen Stiefvater kannte, war die Waffe eher ein Scherz zur Scheidung, ein Symbol, sich nichts bieten zu lassen. Für ihn war die Welt ein Material, das zu formen war. Eine amorphe Masse, aus der man alles machen konnte. Der Nachwelt bleiben die Müllhalden und die letzten Forschungsergebnisse. Bis dahin musste man sich die Zeit vertreiben. Mit Partys. Mit irgendwelchen Leuten, die sich freuen, dass es kostenlosen Schnaps gibt. An der Rossi klebte ein Zettel. *Für die Flachzangen, die du immer anschleppst, reicht das Ding.*

Damals hatte ich die Rossi in die Moschino-Schachtel zurückgelegt, den rosa Pelz über ein Bikinioberteil gezogen und war nach draußen gegangen. In diesem Outfit ließ sich ein Partner für die Nacht leichter organisieren als mit einem durchlöcherten T-Shirt. Temporäre Nähe.

Das schwere Metall lag auf meinem Schoß. Präzisionstechnik, alles bis ins letzte Detail. Ich füllte die Patronen in die Trommel und strich über die Rossi. Einen Revolver fasst man unwillkürlich so an, dass der Zeigefinger am Abzug ist. Aber er ist schwer. Eine Waffe schreibt ganz eigene Gedichte. Eine Verlängerung der Gedanken, aber klarer ausgedrückt. Eine Waffe nimmt ihre Fehler nicht zurück. Ich starrte auf die Rossi. Je länger ich die Rossi ansah, desto mehr kam Luna zum Vorschein. Eine Geschichte sollte nicht zu lang sein, sagte sie. Vor allem nicht dein Erstling, sagte sie. Wenn der Erstling zu lang ist, kommt danach nichts mehr. Sie lachte. Sieh dir die Bibel an. Vermutlich hatte sie diesen Goethe-Tick seit dem Studium. Sie erzählte mir, wie ihr Professor von Goethe schwärmte. Faust, der strebende Mensch, der Suchende. Der Wernher von Braun habe sie ihm gesagt, der Typ, der eine Frau vögelt und sie in der Scheiße sitzen lässt.

Sie mechanische Feministin, habe ihr Hirschheimer gesagt. Lassen Sie Ihren grobschlächtigen Marxismus, den Ihnen die Klasse auch noch glaubt. Alle lachten, erzählte Luna. Sie selbst lachte nicht, als sie mir das erzählte. Sie sah fast grausam aus, als sie mir das erzählte. Er hat mich immer runtergemacht, immer bloßgestellt und mich immer geliebt. Kunst ist nichts als eine Anhäufung von überschüssiger Energie, sagte sie in einem bitteren Ton. Deswegen haben alle den Jugendwahn. Jugend sieht immer so aus, als könne sie die alten Meister in die Tonne hauen, hatte sie gesagt. Aber die Alten können gemein sein, die halten ihre Imperien fest. Ich konnte mich gut an ihre Sätze erinnern, aber ihre Stimme hörte ich nicht mehr.

Das Zimmermädchen riss mich aus meinen Gedanken. Einen Moment noch!

Ich packte die Rossi in meinen Eastpak. Im Büro konnte ich die Waffe besser gebrauchen. Falls Hoffer & Bertling zum Äußersten gingen, war ich gewappnet. Mein Stiefvater hatte mir die Rossi nicht für den privaten Gebrauch geschenkt. Für Mord fehlte mir der Schneid, aber zur Selbstverteidigung reichte es. Die Rossi nährte den Glauben, einer Sache gewachsen zu sein. Der Rucksack gab alle Konturen zum Besten, also packte ich die Knarre vorsorglich in ein Handtuch.

Mir ging es schlecht. Normalerweise sah ich mir in solchen Zuständen Hitler-Filme an, aber im Frühstücksfernsehen gab es nur Sendungen über tödliche Naturgewalten, Tierdokus und eine weit entfernte Epidemie.

Ein Kaffee bei Maria würde mich verbessern. Ich kramte in meinem Rucksack nach einem Pflaster. Ein Pflaster wirkt ziviler als der Frankenstein-Look. Ich hatte keine Lust auf entgeisterte Blicke. Die Leute sind ganze Gesichter gewohnt. Ich sah in den Spiegel. Drei Narben zum Gedenken an Unfähigkeit. Besser, als vor dem Spiegel zu stehen und nicht mehr darin zu erblicken als ein Etwas, das eine Frisur braucht. Ich klebte das Pflaster fest, hängte mir den Eastpak über die Schulter, setzte die Kopfhörer auf und stieg in den Fahrstuhl.

An der Rezeption schnappte ich mir ein Atemfrisch von der Theke, als mir jemand auf die Schulter tippte. Ich zuckte zusammen und nahm die Kopfhörer runter. Die Musik fiepte an meinem Hals.

»Nehmen Sie Ihren Kaffee mit Milch?«, fragte der Kommissar mit zwei Bechern Coffee to go in der Hand. Ich presste instinktiv den Eastpak an meinen Bauch wie eine Oma, die um ihre Handtasche fürchtet.

»Gehen wir schon zusammen auf Streife?«

»Ich hab heute frei.«

Ich nahm den Rucksack wieder lässig über die Schulter und machte die Musik aus.

»Ich scheine ja in Ihrem Terminkalender ganz oben zu stehen. Benutzen Sie Highlighter?«

»Sie sind unlogisch.«

»Warum, weil Sie Schluchzen von mir erwarten? Weil ich gehe, wenn die Party scheiße ist? Okay, Luna war ein Schock für mich. Nicht nur, dass sie ihren Mörder hereingebeten hat, sie hat sich auch nicht selbst entsorgt. Das Arrangement war nichts für *Deco Home*.«

Der Typ verleitete mich zur Gefühlsduselei. Und er verunsicherte mich, besonders weil ich nicht wusste, was er wirklich von mir wollte. Da stand er, mit zwei Bechern Kaffee in wiederverwendbaren Tassen und, verdammt noch mal, gut aussehend. Ich simulierte Anschlusskommunikation.

»Ich nehme den Kaffee schwarz.«

Es gab schlimmere Sachen an einem Sonntag, als mit einem gut aussehenden Bullen Kaffee zu trinken. Ich versuchte, ihm so rabiat wie möglich den Kaffeebecher aus der Hand zu nehmen, nahm unwirsch einen Schluck und verbrannte mir auch umgehend den Mund.

Da standen wir mit unseren Bechern. Ob er auch unter der G-Star- – Ich bin ja so raw – Jacke eine Waffe trug wie ich in meinem Rucksack? Ich zwängte mich in den zweiten Henkel, damit mir mein Rucksack ja nicht von der Schulter rutschte. Mit dem heißen Becher in der Hand muss das ausgesehen haben wie eine verhinderte Pilates-Übung. Solange mir nicht klar war, was er von mir wollte, konnte ich auch keinen gemütlichen Sonntag mit ihm verbringen. Ich nippte an dem Kaffee, um ihn nicht ansehen zu müssen.

»Ihnen fehlt der Atem, Sonja.«

Der Satz traf mich wie eine Cruise-Missile. Die Pause vor dem Schachmatt war der höchste Treffer, den man bei mir erzielen konnte. Und dieser Schwachmat lächelte dazu.

Jetzt nur nicht voreilig reagieren, also gönnte ich mir gezwungenermaßen die Ruhe und ließ seine Bemerkung im Raum stehen. Sie hatte gesessen. Die frische Narbe brannte und die alten juckten. Ich biss die Zähne zusammen. Besser Geschrammel im Gesicht als dahinter. Der Kerl machte mich konfus. Seine Taktik war klar. Das Aufstellen von Hypothesen ist eine gute Möglichkeit, den anderen zum Vorschein zu bringen, ein bisschen den Lack ankratzen. Das sorgt für Stimmung. Ich könnte ihm jetzt sagen, dass ich für Dauerläufe nicht geeignet bin, dass ich mich bei längeren Spaziergängen zu Tode langweile. Zum Denken kommt man dabei nicht, weil man ständig aufpassen muss, dass man nicht in Hundescheiße tritt. Ich stellte den Becher neben eine Blumenvase und drehte mich um zum Abgang. Er hielt mich am Ärmel fest. Mein Parka verrutschte. Das frische Pflaster am Hals war nun vollends sichtbar. Ich zog den Stoff aus seiner Hand, um ihn nicht zu berühren, und stellte mich stumm vor ihn hin wie ein Mahnmal sexueller Belästigung.

»Gehen Sie immer, wenn es gerade schön wird?«

»Wo ist es denn hier schön, Sie Ulkvogel. Was soll die morgendliche Gehirnwäsche? Hat Ihr Vater Ihre Mutter verprügelt und Ihre Schwester missbraucht, oder warum sind Sie Bulle?«

»Sie müssen mal Ihr Klischeeregister auffrischen. Würde Sie gerne mal ohne Pflaster sehen.«

»Und ich Sie mit.«

»Rasieren Sie sich jetzt mit der Kettensäge?«

»Hab' mit japanischem Schwertkampf angefangen. Schnelligkeit und Präzision. Langer Atem war vorgestern.«

Ich straffte mit der linken Hand meine Haut am Hals und zog mir mit einem kurzen Ruck das Pflaster ab.

»Der Weg des Schwertes gründet auf Selbstverständlichkeit. Aber hier muss ja jeder Dreck besonders sein. Wenn die Leute mal ein Gefühl erwischen, hängen sie sich dran und dann Handlung, Handlung, Handlung. Wer schafft es schon, still in der Ecke zu sitzen und dann beim ersten Schnitt zu töten. Aufmerksam und ohne klebrige Gefühle.«

Ich sah ihn an mit dem triumphierenden Gesicht der Siegerin, der bewusst war, dass die unbarmherzige Philosophie angekommen sein musste. Ein schöner Moment.

Der Kommissar schwieg. Ich knüllte das Pflaster in meine Hosentasche. Wir standen dumm rum.

»Legen Sie sich immer auf den OP-Tisch, wenn Sie mal ausspannen wollen?«

»Und servieren Sie immer Kaffee, wenn Sie unter Kontaktarmut leiden?«

»Sie haben eine geistreiche Art, von sich abzulenken. Aber dann werde ich Sie eben durch Ihre Ablenkungsmanöver kennenlernen. Ich habe übrigens endlich den Durchsuchungsbefehl für die Kanzlei Hoffer & Bertling durchgekriegt. Klingt das langweilig für Sie, oder habe ich einen kleinen Sympathiebonus bei Ihnen? Vielleicht für einen Kaffee im Ringo?«

Mir fehlten die Worte. Wie kommt er denn auf das Ringo? Wenn er wüsste, wie sehr ich mich offenbare, wenn ich die Klappe halte. Übergreifender Erfolg heißt, aus jeder Situation das Beste machen. Leider sind keine detaillierten Angaben vorhanden. Vielleicht sollte man sich nur um den Kleinscheiß kümmern. Der Rest wird schon von allein für einen erledigt.

»Die Kanzlei interessiert mich nicht mehr. Sie faseln mich umsonst damit zu. Aber vermutlich hängen Sie in der Warteschleife, was den Mord betrifft. Im Psycho-Seminar nicht aufgepasst? Ist das Ihre Art, mich von der Trauer abzulenken? Oder sind Sie einfach eine Niete?«

»Wie mir die Kollegen sagten, sind die Mobilfunkdaten der Toten analysiert.«

Er benutzte Lunas Namen nicht. Er war knapp. Ich wusste, er durfte nicht darüber reden.

Ich sah ihm ins Gesicht. Meine Atmung war flach wie eine Flunder. Ich hatte plötzlich den Drang, ihn anzuspringen und alle Daten aus ihm rauszupressen. Ich stand festgemauert in der Lobby und versuchte professionell zu wirken.

»Nach Ihnen war von Behringen bei Catherine Steiner. Eine inoffizielle Liaison, langweilig bis auf den Umstand, dass die Tote ihn unter F gespeichert hatte. Hab mir mal die Akte geben lassen.«

Von Behringen als Feuerengel 423? Ich sah ihn unverwandt an. Wenn bei Capri die rote Sonne im Meer versinkt. Ich konnte diesen eingebildeten Adligen nicht leiden. Gerade deshalb musste ich mich jetzt vor dem Tunnelblick hüten. Offen bleiben für andere Mörder, sagte ich mir. Ich hatte Angst, dass die kleinste Bewegung seine Rede unterbricht. Ich lauschte, wie man dem Trauerredner lauscht, der einem die geliebte Person erklärt.

»Stehen Sie auf Goethe?«

»Um Goethe kommt man in der Literatur nicht herum, der alte Knacker hat alle plattgemacht«, nuschelte ich vor mich hin.

»Offensichtlich hat die Tote viel Geld mit ihm verdient, indem sie nackt die Klassiker rezitierte. Mobilfunkdaten. WhatsApp-Chat.«

»Wahrung von deutschem Kulturerbe.«

Ich ging mit ihm nach draußen, fühlte mich aber wie abgeführt. Ich wollte ihm auf keinen Fall meine Betroffenheit zeigen. Ich wollte einfach mehr wissen. Ich fragte mich zunehmend, was das BKA in der Sache herumpanschte. Seine Anspielungen gingen mir auf den Zeiger. Warum erzählen Sie mir das, müsste ich ihn fragen, aber das war so ein verdammtes Klischee. Ich entschloss mich, abzuwarten.

»Wir könnten Ungerechtigkeit beseitigen.«

»Der Blick auf die Welt ist ein Luxus der Erfolgreichen. So weit bin ich noch nicht.«

Der Spacko will mir Ideale verkaufen. Alle Revoluzzer wollen, dass die Oberen runterkommen und die Unteren ihnen vom Hals bleiben. Das nennen die Gerechtigkeit.

Sein Wagen stand im Halteverbot und hatte prompt einen Strafzettel. Ich reichte ihm den Wisch rüber.

»Bezahlen festigt die Erinnerung.«

Auf dem Vordersitz lag Band eins einer Gesamtausgabe von Johann Wolfgang Goethe. *Die Gedichte.*

Er hielt mir von innen die Tür auf und schmiss Gerümpel nach hinten.

Ich nahm das Buch vom Sitz und stieg ein. Es fühlte sich nagelneu und ungelesen an. Suchte vermutlich einen Code darin. Da konnte er lange suchen. Lunas Code hieß Cash. Goethe spielte da eher eine untergeordnete Rolle.

»Bücher sind nur dick, weil die Leute von ihrem Geld was haben wollen. Ein dickes Buch sieht wertvoller aus. Ihr erstes? Oder haben Sie schon eins?«

Ich lächelte ihn an und legte das Buch nach hinten. Er nahm die Beleidigung gelassen. Auf dem Boden lagen Unmengen verkrüppelter Energydrink-Dosen herum. Ein altes Croissant auf der Armatur. Total vermüllte Karre.

Ich nahm eine angegessene Räucherwurst vom Sitz und legte sie in die Ablage zwischen uns.

»Das System hat Sie ganz schön durch den Fleischwolf gedreht. Passen Sie auf, dass Sie nicht als Bratwürstchen rauskommen.«

»Wir sind das System. Wir haben mehr Kontrolle, als wir denken.«

»Vielleicht am Grill und mit Barbecuesauce.«

Er lachte. Die Wellenlängen breiteten sich in meinem Körper aus und ließen meine Muskeln vibrieren. Ich musste aufpassen. Ich war suchtgefährdet. Der Wodka bewies das.

»Apropos Barbecue – gehen wir mal essen?«

Hübsche Assoziation, bei Barbecue wäre mir als Erstes Kleingartenanlage eingefallen.

Er sah mich ganz ernst an.

»Ich nehme die Einladung zur Kenntnis«, antwortete ich.

Die Rossi auf meinem Schoß wurde immer schwerer.

»Wir können natürlich auch einen Kampfsportkurs belegen, falls Sie das weniger irritiert.«

»Oder den Koks schnupfen, den ihr beschlagnahmt.«

Wir blinzelten uns eine ganze Weile zu. Wir standen in einer Nebenstraße vom Ringo und sahen uns an. Eine Pause, die beendet werden musste, wenn man Sex ausschließen wollte. Offenbar war ihm das auch klar.

»Im nächsten Leben werde ich Dealer. Und Sie, Sonja?«

»Ich verhafte Sie.«

Dann stiegen wir aus und gingen ins Café. Maria machte mir hinter seinem Rücken Zeichen. Die Zeichen standen für HOT. Das deprimierte mich plötzlich. Meine Hormone spielten russisches Roulette.

»Leidet Ihr Sozialleben sehr unter Ihrem Beruf?«, fragte ich ihn und sah ihm zu, wie er seine Cola Zero austrank.

»Sie meinen, ob ich eine Beziehung habe?«

»Ich wollte eigentlich nur wissen, ob Sie in der Oper die Waffe an der Garderobe abgeben.«

»Die Unkonventionellen machen Ihnen Angst, und der Rest langweilt Sie, richtig? Warum haben Sie Ihr Studium geschmissen? Ihre Theoriearbeiten hatten Witz. Sie haben über Verteidigungsbereitschaft geschrieben. Auch Ihr Titel. *Lieber du als ich.* Großartig. Die Stelle, wo Sie fragen, ob man in Gefahr lieber von den Hells Angels oder einer rhythmischen Gymnastikgruppe verteidigt werden will. Sie haben über Gerechtigkeit geschrieben. Ein Begriff, wie Sie sagen, der nur die Konflikte verschärfe. Ihr Professor hatte Sie empfohlen.«

Muss ich erst eine Bank ausrauben, um klarzumachen, dass ich nicht in den Staatsdienst will, dachte ich. Der Staat soll seine Ordnung ohne mich verteidigen. Früher favorisierte man den Zusammenhalt der Gruppe, heute konzentriert man sich mehr auf die Verteidigung des Raums bis hin zur Definition des Geschlechts. Alle pissen um sich herum ihr Revier frei. Aus der Perspektive eines Bandwurms ist der Mensch gut. Aber aus der Sicht des Staates wird die Beziehung schon komplexer. Ich habe vollstes Verständnis, wenn man dem Staatsbürger nicht vertraut, aber in seinen dunklen Geheimnissen sollen andere herumkramen.

Ich fühlte mich durchsichtig wie Glas, besonders, wenn jemand in meiner eigenen Vergangenheit rumfummelte. So was geht über das Geschäftliche hinaus. Vielleicht war der Typ pervers.

»Ich lade Sie ein«, sagte ich und stand auf.

»Absolutes NEIN.«

Er zog sein Portemonnaie wie Ken Hackathorn in *all4shooters* und ging zu Maria an die Theke. Ergebnisorientiertes

Handeln. Absatz 1 im BKA-Handbuch für den Bürgerdialog. Ich sah auf seinen Arsch.

»Langsame Steigerung von Zwangsmaßnahmen, richtig? Solange Beamte mit Polizeibefugnissen einen Kaffee ausgeben, ist die Welt ja noch in Ordnung.«

»Kann ich Sie irgendwohin mitnehmen, Sonja? Ich muss ins Präsidium.«

»Nein, danke. Bei Ihnen weiß man nicht, ob man wieder rauskommt.«

Am Sonntag ins Präsidium, als wenn er meine Gedanken erraten hätte, dass ich seinen Job anzweifelte. Er nahm eine Sonnenbrille aus der Tasche und setzte sie auf. Mit Sonnenbrille sehen ja alle gut aus, tröstete ich mich.

»Die Mordkommission hatte schon öfter solche Fälle.«

»Sie meinen, Tote mit 'nem Preisschild?«

»Ich meine Tote, bei denen Sexspiele danebengegangen sind.«

Ich schnäuzte ihm ein kräftiges OHA hin, aber der Spoiler hatte gezogen.

»Und warum sagen mir Ihre Kollegen das nicht selbst? Warum musste ich lediglich ein belangloses Protokoll unterschreiben? Keine weiteren Fragen.«

»Offensichtlich sind Sie für die Mordkommission nicht interessant. Andere freuen sich darüber.«

Ich schweifte ab, kramte in meinen Erinnerungen. Ich versuchte, ihre Stimme zu hören, unsere letzten Gespräche zu duplizieren. Aber es gelang nicht. Luna hatte nie Namen genannt. Sie hatte von den Herren Sammlern, den Herren Direktoren, den Herren Verehrern gesprochen. Ich warf mir vor, dass ich erleichtert war. Wenn ich für die Mordkommission nicht interessant war, dann war ich auch nicht schuldig. Ich hatte ihr lediglich den Platz zum Sterben geliehen. Wir sind gemein, aber wir wollen nicht schuldig sein.

»War das Ihr Bademantel? Ich meine diesen Kimono? Ich habe die Tatortbilder gesehen.«

»Gegenfrage – tragen Sie Ihre eigene Unterhose?«

»Sind Sie so cool oder tun Sie nur so? Für was halten Sie sich, Sonja?«

»Denken Sie mich als Schaufensterpuppe mit fieser Perücke.«

Da war es wieder, das beste Pokergesicht dieser Erde, das Gesicht, das den Umständen widerstehen konnte.

Das Gesicht, welches mir die Lehrer vorwarfen.

Das Gesicht, in dem die Leute nicht lesen konnten.

»Sie sind an einem Scheideweg, Sonja. Links könnten wir zusammen gehen, rechts gehen Sie alleine. Ich hoffe, Sie wählen links.«

»Links? Links war ich das letzte Mal beim Abbiegen.«

Er stieg in seine vermüllte Karre. Ob die beim BKA einen Requisiteur haben, der die Sets einrichtet? Er tippte sich an die Stirn, wie Militärs das machen, zumindest im Film, und lächelte mir zu. Ich sah ihm nach, aber eher, weil ich nicht zeigen wollte, in welche Richtung ich gehen würde. Als sein Wagen verschwunden war, ging ich ins Café zurück und setzte mich völlig geschafft an den Tisch. Maria brachte mir ungefragt ein Stück meiner Lieblingstorte und streichelte mir den Rücken.

»Der ist doch ein netter Start.«

»Das ist ein Bulle, der will doch nur Informationen von mir, um seine Karriere zu beflügeln. Außerdem ist er so gut, dass er nur ein Heiratsschwindler sein kann.«

Maria lachte auf.

»Ich will erst mal die Ausstellung und die Beerdigung hinter mich bringen. Dann die Wohnung weg, dann bin ich wieder frei. Mein Gefühl sagt mir, dass das richtig ist.«

Maria lachte wieder ihr schepperndes Lachen.

»Du hast dir bei dem Wort Gefühl an den Kopf getippt.«

Ich umarmte Maria. Dankbar für Einsichten, auf die man selbst nicht käme. Natürlich wanderten meine Gefühle in den Kopf, um robuste Geschichten zu basteln, besonders in Zeiten sexuellen Notstands. Ich legte ihr mein übliches Trinkgeld hin und ging nach draußen. Der Himmel über der Allee zeigte sein barockes Lächeln. Ehrgeizige Architekten hatten ihm die Banken ins Gesicht geklebt. Auf ihren Etagen stapeln sich die Margen. Ihre Fenster sind Sonnenbrillen aus Dreifach-Sonnenschutzglas Cool-Lite Xtreme 70/33, die eine verzerrte Wirklichkeit detailgetreu und kontrastreich wiedergeben.

A. auf meinem Handy.

»Wo bist du?«

Ein Text wie dieser am Sonntagvormittag sagte nichts weiter, als dass zu Hause die Hölle war und er einsamer war als sonst.

Warum sagte ich der Verabredung zu? Weil ich einsamer war als sonst. Ich ging die Straßen entlang zum Fluss. Jogger rannten mit eingequetschten Eiern auf dem harten Beton. Filter der Großstadt aus Fleisch und Blut, der die Abgase verdaut. Körperbetonte Menschen, die sich mit gutem Gewissen ihre Hüftgelenke und Wirbelsäulen ruinieren. Mit den Messgeräten um die Gelenke sahen sie aus wie Knackis mit der elektronischen Fußfessel. Der Fortschritt hält Keramik und Polyethylen parat für den Notfall, für die Lebensverlängerung dank Prothese. Gnadenlos steuern wir auf ein überhöhtes Alter zu, versehen mit guten Materialien und intelligenten

Textilien. Autonomie ist weg, dafür klingelts, wenn man seine Pillen nehmen muss. Ich erreiche den Stadtpark, der sich als sogenannter grüner Gürtel um ein verrottetes Inneres legte. Wo die Menge war, ist Abfall.

A. schlenderte auf mich zu.

»Lässt du dich scheiden?«

Meine Laune war auf dem Tiefpunkt.

A. lachte und legte den Arm um mich.

»Du bist immer so lustig. Nein, ich wollte spontan mit dir im Grünen sitzen. Einfach den Moment genießen.«

Die landläufige Fehlinterpretation buddhistischer Momente. Wenn die Anhänger doch mal die ganzen Schriften lesen würden. Aber für den kurzen Moment hier auf Erden reichen offensichtlich die Titel der Frauenmagazine.

Anstatt einen knallharten Blick in den Spiegel zu werfen, gab sich A. lieber Erfahrungsfundamentalismus hin. Offensichtlich stand wirklich die Scheidung bevor. Im Business konnte er Hundefutter als französische Pastete verkaufen, aber privat geisterten seine Gefühle orientierungslos umher.

»Wie geht es deiner Frau?«

»Es hört sich bescheuert an, aber sie ist mit meinem Freund Zelten gefahren. Ich weiß, das klingt komisch, aber sie hat ein eigenes Zelt mit.«

Das hörte sich nicht nur bescheuert an, das war das ultimativ Beknackteste, was ich je gehört hatte. Catherine Steiner war die Frau für die Präsidentensuite, nicht für die Isomatte und das Mikrofasertuch. Für einen Seitensprung braucht man also nur ein eigenes Zelt mitzunehmen. Die Dinger wiegen heutzutage 1,5 kg. Die passen in jedes Reisegepäck. Hauptsache, das Wesentliche ist beim Notar hinterlegt.

Einmal bequem eingerichtet, ist es egal, was draußen passiert.

Ich sah A. mit anderen Augen an, seitdem ich seinen Namen auf Lunas Adressliste gesehen hatte.

»Stell dir vor, ich muss meine Fahrerlaubnis abgeben.«

»Ist das dein einziger Kontakt mit der Polizei?«

Wer fragt, der führt. A. lachte.

»Du bist immer so lustig.«

Aber man muss auch die richtigen Fragen stellen. Ich glotzte das Gras an.

»Wann löst du deinen Gutschein ein?«

»Ich fahre morgen.«

A. begann seine penetrante Überzeugungsarbeit. Er wollte, dass ich mitkomme. Hör mal, sagte ich zu ihm, ich zoom bei Google Earth ganz schnell ran, das ist das gleiche Feeling. Ein halbgarer Witz, der bei ihm gut ankam. Ich konnte mit den Gutscheinen der Unterhaltungsindustrie nichts anfangen. Kleine Zettel mit bezahlter Zukunft. Meinetwegen konnte er zum Golfspielen ins Okavangodelta oder per Sackhüpfen zum Mount Everest, um sich ein Zertifikat für Erregung zu ergattern.

»Wenn du mir unbedingt was schenken willst, hier ist meine Kontonummer.«

»Du bist so lustig.«

»Komisch, dasselbe denke ich von dir. Ich muss los ins Büro. Viel Spaß in Kanada.«

Arbeit ist eine schöne Begründung, wird immer widerstandslos akzeptiert. Zumindest in Deutschland ist die Pflicht zur Arbeit heilig. Ich schnappte meinen Eastpak und trabte los. Der Flirt mit A. darf nie enden, dachte ich. Er war der einzige Mann, bei dem nicht die geringste Gefahr einer Beziehung bestand.

Mein Briefkasten im Büro quoll über. Werbung für fast alles außer Sterbehilfe. Eine gedruckte Postkarte von Luna. Ich hatte ewig nicht geleert.

VIELE GRÜSSE AUS DER ZUKUNFT. Hatte Supersparpreis.

Auf der Vorderseite steht Luna vor dem Spaceshuttle Buran im Technikmuseum Speyer. Der Poststempel stammte von ihrem Todestag. Was wollte sie dort? Ausschreibungen gab es dort keine außer einem Jobangebot für die stellvertretende Kassenleitung. Ich sah auf das Bild, wie man Bilder ansieht, auf denen man den Fehler finden soll. Dann ging ich ins Büro und ließ die Karte in der Box unter dem Schreibtisch verschwinden. Für mich ging es nicht mehr um Beweisstücke, nur noch darum, wie ich die Zeit bis zur Beerdigung herumkriegen würde.

Ich nahm das Domina-Set, das sie mir zum Tag der Verkehrssicherheit geschenkt hatte, und warf es in den Mülleimer.

Ich kam nicht hinter meine Beweggründe, warum ich diesen Job mit Catherine Steiner angenommen hatte. Dieser Job hatte die Ereignisse in eine eigensinnige Richtung laufen lassen.

Der Himmel kippte ein dreckiges Rot über die Stadt. Ich ließ die Jalousien runter, um zu gehen. Durch den Spalt sah ich den Albaner an meinem Fahrrad stehen. Dann verschwand er, und ich hörte die Haustür ins Schloss fallen. Ich holte die Rossi aus dem Eastpak und packte ein Geschirrtuch drüber. Geräuschlos öffnete ich die Tür. Er studierte die Briefkästen, als ich mit voller Wucht zuschlug. Der Albaner ging in die Knie. Ich zog ihn in das Büro und griff die bescheuert verzierten Handschellen aus dem Mülleimer, schloss ihm die Hände zusammen und betete, dass das Zeug nicht totaler Fake war. Den Mund brauchte ich ihm garantiert nicht zu verbinden, der Typ hatte hundertprozentig keine gültige Aufenthaltsgenehmigung und würde nicht schreien. Sein Puls ging normal. Dann setzte ich mich auf einen Stuhl und richtete die Rossi auf ihn, um die Wirkung des Augenblicks zu verstärken. Glücklicherweise hemmten mich keine Gedanken. Mir lief der Schweiß in klebrigen Pfaden runter und mir war eiskalt. Ich war nicht bereit, den Krankenwagen zu rufen oder die Polizei. Ich würde warten, bis er wieder zu sich kommt. Sein Brustkorb hob und senkte sich gleichmäßig. Bei einem Schlag gegen die Schläfe schwappt das Hirn zur Schädeldecke und verursacht eine Ohnmacht. Die Golovkin-Masche, den Gegner immer mit einem Kopfhaken von oben nach unten auszuknocken. Wenn man die Schläge nicht kommen sieht, muss man einstecken. Ich hatte genug eingesteckt, um zu wissen, wo ich hinhauen muss. Im Kampf ist ein K. o. nicht planbar, da zermürbt man nur sich selbst, aber hier war die Sache anders. Der Albaner hatte mir sein Gesicht hingehalten wie eine Dartscheibe. Ein Messer war aus seiner Tasche gefallen. Ich sah es mir genauer an. Ein beschissenes Ding mit kyrillischen Buchstaben, Jugoslovenska narodna armija, also von der ehemaligen Nationalen Volksarmee Jugoslawiens unter Tito. Ich packte das Messer in meinen Schreibtisch. Für einen Moment wusste ich nicht weiter. Besser, ich wurde ihn schnell wieder los, der Kommissar hatte recht, die Situation überforderte mich. Der fremde Mensch auf dem Boden erdrückte mich. Ich wollte ihn schnell wieder loswerden, aber irgendwas hielt mich vom Telefon ab. Ich durchsuchte seine Taschen. Zwei Fahrradklingeln, drei Fahrradlichter, zwei Portemonnaies. Ein stinknormaler Dieb.

Der Albaner öffnete seine Augen, setzte sich hoch, lehnte sich an die Heizung und sah mich an. Das Leben war zu kurz, um die Ereignisse abzuwarten. Ich öffnete die Trommel, nur um sie pathetisch wieder einrasten zu lassen. Das Geräusch war die Botschaft, aber die Rossi schien ihm schnuppe zu sein.

»Was willst du von mir?«, fragte ich ihn.

Keine Antwort. Er sah mich einfach an.

Ich wiederholte meine Frage. Der Albaner sah mich spöttisch an, als hätte ich einen Akkuschrauber in der Hand. Möglicherweise sah er aber auch immer so aus. Diese Typen sehen auf dich runter, selbst wenn du ihnen ein volles Portemonnaie vor die Füße legst.

»Gut, dann kürzen wir die Wege ab.«

Ich nahm mein Telefon in die freie Hand. Mir wurde bewusst, wie unwirklich die Szene war. Gedankenspiralen kräuselten sich in meinem Hirn. Ich versuchte mich auf das Gewicht der Rossi zu konzentrieren. Der Revolver wurde von Sekunde zu Sekunde schwerer, und der Raum rückte zusammen. Ich spannte den Hahn.

Die Dämmerung packte mich und die Rossi in einen Bleianzug.

»Wir können uns unterhalten, oder ich rufe die Polizei.«

Ich jagte noch einen schönen Fluch hinterher. »Vertickst du die Drogen?«

Der Typ sah mich verständnislos an.

»Kokain? Kokain? Kokain?«

Meine Stimme war laut und kam aus der Mitte meines Bauchs.

Ich hielt inne und legte meine Hand, die sich an die Rossi klammerte, auf den Schreibtisch, um meine Erregung im Zaum zu halten. Das Ding war verdammt noch mal durchgeladen. Alle sechs Patronen warteten geduldig.

Der verdammte Albaner sah mich unverwandt an. Plötzlich wusste ich, was Nähe ist. Sein Gesicht war nahezu unverfroren. Mein Defekt war vollkommen. Ich konnte nicht aufgeben. Wir wussten beide, dass die Ewigkeit nicht so aussah.

»Was willst du von mir?«

Der Albaner sah mich einfach nur an.

»Wer hat dir den Auftrag gegeben?«

Der gab keinen Laut von sich. Wischte sich mit dem Handgelenk über die Nase. Der Rotz klebte am Ärmel. Darunter war eine verdreckte Bandage zu sehen.

»Hoffer? Von Behringen?«

Ich holte die Postkarte von Luna aus der Schachtel und hielt sie ihm vor die Nase.

»Kommt dir die bekannt vor? Ja? Schon mal gesehen?«

Der Typ sah verständnislos auf die Karte. Ziemlich glaubwürdig dämlich.

Ich war im Ernstfall. Wie lange würde uns dieser Moment noch aushalten. Ich war hier nicht beim Stelldichein.

Ich wollte Ruhe. Der Rotz auf seinem Ärmel war unerträglich. Ich kramte in meiner Hosentasche und warf ihm einen zerknüllten Zehn-Euro-Schein hin.

»Verpiss dich.«

Der Albaner sah mich das erste Mal ängstlich an.

»Geht gut, Madam?«

Ich bedeutete ihm aufzustehen und zu verschwinden, die Plastikdinger am Handgelenk waren sein Problem.

Geld gegen Ekel. Der Rest ist Ansichtssache. Ich entspannte den Hahn, der Typ verstand sowieso nichts. Das leichte Klicken ließ ihn zusammenzucken, dabei war für ihn die Gefahr vorbei.

»Falls du es melden willst, hier hast du meine Karte.«

Ich schmiss ihm meine Visitenkarte vor die Füße.

Er griff mit zugebundenen Händen den Zehner und stand verunsichert auf. An der Tür drehte er sich um und hielt mir die Handschellen hin.

»Verpiss dich.«

Die Dinger konnten ihm seine Balkan-Kollegen abmontieren. Ich warf ihm die Schlüssel hinterher und knallte die Tür zu.

Durch die Zwischenräume der Jalousie sah ich ihm nach, bis ich ihn nicht mehr von anderen Passanten unterscheiden konnte. Ich ging an den Kühlschrank und trank den Wodka aus der Flasche. Es gilt die Zufälligkeit der Ereignisse auszuhalten. Ich hatte ihnen nichts entgegenzusetzen. Die Rossi lag auf dem Schreibtisch wie ein Kinderspielzeug. Ich packte sie in die Schublade neben Kaugummi und Wechselgeld. Die Karte von Luna verbuddelte ich ganz unten. Ich nahm das gefakte Diplom von der Wand. In der Ecke des Rahmens auf der Rückseite klebten die Ecstasy-Pillen. Es gibt unendlich viele Auswege. Aber nicht für uns. Zeit, den Joker zu ziehen. Ich warf mir die Pillen ein. Dann ging ich ins Changs.

Die Musik schichtete die Menge um.

Tom Chang kam mir entgegen.

Der Angstschweiß hatte mir das T-Shirt verätzt. Chang nickte mir zu. Weitere Vertraulichkeiten waren nicht drin. Befehle an das Servicepersonal waren wichtiger.

Dann ging er weiter. Die Menge verdankte ihm richtungslose Bewegung.

Schön gestaltete Ladies sahen mich abfällig an. Ich ging aufs Feld. In der Pilotenkapsel steuerte der DJ den Bomber. Es regnete Spaß.

Am nächsten Morgen hatte ich Mühe, die Augen zu öffnen. Wie ich auf das Sofa in Changs Büro gelangt war, weiß ich auch nicht mehr. Die Umgebung floss wie ein Aquarell ineinander. Als ich mich aufrichtete, schien mein Kopf einen Meter hinter mir zu sein. Ich wühlte mich aus der Kunsthaardecke, die einem Tiger nachempfunden war. Ich selbst war noch komplett in den Dreckklamotten von gestern. Mir gegenüber Tom Chang, der bereits hinter seinem Schreibtisch saß, das Telefon am Ohr. Ich lehnte mich nach hinten. Chang steckte in seinen Laufklamotten. Er sah völlig durchnässt aus. Ich sah zum Fenster, ein knallheller Tag. Sein Schweiß mischte sich mit den Nylonklamotten und ergab Brechreiz.

Mir fiel erst jetzt auf, wie dünn er geworden war, seit er mit dem Marathon angefangen hatte, fast als wolle er sich unsichtbar machen. Er zog sein Oberteil aus und legte es ausgerechnet neben mich auf das weiße Ledersofa. Ich musste mich abwenden, sonst hätte ich ihm das Sofa vollgekotzt.

»Weißt du, Slanski, du gefällst mir, wenn du dich gehen lässt.«

»Gehen lassen? Hab ich dich flachgelegt?«

Er hielt mir ein Glas Wasser und eine Aspirin hin.

»Hit the refresh button, Slanski.«

Meine Erinnerung bemächtigte sich wieder gestriger Orte, und mein Kopf rückte etwas näher an mich ran. Ich hatte einem großkotzigen Typen gesagt, dass er 14 Tage nach Afghanistan gehen soll, wenn er wissen will, wie groß sein Schwanz ist. Ich wusste noch, dass ich runter auf die Toilette bin, kurz bevor die Lichter ausgingen.

»Slanski, sei froh, dass du eine Frau bist. Einen Kerl hätte Nena liegen lassen.«

Nena kassierte die Klogebühr und hielt die Toiletten sauber. Sie war geschieden von einem Trinker, der sie ständig verprügelt hatte. Manchmal mochte ich es lieber, auf dem Klo als im Club abzuhängen. Zum Dank habe ich Nena ab und an einen Hunderter hingelegt. Sie erzählte mir von den Tussis, die die Brillen vollpissen und ohne Trinkgeld wieder verschwinden. Sie hatte sogar eine plausible Erklärung dafür.

»Pissen nicht gerade, weil Pussy gefaltet. Hosen zu eng.«

Sie war immer adrett geschminkt und elegant gekleidet wie alle Frauen vom Balkan.

Die lassen sich nicht hängen. Lackierte Nägel, kunstvolle Hochsteckfrisuren, farbige Kleidung. Und wenn die heiße Sex-Phase vorbei ist und die Tristesse beginnt, kriegen sie sogar was Fürsorgliches.

»Wenn du eine Frau fürs Alter brauchst, Nena ist eine gute Seele.«

Chang sah mich an, als käme ich gerade vom Jupiter.

»Slanski, im Alter habe ich einen Harem in Thailand und unterstütze Hilfsorganisationen. Eva holt dir frische Klamotten. Ich muss los.«

Er zog sich vor mir um. Der Wille zur Macht muss ihm jeden Muskel einzeln geformt haben. Ein Wille, nur vergleichbar mit dem eines Selbstmordattentäters. Seine Klamotten waren sündhaft teuer und unterstützten das militärische Auftreten. Die Körperhülle wurde zunehmend ansehnlicher. So hätte er auch einen Versicherungskonzern leiten können.

Er schien das Leben um sich herum aus der Sicht eines Astronauten auf einer Raumstation wahrzunehmen. Alles war fern von ihm und mittels richtiger Knöpfe zu bedienen. Informationen aus dem Kontrollzentrum reichten ihm aus. Luna war doch so ein körperlicher Mensch, wie ging das? Gab es bei Chang Stillstandzeiten? Undenkbar. Sein Erfolg beruhte auf minimalem Schlaf, kurz gehaltener Kommunikation mit seinen Mitmenschen und Nahrungsergänzungsmitteln. Erst jetzt bemerkte ich den Schlitz in dem Gemälde hinter ihm. In der Mitte der Commerzbank klaffte eine Wunde von ganz oben nach unten.

»Hat dir die Commerzbank einen Kredit verweigert? Die hat jetzt so eine gewalttätige Möse.«

Chang fisselte weiter seine Manschettenknöpfe in die Löcher.

»Krass, oder? Ich habe keine Ahnung, wer das war. Ist dumm gelaufen, gerade sollte das Bild nach Speyer als Leihgabe für eine Ausstellung.«

»Speyer?«

»Ja, Speyer.«

»Ich würde es melden.«

»Eva hat Speyer schon benachrichtigt.«

»Ich meine die Polizei.«

Er nickte mir zu und verließ das Büro.

Ein junges Ding kam rein. Dürr wie ein entlaubter Ast. Eine von der Art, deren einziges Lebensziel darin besteht, grammgenau die 48 Kilo zu halten. In ihrer fast durchscheinenden Hand hielt sie einen Jutebeutel.

»Hi. Ich bin Eva. Das ist von Tom.«

Ihre Stimme war ein Wispern in oberen Frequenzen. Sie reichte mir den Sack am langen Arm, eine Pose wie auf einer Jugendstilpostkarte und sah mich ungläubig an. Ihre Augen flirrten ängstlich von oben auf mich herab, während ihr Mund eher Ekel ausdrückte. Ich konnte die Anstrengung ihres Hirns spüren, das zittrig eine Erklärung dafür suchte, wie eine Pennerin wie ich auf Toms Sofa kommen konnte. Ich nahm die Mittelalter-Tüte und sie zog eilig ihre Hand weg, so dass keine Berührung entstand, sozusagen eine Übergabe im Flug. In dem Beutel waren ein schwarzer Trainingsanzug und ein paar weiße Sneaker, beides mit Preisschildern, eine Zahnbürste und Zahnpasta, die von der Stiftung Warentest mit dem Prädikat »sehr gut« bewertet war, ein paar unspektakuläre Socken und eine kleine Schachtel.

Die Tüte war versehen mit einem extrem langen Text, der wohl ein Öko-Zertifikat darstellen sollte.

Ich sah an mir runter. Meine ehemals weißen Turnschuhe hatte jemand im rechten Winkel vor das Sofa gestellt. Sie waren verdreckt und klebrig. Die Hose war voller Flecken von unbestimmter Herkunft, mein T-Shirt war an der Seite aufgerissen. Ich stank, als wäre ich durch den Club gerobbt und hätte mich dann in Whisky gebadet. Handy, Schlüssel und Kreditkarte waren noch in den Hosentaschen. Saufen muss man können. Das Mädchen fiepte mir zu, wo die Dusche sei, aber ich hatte keine Lust mehr auf den Ort.

Ich bedankte mich und verließ Changs Imperium mit dem Jutebeutel. Das dünne Ding rannte mir bis zum Fahrstuhl nach und wollte wissen, ob alles o. k. sei und ob sie Tom etwas ausrichten solle. Ich beruhigte sie und ging mit der Restenergie nach einer Nacht im Einklang mit der Welt in mein Büro. Mir war eingefallen, dass Helena den Termin für die Besichtigung auf heute verschoben hatte und sie den Schlüssel für mein Loft brauchte.

Helena war zwangsneurotisch pünktlich. Jede verspätete Minute ließ das Grundsatzreferat über Pflichtbewusstsein, Verlässlichkeit oder eine verkommene Gesellschaft reziprok länger werden. Im Briefkasten der übliche Müll, offizieller Kram und Werbung trotz der Werbeverbotssticker. Auch das wird sich von alleine regeln, wenn Amazon uns unsere Wünsche mitteilt. Ich schob alles zur Seite und öffnete lediglich einen von Hand adressierten Brief. In dem Brief war ein verblichenes Farbfoto. Auf der Rückseite stand: Behalte deinen Vater so in Erinnerung. Nahrung für Sentimentale, nichts für mich. Ich warf den Brief weg. Dann wusch ich meine Haare in der Spüle, testete das Geschirrspülmittel unter meinen Achselhöhlen, warf meine Klamotten in einen Müllsack und sah mir komplett nackt Changs Jutebeutel genauer an.

In dem There-is-no-Planet-B-Beutel waren zwei Farbausdrucke. Einer war von den Sneakers und der andere von dem Trainingsanzug, der sich in der Tüte befand. Chang erwartete in allen Belangen peniblen Gehorsam von seinen Angestellten. Außerdem entdeckte ich ein kleines, in Geschenkpapier eingewickeltes Päckchen. Auf den Farbausdrucken stand eine Anweisung von Chang, was Eva tun sollte, falls es die abgebildeten Klamotten nicht vorrätig gegeben hätte. Ich zog den Trainingsanzug und die Sneaker an. Passten perfekt, Chang muss mich vermessen haben, als ich im Koma lag. Dann öffnete ich das Päckchen. Ein BH von überirdischer Luftigkeit. Ich hatte nicht viel an der vorderen Front zu melden, insofern passte das Ding.

Am unteren Ende war ein Text eingestickt. Georg Wilhelm Friedrich Hegel. Ich sendete Chang ein Bild von mir, setzte mich dafür extra nackt mit BH an den Schreibtisch und schrieb mir mit Kugelschreiber Danke unter die Titten. Der BH war zwar völlig funktionslos, aber immerhin eine Erinnerung an die deutsche Dialektik. Der Markt schreckt vor nichts zurück.

Er textete sofort zurück, dass ich ihm gefiele, wenn ich betrunken bin. Die Bemerkung verunsicherte mich hinsichtlich der nächtlichen Vorgänge. Aber sein antiseptisches Verhalten und seine Geschäftstüchtigkeit müssen ihn an Übergriffen gehindert haben. Falls nicht, auch o. k. Wozu gibt es schließlich Filmriss.

Die Klingel unterbrach meine quergefügten Gedanken über Chang. Ich schlüpfte in den Trainingsanzug und nahm vorsichtshalber die Rossi zur Begrüßung mit, dieses Mal in Changs Jutebeutel, die nur einen Vorteil hatte, sie raschelte nicht. Dann zog ich die Tür mit einem Ruck auf, blieb aber selbst dahinter stehen.

»Haben Sie hier eine Party gefeiert? Riecht wie in einem Whiskyfass.«

»Der Geruchssinn adaptiert am schnellsten. Aber Sie müssen heute ihre anderen Damen bemühen, falls Sie Langeweile haben. Ich habe keine Zeit.«

Ich ließ den Umweltbeutel mit der Rossi im Küchenschrank verschwinden, schlüpfte in die Sneaker und packte mir meinen Schlüssel für das Loft in die Hosentasche.

»Hübsche Berufskleidung. Wir beginnen jetzt die Festplatten der Kanzlei zu analysieren. Außerdem lassen wir Herrn Hoffer glauben, dass Sie für uns arbeiten. Ist zu Ihrer Sicherheit.«

»Danke. Haben Sie mir schon einen neuen Ausbildungsplatz besorgt? Jetzt kann ich meinen Job an den Nagel hängen, gebrandmarkt durch Ihre Behörde. Ist das eine Erpressung?«

Er sah mich traurig an.

»Dachten Sie, dass ich Ihnen um den Hals falle? Für weibliche Berührung empfehle ich Ihnen Tinder.«

Aus heiterem Himmel und gegen jeden Sinn legte er seine schwere Pranke auf meine Schulter und schnaufte Luft aus sich heraus, verdrehte die Augen dazu. Der Trainingsanzug ließ die ganze Wärme seiner Hand durch, und ich hatte das

Gefühl, an genau dieser Stelle zu schwitzen. Also trat ich einen Schritt zurück und nahm die Haltung eines Leutnants vor dem Major an, schon allein, um ihm nicht mit meiner Alkoholfahne zu winken.

»Sie sind nicht leicht zu verdauen, Sonja.«

»Traben Sie deswegen ständig an, weil Sie glauben, Sie schaffen es doch noch?«

Ich hielt ihm die Tür auf, wir gingen nach draußen, ich winkte nach einem Taxi.

»Sorry, machen Sie ruhig alleine weiter. Ich hab einen Termin.«

Ich sprang ins Taxi, er sah mir verdattert nach.

Ich spürte, wie befreiend es ist, Termine zu haben. Ein geregelter Terminkalender hielt einen von Gefühlsduseleien ab. Ein voller Terminkalender würde vielleicht sogar die Wucht des Lebens erträglicher machen. Ich war froh, einen Chinesen als Taxifahrer zu haben, denn die hielten die Schnauze beim Fahren. Ich hatte genug Zeug um die Ohren. Flirt und Jobangebot waren gleichermaßen eine Drohung.

Helena stand bereits vor dem Haus. Neben ihr Catherine Steiner. Zugegebenermaßen hatte ich mich einen Dreck um den Verkauf gekümmert. Mich ödeten Verkaufsgespräche und Preisverhandlungen an. Die Namen der potentiellen Käufer waren mir gleichgültig, ich kannte hier eh kaum Leute. Ich hatte seit dem Kindergarten ein Händchen, mich aus allen Netzwerken hinauszukatapultieren. Helena fühlte sich wohl in ihrer neuen Bestimmung, und ich war ihr dankbar, dass sie mir den Job abnahm. Die Maklerin stand ihr gut. Für sie war Catherine Steiner ein Kunde wie jeder andere. Von A. und mir hatte sie nicht die leiseste Ahnung.

»Sie sehen sich auch die Wohnung an!«, rief mir Catherine Steiner entgegen.

Ich drückte dem Taxifahrer Geld in die Hand und bat ihn zu warten. Ich drehte mich um zu ihr und hielt mit der Hand die Tür fest, dass er auf keinen Fall abfahren konnte.

»Ich verkaufe sie.«

»Ach. Das ist ja ein Zufall.«

Catherine Steiner schmunzelte, als wäre ich ein Clown aus dem Abendprogramm.

»Wenn Sie einen guten Personal Trainer empfehlen können, ich bin auf der Suche«, sagte sie.

Trainingsanzug gleich Fitness, das hatte ich noch nie begriffen, aber noch verrückter war, dass sie sich meine Wohnung ansah. Ich konnte mir die Frage nicht verkneifen, ob sie in die Stadt ziehen wolle.

»Oh nein, das wäre ein miserabler Tausch. Immobilien sind die beste Wertanlage heutzutage. Ich sehe mir das Objekt nur an, weil mein Mann terminlich verhindert ist. Vielleicht will er ja hier einziehen.«

Sie sah mich unverändert belustigt an.

Liebhaber heftiger Emotionen. 400-Euro-Fallschirmsprung plus 200-Euro-Video für die Instagram-Story.

Er kannte doch die Adresse und hielt es nicht für nötig, mich zu informieren. Großzügiges Loft in einzigartiger Lage. Sonnendurchflutet. Architektur, die ein Ausrufezeichen setzt. Meine Wohnung war ein Objekt geworden. Eine Wertanlage. Und er schickt seine Frau. Der moderne Mensch leistet sich keine Sentimentalität bei Geldangelegenheiten. Ich spürte die forschenden Blicke von Catherine Steiner. In Windeseile sortierte ich meine Festplatte. Im Loft gab es keine kompromittierenden Details, die Catherine Steiner hätte entdecken können.

A. und ich waren eine vorübergehende Luftspiegelung.

Du willst das Loft kaufen? Wie gerne?

Helena sollte auf das Rekordhoch gehen. Ich drückte auf Senden.

Catherine Steiner lächelte mich an wie von einem Werbeplakat.

»Ich habe Ihren Besuch bei der Polizei zu Protokoll gegeben. Jetzt kriegen die endlich die Strafe, die sie verdienen. Vermutlich haben wir eine große Sache geknackt, nicht wahr? Glückwunsch. Ich vermisse lediglich meinen Vanderbilt, na ja, ein Opfer für die Götter, trotzdem Glückwunsch.«

Ihr Glückwunsch klang nicht halb so nett wie der vom Bahnbonusprogramm, wenn man 500 Punkte zusammenhatte. Der Vanderbilt lag in der Asservatenkammer der Staatsanwaltschaft.

Offensichtlich glaubte sie, dass es in der Vernehmung um die Kanzlei ging. Konzentration auf die Gegenwart erleichtert die Prozesse. Am Ende war es mir egal, was sie glaubte und wer die Kohle für das Loft mit dem versauten Tropenholz hinlegen würde. Professionelles Desinteresse. Ich verabschiedete mich in aller Förmlichkeit. Catherine Steiner sah sich noch die hohen Fenster an und verschwand dann mit Helena im Haus. Im Taxi wurde mir schlagartig klar, dass A. und ich zwei passende Krankheiten waren. Ich wurde richtig sentimental, aber man sollte sich nichts vormachen, alle Geschichten sind vorab und erst recht im Nachhinein konstruiert.

Ich wusste nicht, was ich im Hotel sollte, in mein Büro wollte ich auch nicht. Wohin, wenn der Terminkalender leer ist. Trinken hatte ich mir verordnet, wenn die Sonne unterging. Offensichtlich befand ich mich in dem Zwischenstadium, wo man vom Leben noch was will. So was, wie sich selbst erfinden, Klamotten kaufen, Partner suchen oder sich auf Spezialgebiete verlegen, Hobbys und so. Die Welt ist übersät mit Nischen. Was also tun mit der Zeit, für die es im Kalender keine Spalten gibt. Ich ließ mich drei Mal um das Zentrum herumfahren und dann bei Maria absetzen. Wenn man selbst keinerlei Sinn findet, macht es auf jeden Fall Spaß, anderen bei sinnvollen Tätigkeiten zuzusehen.

Ich hatte Maria kaum begrüßt, da kamen zwei Zivilbullen rein, verlangten den Ausweis von einem dubiosen Kerl, der Typ springt auf und die Bullen knallen ihm die Handschellen um. Ich wartete, bis sich die Tür hinter ihnen schloss, ging zu dem Tisch und sah unter die Tischplatte. Da klebte ein rosa Kaugummi. Ich löste das rosa Ding von der Platte und schon beim Ablösen sah ich den laminierten Mikrochip hervorblinzeln. Das Ringo war einfach ein Umschlagplatz.

Ich ließ mir von Maria ein Stück Frischhaltefolie geben und packte das rosa Ding mitsamt dem Chip ein. Dann rief ich das Präsidium an und ließ mich zu dem Kommissar durchstellen.

»Haben Sie meine Mobilnummer schon vernichtet?«

»Ich wollte nur sichergehen, dass Sie auch wirklich ein Bulle sind. Ich spendiere Ihnen eine Cola Zero und warte auf Sie im Ringo.«

Ich legte einfach auf. Er musste mich schon so gut kennen, um zu wissen, dass ich nicht bei jedem Dreck anrufe. Wir wurden ja immer intimer.

Ich sah auf mein Handy. Keine Antwort von A. Das Ringo war leer.

Maria putzte die Theke und gab Bestellungen durch. Die Schönheit des Dienens.

Das Beste daran war, dass man nicht zum Nachdenken kam. Bestellungen entgegennehmen, Kundenwünsche akzeptieren, liefern, abkassieren, fertig. Das war Leben.

Ich sah ihn auf der Straße kommen. Ich hoffte, dass er mich nicht sah. Ich rückte etwas hinter die Grünpflanzen im Fenster. Im Paradies ist noch alles drin, wenn man sich leise verhielt. Er trat durch die Tür. Ich drehte mich schnell um. Heimliche Beobachtung.

Eine Berufskrankheit.

»Ich konnte Ihre romantische Einladung einfach nicht ausschlagen.«

Der Kommissar setzte sich. Maria brachte ihm ungefragt eine Cola Zero. Sie merkte sich nahezu alle Vorlieben der Gäste.

»Ihre Kollegen haben hier etwas vergessen.«

Ich drückte ihm den rosa Klumpen in die Hand.

Er sah mich an. Das Leben ist schön, wenn keine Antworten verfügbar sind. Dann hatte er den Inhalt verstanden.

»In der Unterwelt ist es dunkel, Sonja.«

Ich fand die Oberwelt auch nicht sehr erhellend.

Für Geschäfte reicht ein begrenzter Wortschatz, nur knapp daneben fällt man in eine Schlangengrube.

»Keine Ahnung, ob Ihnen oder den Kollegen der Mikrochip was bringt. War ein Zufall.«

»Die Kollegen sagten mir, dass die Forensik abgeschlossen ist. Die Beerdigung ist freigegeben.«

»Ist das alles? Mehr haben Sie nicht?«

»Die Kollegen sind sich jetzt sicher, dass der Mörder männlich ist.«

»Wollen Sie mich verarschen? Dachten Sie etwa, ich habe sie umgebracht? Sie kommen mir mit x-beliebigem Scheißkram aus einem mittelmäßigen Krimi? Ich gebe Ihnen einen Datenträger, der bestimmt nicht das *Nibelungenlied* enthält, und Sie? Wie ist sie verfickt noch mal gestorben?«

Ich muss gezischt haben wie eine Kobra, denn der Kommissar stockte kurz, als ob er nicht wüsste, welchem Reiz er gerade folgen sollte.

»Die Schnittwunde hat sie sich selbst zugefügt mit einer Rasierklinge, nichts, was zum Tod führt. Sonst hätte sie nicht noch ein Selfie mit dem Schnitt am Hals versendet, an jemanden, den sie Boyfriend nannte. Und das war nicht der, mit dem sie an diesem Abend Sex im Treppenhaus hatte. Wir haben Spuren auf der Treppe gefunden, die sich mit denen an ihrem Körper decken. Besser gesagt in ihrem Körper, denn sie muss gerade geduscht haben, als es klingelte. Ihre Haare waren noch leicht feucht. Der Mörder ist nicht der Mann aus dem Treppenhaus. Der Tod trat später ein. Jemand muss sie an die Säule geschleudert haben, vielleicht hat sie sich gewehrt, eine plötzliche Eskalation. Zumindest hatte die Tote abgebrochene Fingernägel. Es muss einen weiteren Besuch gegeben haben, jemand hat vielleicht geklingelt, sie war überrascht, hat sich den Kimono übergeworfen, oder empfing sie öfter Besuch im Bademantel in Ihrer Wohnung? Manchmal versetzt eine harmlose Bemerkung des Opfers den Täter in Raserei. Oder der Angreifer gerät in Panik, dass ihn das Opfer anzeigen könnte. Der Tod trat jedenfalls durch Ersticken ein. In ihrer Lunge befanden sich Faserreste von dem Kissen, welches auch ihre Blutspuren aufwies. Ich erspare Ihnen die Details. Das Kissen wurde wieder auf das Sofa gelegt.«

Ich schluckte. In meiner Wohnung gab es keine Kissen bis auf das Souvenir mit der Aufschrift OEDIPUS – *The Real Motherfucker*, das mir Lucky mal geschenkt hatte. Überhaupt bietet das Treppenhaus für Paarung keinen Kick, denn der Verein für chronische Krankheiten unter mir war ausgezogen, seitdem die Preise in der Gegend explodierten, das Parterre steht seit Monaten leer, und die Agentur im Hinterhaus benutzt einen anderen Eingang. Der Kick, erwischt zu werden, fiel schon mal weg. Übrig bleibt nur kalter Steinfußboden und die traurige Erkenntnis, dass im Porno alles besser aussieht.

»Alles spricht für sogenanntes Staging. Der Täter inszeniert, weil er symbolisch etwas wiedergutmachen will, daher die schlafende Haltung der Toten. Die drapierte Stellung spricht dafür, dass sich Opfer und Täter kannten. Haben Sie sich nicht über die malerische Drapierung des Kimonos gewundert?«

»So was wie *Made in Heaven* von Jeff Koons?«

Er sah mich ratlos an.

»Der Morgenmantel war eine Rücksendung aus der Kanzlei für Catherine Steiner, eine Klientin, wie Sie wissen, und der Slip gehörte mir. Vielleicht war ich gemeint.«

»Noch mal, es bestehen keinerlei Verbindungen zu den mafiösen Geschäften von Hoffer & Bertling. Wir haben es hier mit einer anderen Geschichte zu tun. Der Mord hätte in jeder Wohnung stattfinden können.«

Nahtlose Übergänge. Die kriminellen Geschäfte von Hoffer & Bertling stehen für ihn auf gleicher Stufe wie Lunas Tod. Aber mir fehlt sie. Spürt er nicht, dass es wehtut, oder bin ich diejenige, welche die Wunde verbirgt. In meinem Körper bündelten sich die Gefühle in Richtung Aggression. In meinem Kopf formte sich Protest, aber es war in der Tat schöner, an Hoffer & Bertling zu denken, als daran, wie Lunas Reste seziert wurden. Ich versuchte, den Klumpen in meinem Hals runterzuschlucken, aber er sackte in meine Brust und blieb dort stecken.

»Wenn Sie so gut informiert sind, wissen Sie vielleicht auch, wo mein BH geblieben ist, der zu dem Slip gehörte, den die Tote trug?«

»Interessanter Punkt, ich gebe es weiter. Manche Täter nehmen persönliche Gegenstände ihres Opfers mit, phantasieren eine intime Beziehung. Es gibt gewisse schwer zu verstehende Erscheinungen, wie die Rückkehr an den Tatort und das Aufsuchen naher Bekannter. Der Täter kann von Beherrschung, Omnipotenzgefühlen und Kontrolle besessen und gleichzeitig abhängig und verschmolzen mit dem Opfer sein, Konflikte, von denen er in seiner übrigen sozialen Anpassung befreit ist.«

Ich bedauerte, die Rossi im Küchenschrank gelassen zu haben. Ich muss ziemlich melancholisch ausgesehen haben, denn er hielt für eine Weile die Schnauze.

»Was denken Sie zu dem Kanzlei-Fall?«

»Geben Sie mir 2000 Euro und ich lass Sie's wissen.«

»Immer noch gegen eine Zusammenarbeit?«

»Ich will mir noch offenhalten, für welche Seite ich arbeite.«

»Sie scheinen sich alles im Leben offenzuhalten, Sonja.«

»Ich bin keine Idealistin.«

Ich erklärte ihm, dass ich erst mal abhauen würde. Ich ließ mich sogar hinreißen, ihm zu erklären, wie sehr ich die Schnauze voll hätte von den letzten Wochen. Ich konnte keine Wunden zeigen. Nur Abreisetickets.

Ich erklärte ihm, dass ich meinen Job liebe, was nicht der Wahrheit entsprach. Ich sagte ihm, dass ich keine Lust auf geheime Treffen mit ihm hätte, was nicht der Wahrheit entsprach. Ich konnte keine Gesichter mehr lesen, wenn meine Wünsche zu mächtig geworden waren. Ich steckte meine Hände in die Hosentaschen. Der Trainingsanzug fühlte sich trostlos an.

»Innere Konflikte entstehen unter Entscheidungsdruck, wenn zwei Strebungen von wesentlicher Bedeutung unvereinbar aufeinander wirken. Daraus entsteht ein Abwehrmechanismus. Durch die Abwehr wird unbewusst Entspannung erreicht und Angst reduziert.«

»Keine Sorge, habe einen Meistertitel im Boxen. Da braucht man Sigmund Freud nicht.«

Für einen Moment war ich traurig, dass das Gespräch nicht weiterging.

»Wissen Sie, dass in der Kriminalistik zuallererst zwischen einem planenden und einem nicht planenden Täter unterschieden wird?«

»Und wissen Sie, was ein Außenseiter ist? Ein Pferd, auf das keiner setzt.«

»Ich freue mich, Sie wiederzusehen, Sonja.«

Der Kommissar stand auf. Die Worte vernagelten mir das Gehirn und verlangsamten meine Reflexe. Mir fiel kein Witz mehr ein. Ich war total gelähmt. Ich sah zu ihm hoch und stand auch auf. Der Trainingsanzug hatte sich zu seiner vollkommenen Lächerlichkeit entfaltet. Die Wortlosigkeit klebte uns für einen Augenblick zusammen. Wir schüttelten uns die Hände. Deutsch. Kurz. Sachlich.

Ohne Worte.

Der Kommissar drehte sich an der Tür noch einmal um und nickte mir zu. Er lächelte.

Ich stand still. Ich dachte über die Unmöglichkeit der Beschreibung seines Gesichts nach. Zu viel, was durch Beschreibung zerstört würde. Das Verlustrisiko ist hoch, wenn man anfängt zu zerlegen. Vielleicht wollte er durch mich an Djeduschka Moros ran. Führungsoffiziere wissen um ihre Wirkung. Sie faseln von Vertrauen und bieten Fesselspiele an. Sie nehmen in Kauf, dass es ihren Schützlingen schlecht geht. Sie bieten dreckige Deals, die denen der Gangster in nichts nachstehen. Der Typ konnte mich kreuzweise.

Ich lud Maria ins Motel One ein. Sie stellte keine Fragen, sie kam einfach mit. Nichts zählt auf dieser Welt außer Güte. Güte ist der einzige Wert, den man nicht handeln kann. An der Rezeption lag ein Brief für mich. Die Beschriftung war von Lucky. Dem Gewicht nach zu urteilen war es die Festplatte von Luna.

In Marias Gegenwart fiel alles leichter. Ich suchte mit den Fingerspitzen den Anfang vom Klebeband. Lucky war perfekt in Sachen Computerlinguistik, wenn es darum ging, relevante Informationen aus Texten abzuleiten, Zeug, von dem die Autoren selbst noch nichts wussten. Lucky las Autorenstile besser als ein Verlag. Die Maschine sieht die wahren Sentiments, kann aber nichts dagegen machen. Ihre Haltung ist von ungerührter Passivität. Das Klebeband raubte mir den Nerv. Unstrukturiertheit und fehlende Metadaten sind kein Problem, Tendenzen lassen sich immer darstellen, aber die Berechnung des Zufalls ist schlicht unmöglich. Das Umkippen von Situationen liegt der Maschine fern. Nur der Mensch flippt aus.

Ein Umstand, den die Schöpfung eingebaut hat, damit wir uns freuen, wenn wir verschont bleiben, hatte Lucky gesagt. Ich öffnete den wattierten Umschlag mit meinem Victorinox.

Slanski! Ich konnte weder mit den fettigen Genitalien noch mit Goethe etwas anfangen. Kannst du mir das nächste Mal wieder gefälschte Bilanzen schicken?
P. S.: Ordner Topics. *Du bist eine faule Sau.*

Ich zerriss den Brief in kleine Stücke. Dann sahen wir uns in der Bar um, ob irgendwer die Qualifikation für einen One-Night-Stand hätte, aber eine Fußballmeisterschaft vermieste uns die Trefferquote. Also gingen wir mit den Drinks auf mein Zimmer und schauten Fernsehen. Es lief nur Schrott.

Am nächsten Morgen tranken wir Kaffee und aßen Pappcroissants.

Von A. immer noch keine Nachricht. Alle brechen sich ein Stück ab vom anderen, ganz für sich selbst, sagte ich zu Maria. Alles beruht auf Austausch, antwortete sie. Nichts ist jemals fertig. Wir müssen unsere Zeit jetzt nutzen, bevor wir im Altersheim vor einem Stückchen Kuchen sitzen. Du trägst eine gesteppte Jacke und ich ein Perlencollier. Wir gingen durch die Straßen zum Ringo. Ich speicherte diese Variante ab, nur für den Fall, dass ich mit einem Ehemann oder einem Hund enden würde.

Zum ersten Mal seit den ganzen Ereignissen ging ich frohgemut in mein Büro. Ich bemerkte sogar den blauen Himmel über mir. Im Büro absolvierte ich Pflichtkram. Ich öffnete die E-Mail von Chang. Sie enthielt nichts als eine Kalenderdatei.

Freitag 10 Uhr.
BEERDIGUNG
SÜDFRIEDHOF.

Er hatte alles geregelt. Ich war ihm dankbar. Ich bewunderte ihn.

Ein Termin beim Notar. Ich sah kurz auf die Adresse und die Uhrzeit, packte alle Unterlagen zum Loft zusammen und hetzte los. Von A. noch immer keine Antwort.

Ich kannte seine Art, wenn es kritisch wurde, zu verschwinden oder anderen die Drecksarbeit zu überlassen. Ich rechnete ab mit mir. Alle Fehler liegen im Anfang. So läuft es nun mal. Dann versucht man sich an kosmetischen Korrekturen, übrig bleiben Geschmacklosigkeiten. Die geruhsame Routine beginnt in separaten Betten. Nach der Massenproduktion schäbiger Worte kommen die Affären, ein paar Fun-Sportarten, diverse Diäten. Was bleibt, ist die Kommunikation mit den einzigen lebendigen Wesen in deiner Umgebung – probiotische Darmbakterien, die dir ein cleverer Arzt regelmäßig aufdreht.

Irgendwie hatte ich mich mittlerweile an den geschenkten Trainingsanzug gewöhnt. Man kam sich vor wie beim Camping. Das entsprach meinem Lebensgefühl. Vielleicht würde ich einfach in einen Wohnwagen umziehen oder mir ein Hausboot mieten.

Das Büro des Notars war im 2. Stock. Der Empfang hätte die Lobby eines Schönheitschirurgen sein können. Zwei adrette Damen lächelten hinter der Rezeption aus schwarzem Plexiglas. Diese Art Barrikade entsprach der Endgültigkeit notarieller Beurkundungen.

Mein Name tropfte in die Stille.

Slanski.

Ich musste meinen Pass zeigen. Die Damen fertigten eine Kopie an. Dann wurde ich wie eine Kranke zu einem Sessel geleitet. Kaffee wurde serviert. Mineralwasser. Auf dem gläsernen Tisch lagen Stift und Papier. Den Stift ließ ich sofort mitgehen. Japanisches Fabrikat. Ich schaute mich um, ob noch mehr davon rumlagen. Ich fand es mittlerweile ganz schön in dieser makellosen Stille und guckte mich um, was ich noch mitgehen lassen könnte. Ich wollte gerade aufstehen, um die restlichen einzustecken, als der Notar eintrat. Seine Stimme klang, als hätte man ihm die Nase zubetoniert.

Der Notar und ich schlugen synchron Aktenordner auf. Ich wollte gerade mit dem Kaufvertrag beginnen, da fing er an.

»Herzliches Beileid. Ich habe die traurige Nachricht vom Nachlassgericht bekommen.«

Ich wusste nicht, wovon er sprach. Ich dachte, Helena hätte den Termin für den Kaufvertrag ausgemacht. Mein Desinteresse an amtlichen Schreiben ging einfach zu weit.

»Nehmen Sie noch einen Kaffee.«

Ich schüttelte mit dem Kopf, dankbar, dass er sich ein Wasser nahm. Ich nutzte die Zeit, um die Einladung aus meinem Rucksack zu kramen. Ich versuchte zu lesen, um was es hier ging, aber der Notar stand auf und legte ein Papier vor mir auf den Tisch.

»Ja, jedes öffentliche Testament wird beim Nachlassgericht hinterlegt.«

Ich muss ziemlich verdattert ausgesehen haben, denn er fuhr mit weiteren unverständlichen Erklärungen fort.

»Ein öffentliches Testament im Sinne des Paragraphen 2232 BGB ist eine gewillkürte Erbfolge, die den Vorrang vor der gesetzlichen Erbfolge regelt, wie es immer heißt, mit warmer Hand schenken, aber in Ihrem Fall sind Sie ohnehin ein Erbe erster Ordnung.«

Ich sah auf das Papier, als wäre mein einziges Leseerlebnis Buchstabensuppe. Vermutlich war er dumme Gesichter gewohnt, jedenfalls schlug er einen privateren Ton an.

»Ihre Mutter hat bei mir ihren Letzten Willen bekundet und mich gebeten, ein fürsorgliches Gespräch mit Ihnen zu führen.«

»Sie sagte fürsorglich?«

Der Notar blickte irritiert von seiner Mappe auf.

»Ihre Mutter hat mich beauftragt, Ihnen den Inhalt des Testaments zu erklären und Ihnen diesen persönlichen Brief zu übergeben.«

Ich hatte gehofft, keinerlei Nachlassregelungen durchstehen zu müssen, weder nach dem Tod meiner Mutter noch meines Vaters. Die Villa meiner Mutter in München, ihr Inventar, der Jaguar, Erinnerungen. Es war mir gleichgültig. Ich hatte lediglich ihrem letzten Lebensgefährten eine Beileidskarte mit vorgeschriebenem Text geschickt, weil mir nichts eingefallen war. Selbst der Sanifair-Bon meines Vaters hatte sich als ungültig erwiesen.

Ich war froh, dass keine amtlichen Schreiben kamen. Ich war froh, dass es aus war. Nach der Beisetzung war ich abgehauen, weil ich ein Supersparpreisticket hatte. Das Testament kam reichlich spät. Nun war ich der Depp, der aufräumen muss. Draußen zerpflügte ein Staubsauger den Boden.

Er schob mir einen Umschlag rüber. Ich öffnete. Es war die Handschrift meiner Mutter. Es war ihr Briefbogen mit den goldenen Initialen. *Die Geduld bezeichnet das Vertrauen darauf, dass die Dinge geschehen, wenn die Zeit hierfür reif ist.* Mehr stand da nicht.

»Hier ist eine beglaubigte Kopie des Testaments. Ihre Mutter hat Sie und Ihre Schwester als Erben zu gleichen Teilen eingesetzt.«

Luna Moon, geborene Munari. Luna hatte nie über ihre Kindheit gesprochen. Die Zeilen verschwammen. Eine diffuse Benommenheit. Ein Schlag ins Gesicht. Eine Narbe, die nicht zu flicken ist.

Ich sah minutenlang das Papier an. In dem Testament stand mein Name neben Luna Moon, geborene Munari. Ich stotterte eine Frage.

»Was muss ich jetzt tun?«

Der Notar hatte den gläsernen Ausdruck eines Veganers.

»Vorerst nichts. Sie erhalten eine Benachrichtigung vom Nachlassgericht. Selbstverständlich biete ich Ihnen und Frau Luna Moon meine Hilfe bei der Grundbuchberichtigung der

Immobilie an. Das war Ihrer Mutter wichtig. Sie hatte mich extra um einen Aktenvermerk gebeten. Hätten Sie eventuell die Adresse Ihrer Schwester für mich?«

»Institut für Rechtsmedizin.«

»Sie arbeitet dort?«

»Sie ist im anderen Team.«

Der Notar sah mich ungläubig an.

»Luna Moon ist tot.«

Dieser Nachlass ruinierte meine Ruhe. Aber alle Worte über Tote sind Unterstellungen. Nichts als Gedanken in einem Würfelbecher.

»Wie ich Ihnen bereits sagte, wird das Nachlassgericht Ihnen die Testamentseröffnung zukommen lassen, ein graues Schreiben, alles andere als eine heilige Zeremonie. Sie erhalten eine Fotokopie des Testaments und das Eröffnungsprotokoll. Bitte achten Sie auf die Fristen. Sie haben nur sechs Wochen, um das Erbe auszuschlagen. Dann wird das Nachlassgericht einen Nachlasspfleger einsetzen, um potentielle Erben ausfindig zu machen.«

Ich nickte wie ein Automat. Wenn es stimmte, dass Luna meine Schwester war, und wenn es stimmte, dass sie keine Verwandten hatte, kam alles, was ihr gehörte, auch noch auf mich zu. Ich hatte schon Mühe, das Vokabular des Notars zu verdauen, und nun würde obendrein eine gigantische Bürokratie auf mich zukommen. Papiere finden, die ich nicht besaß, die Villa meiner Mutter entrümpeln, in der vermutlich ihr Tennislehrer wohnte, Behördengänge durchstehen, Amtsdeutsch verstehen, sich YouTube-Tutorials wie *6 Minuten Jura* reinziehen. Diese Prozeduren können doch nur einem Erbschleicher Einsatzfreude und Hingabe entlocken.

Mein Kopf verweigerte Organisation. Ich dachte sogar

kurzfristig an Beten. Meine einzige Trumpfkarte war die unwahrscheinliche Hoffnung auf den Zufall, dass alles eine Verwechslung gewesen war. Aber die Schriftstücke sprachen Klartext. Ich war froh, als ich aus dem Notariat wieder raus war. Ich stand wie eine Mahnwache vor dem Eingang und wusste nicht, wohin. Luna hatte es gewusst und nichts gesagt. Meine Mutter hatte nichts gesagt. Ich nahm es beiden nicht übel. Ich hielt nichts davon, die Vergangenheit anzuzweifeln. Man kann die Toten interpretieren, aber ich hatte keine Lust dazu.

Die bevorstehende Abwicklung des Testaments lag wie ein Klumpen Blei in meinen Adern. Flugzeuge zerschnitten den Himmel. Die Stadt vibrierte in konsumistischem Aufruhr. Bald würde Netflix die Straßen leerfegen. Ich stand immer noch vor dem Eingang mit der tristen Frage, wohin. Mir fiel kein passender Ort ein. Laufen, dachte ich, einfach laufen. Ich lief vorbei an den After-Work-Partys, vorbei an dem Platz mit dem Klumpen aus Beton, der entweder ein Holocaust-Denkmal oder eine Skaterrampe war, vorbei am Kunstverein, wo das Plakat für die Ausstellungseröffnung hing.

Davenport 160 × 90.

Auf hellblauem Grund. Das Plakat war wie ein Fluch, ein verrücktes Omen, das sich verselbstständigt hatte. Ein perfides Ding auf hellblauem Grund. Ich lief und lief. Ich zerlegte den Titel. *Davenport*. Aber der Sinn blieb hinter dem abstrakten Gebilde zurück. Der Himmel über der Stadt war so unendlich beschissener als Lunas Himmel, der in meinem Hotelzimmer an der Wand hing, aber genauso blau. Der Himmel. Alles verwandelte sich plötzlich in Zeichen, die ich nicht gesehen hatte. Lunas Liebe zu Goethe, die sie mit meiner Mutter teilte. Eine Literatur, die ich nur mit dem Flachmann ertragen konnte. Dabei lasen beide nicht wirklich. Meine Mutter zitierte Goethe aber am laufenden Band, und Luna rezitierte ihn in Videos, in denen sie nackt auftrat und die sie später an irgendwelche Typen versendete. An Typen wie von Behringen, den sie unter F wie Feuerengel 423 gelistet hatte.

Jeder Mensch ist ein Versteck. Jetzt hatte ich den Salat. Endlich war ich im Motel One. Ich setzte mich aufs Bett und sah auf den Briefumschlag mit Lunas Handschrift. Für Sonja. Ich hatte sie bei mir aufgenommen, warum hätte ich mir ihre Geburtsurkunde zeigen lassen sollen. Ich rekonstruierte die Geschichte. Nach der Scheidung von Djeduschka Moros war meine Mutter mit mir nach Paris gezogen, obwohl sie alle Franzosen hasste.

»Man müsste die Atombombe auf Paris werfen.« Diesen Satz hatte sie bei jeder Gelegenheit zum Besten gegeben.

Sie steckte mich auf die Internationale Schule, weil sie Französisch für eine schwule Sprache hielt. Aber in Wirklichkeit suchte sie sich auf dieser abgehobenen Privatschule ihr neues Opfer aus. Mit ihrem Charme schaffte sie es in die besten Kreise. Zu Hause sprachen wir Englisch, auch wenn wir alleine waren.

Unser Abstand vergrößerte sich von Tag zu Tag. Die Übersetzung ins Englische schob sich zwischen jedes Gefühl, verfremdete unsere Sätze und tötete jegliche Spontanität.

Sie schaffte es tatsächlich, in unserer Pariser Zeit nicht einen Franzosen kennenzulernen.

Ein paarmal habe ich versucht, Freunde mit nach Hause zu bringen. Die hat sie auf Englisch belehrt, wie man isst. Beim kleinsten Fehlverhalten meiner Freunde hat sie sich zu mir gebeugt und mich übersetzen lassen, ob meine Kollegen das zu Hause auch so machen würden.

Mir verging ziemlich bald die Lust, Freunde mit nach Hause zu bringen, und ich trieb mich lieber auf der Straße rum.

Nach ein paar Monaten Paris heiratete meine Mutter einen weltmännischen Araber, und wir zogen in ein Haus am Palais-Royal. Ihr neuer Ehemann arbeitete als Ingenieur in einem Raumfahrtinstitut. Sein Englisch klang so grausam, dass ich ihn bat, mir Arabisch beizubringen. Obwohl er, weiß der Teufel warum, in Geld schwamm, verkörperte er für meine Mutter nicht das optimale Geschäftsszenario.

Der Araber war überschwänglich parfümiert und ein wortkarges Mysterium. Diese Ehe konnte lediglich auf seiner Bequemlichkeit basieren, sich nicht täglich Nutten organisieren zu müssen.

Ich sah die beiden nie zusammen reden oder gar zusammen auf dem Sofa sitzen, einander im Arm haltend, wie ich das bei den Eltern von Freunden beobachtet hatte, selbst ein spitzes Küsschen, wie bei Paaren, die keinerlei Körperkontakt mehr hatten, war nicht drin.

Sie entschwebten Abend für Abend im Smoking und im Abendkleid. Dann kamen sie betrunken nach Hause und hatten Sex. Es klang immer gleich.

Obwohl der Araber ein borniert Macho war, gab es Baccara-Rosen zum Internationalen Frauentag. Immer in ungerader Zahl, aber jährlich nach unten korrigiert.

Ironischerweise wusste meine Mutter mit dem Datum nichts anzufangen. Das Frauenwahlrecht beschränkte sich bei ihr auf die Garderobe.

Die Ehe hielt genau so lange, wie ich brauchte, um auf Arabisch mit ihm über die Apollo-13-Mission zu diskutieren. Von da an wurde es für mich ganz gut. Ich konnte vor meinen Freunden mit Unfällen und Schreckensszenarien aus der

Raumfahrt glänzen. Er genoss sich als Redner, und ich zog ihm vertrauliche Informationen aus der Tasche. Wir weinten gemeinsam, als die Deep Space 2 ihre Triebwerke zu früh abschaltete und zerschellte. Aber meine Mutter schien sich zu langweilen. An einem Wochenende in Nizza stellte sie mir aus heiterem Himmel einen gepflegten Libanesen vor, der Telefonanlagen in komisch klingende Länder verkaufte. Das ist Pierre, hatte sie gesagt. Mehr erfuhr ich nicht.

Auch die Pariser Scheidung absolvierte sie mit absoluter Professionalität, ohne jeglichen Aufruhr. Ich war ihr dankbar dafür. Nach und nach kam ich mit den wechselnden Wohnsitzen, den unterschiedlichen Tischmanieren und mit ihrem antrainierten französischen Akzent klar.

Der Libanese und meine Mutter begannen, in der Weltgeschichte herumzureisen.

Mich steckten sie auf ein Schweizer Internat. Zweimal im Jahr verbrachten wir die Ferien auf dem Schiff des Libanesen oder in seiner italienischen Villa. Mehr Kontakt gab es nicht. Wenn die Schule wieder begann, gaben sie mir regelmäßig einen Panettone-Kuchen zu Weihnachten und Colomba zu Ostern mit in den Flieger, den ich Onkel Üle, einem Banker bei der Credit Suisse, mitbringen sollte.

Onkel Üle holte mich am Flughafen ab und brachte mich zum Internat. Einmal verpassten wir uns, ich nahm die Bahn und knackte die Schachtel. In der Panettone-Schachtel waren 50 000 Euro.

Ich verwendete gerne den Begriff *Die Eltern*, weil ich einen Horrorfilm mit diesem Titel gesehen hatte. Während meine Mutter und ihr Mann sich geschmeichelt fühlten für etwas, was sie nicht waren, erfreute ich mich an meinem geheimen Code, ein Code, der für Horror stand.

Das Geld habe ich verschwinden lassen. Ich sagte ihnen glatt, dass ich Panettone nicht ausstehen könne, und weil Onkel Üle nicht am Airport war, hätte ich den Kuchen in die Mülltonne gehauen. Den Stress am Telefon konnte ich aushalten. Ich setzte dem Ganzen noch die Krone auf, indem ich ihnen eine Postkarte vom Genfer See schickte.

Swiss Mantra
Mostbröckli
Glöckli
Kling
I lost my PIN

Ich wendete mein Gesicht an. Mit so einem Gesicht beobachtet man schweigend Dissonanzen. So ein Gesicht braucht sich nichts und niemandem anzupassen. Nach und nach verging ihnen die Lust, mich zu sehen. Ich hatte es geschafft.

Als auch diese Ehe beendet wurde, habe ich meine Mutter erstmalig weinen gesehen. Sie hörte erst auf zu weinen, als die Abfindung überwiesen und der Kaufvertrag für das Haus am Herzogpark unterzeichnet war.

Ich habe aufgeräumt, stand auf ihrer letzten Karte an mich. Was sie aufgeräumt hatte, war mir damals nicht klar. Ich fragte nie nach. Als ich ging, nahm ich nur die unbeantworteten Fragen mit. Unsere Unterhaltungen waren Postkarten mit schönen Grüßen drauf, ihre Erzählungen verworrene Pfade, die einen Lebenslauf erschufen, in dem sie selbst nicht vorkam, zumindest nicht so, wie ich sie kannte. Mein versteinertes Gesicht beim Zuhören war eine Warnung, einen bestimmten Abstand nicht zu übertreten. Es kam dennoch meistens zum Streit. Danach hielt ich mich eine Weile fern von ihr und drückte die Reset-Taste. Als ob nichts gewesen wäre, als ob man immer wieder von vorn anfangen könnte, so als ob. Ein Erbstück ist die letzte Mitteilung, die die Toten senden, Zeug, was sie einem aufbürden. Eine halbe Villa für eine verpatzte Kindheit, Rückzahlung weit unter Gegenwert. Und eine Lücke im Lebenslauf, als ich ungefähr zehn war, als sie mich der gesunden Luft wegen auf einen Bauernhof schickte. Eine Erinnerung, repräsentiert durch nichts als niedrige Decken und Fliegenklatschen. Jetzt stand ich mit dem ganzen Krempel da. Wohin mit Lunas Werken. Kunst war kein Modul in meinem Leben. Für mich hatte sich Kunst erledigt. Der Kunstmarkt war bevölkert von Deppen. Der Gedanke, tagtäglich mit einem Bild an der Wand zu kommunizieren, das man sich freiwillig in die Wohnung gehängt hat, war so ziemlich das Letzte. An meinen Wänden hing nichts oder Zeug, das man wieder herunterreißen konnte. Alles andere war Ewigkeit. Das Wort Ewigkeit kam dem Wort Schockfrosten gleich. Irgendwo musste ich das Zeug lagern. Vielleicht eine Stiftung gründen und Steuern sparen. Ich könnte die Werke großzügig an ein Museum spenden. Oder einfach verkaufen. Alle Varianten hörten sich nach Arbeit an. Ich war stinksauer auf Luna.

Ich begann, Immobilien im Umland zu checken. Das einzige freistehende Gebäude war ein Bungalow aus den 60er Jahren. Der kam auf jeden Fall günstiger für die Lagerung der Kunstwerke als die Downtown-Miete für Lunas Atelier. Und wenn ich die Schnauze voll haben würde, könnte ich die Bude einfach abfackeln. Hausratversicherung – CO_2-Ausstoß-Wiederbeschaffungswert. Der blaue Briefumschlag fasste sich schon viel besser an, aber öffnen konnte ich ihn nicht. Ich nahm das himmelblaue Kuvert und steckte es in meinen Rucksack, als das Zimmermädchen klopfte.

Ich brauchte keine Reinigung. Mief ist gut, solange es der eigene ist.

Ich lag auf dem Bett und verspürte plötzlich einen unglaublichen Aktivitätsschub. Eine Leuchtschrift von allerhöchster Stelle schwebte wie ein Gebot über mir. Geh und kauf was. Aufstehen, hinausgehen, Geld vernichten, ein neues Ich kaufen. Eine echte Handlung. Ich verspürte regelrecht Lebendigkeit in mir, was dazu führte, dass ich sogar eine Begründung fand. Ich brauchte ein schwarzes Kleid. Ein Kleid für die Ausstellungseröffnung. Ein Kleid für die Beerdigung. Ein Kleid im Minimal Look. Simpel. Kurz. Hochgeschlossen. Weicher Stoff. Ein Kleid, in dem Blondinen in 60er-Jahre-Filmen immer flachgelegt werden. Wo hatte ich dieses Kleid zuletzt gesehen? Meine Mutter trug so ein Kleid. Luna trug so ein Kleid. Warum nicht so sein wie alle. Die Leute denken sich originell und sind nichts als ein Grenadiermarsch für eine Flötenuhr. Energiegeladen sprang ich in meinen Trainingsanzug, packte Lunas Festplatte und meinen Laptop ein und eilte zu meinem Fahrrad. Ich konnte mich nicht erinnern, in den letzten Wochen so gut gelaunt gewesen zu sein. Ein Ziel vor Augen macht offensichtlich glücklich. Ein Leben mit Richtung.

Vor der Kanzlei Hoffer & Bertling Kanzlei tummelten sich Polizeiwagen. Ich fuhr schnell vorbei. Die Geschichte lag hinter mir. Ich hatte mein Honorar bekommen, der Rest ging mich nichts mehr an.

Wollte ich den Kommissar wiedersehen? Auf gar keinen Fall. Er erinnerte mich immer daran, dass ich mir über meine Zukunft Gedanken machen sollte. Ich hatte schon genug Mühe mit der Gegenwart. Neben ihm wurde mir klar, dass ich alleine war.

Chanel, Vuitton, Moschino. An jedem Kleid war Zeug, das man nicht abschneiden konnte. Irgendwie bremste das meinen Elan. Nach drei Anproben hatte ich die Schnauze voll. Mein Leben war so richtungslos wie zuvor. Schlussendlich ging ich in einen Chinaladen auf der B-Ebene und fand ein T-Shirt mit dem Aufdruck *FUCK YOU VERY MUCH*. Besser als nichts.

Ich fuhr zu Chang, um ihn nach dem Schlüssel für das Atelier zu fragen. Ich winkte Eva am Empfang zu und ging einfach hinein.

Chang saß hinter seinem Schreibtisch und telefonierte. Mein Auftritt schien ihn nicht zu stören, aber Eva kam hinter mir her gestürzt. Chang deutete auf sich und mich und machte mit der linken Hand das Peace-Zeichen. Zeigefinger und Mittelfinger erhoben. Sie verschwand blitzartig und kam fünf Minuten später mit zwei Tassen und einer French Press herein, stellte sie auf den Tisch, an dem ich saß, sah mich mit erzwungenem Lächeln an und verschwand. Ich wunderte mich über die Kanne zum Runterdrücken. Es war fast wie Kaffee trinken bei Oma. Ich drückte den Filter runter und lauschte, wie Chang das Leben regelte. Beeindruckend, wenn jemand einen Plan hat. Ich hätte stundenlang zuhören können, aber er legte auf und kam zum Sofa herüber. Ich schenkte ihm Kaffee ein, hatte aber nicht bemerkt, dass der Deckel verdreht war. Der Kaffee rann in einer dünnen Spur in Zeitlupe aus der Kanne. Er mit der Tasse in der Luft, ich mit der Kanne. Wir waren für einen Moment untrennbar verbunden. Ich ließ mich nicht stören, bis die Tasse voll war.

»Ewigkeit. Chang. Ewigkeit.«

»Hast du deswegen immer noch den Trainingsanzug an?«

Ich rührte in meiner Tasse herum, obwohl ich gar keinen Zucker genommen hatte.

Sein Telefon klingelte, er ging ran, meldete sich und legte nach zehn Sekunden wieder auf. Das abgebrochene Telefonat lag wie ein düsteres Omen im Raum.

»Probleme?«

»Ein Besoffener.«

»Was hat er gesagt?«

»Wie geht es dir jetzt, du geldgieriges Flittchen.«

Ich wollte ihn dasselbe fragen, fand es aber nunmehr unpassend. Zwei vage Vermutungen ließen mich weiter schweigen. Der Anrufer musste Chang für den Mörder halten, oder der Anrufer selbst war der Mörder. Einer, der Luna getötet hat, um Chang zu treffen. Andere Optionen fielen mir nicht ein.

»Was denkst du, Slanski?«

»Ich denke, wenn die Polizei den Antennensuchlauf startet und Lunas Bekanntenkreis durchforstet, haben sie mehr als einen Fall von dringlichem Tatverdacht.«

»Du denkst, sie kannte ihren Mörder?«

»Ich denke, Ambivalenz bezeichnet die Anwesenheit einander entgegengesetzter Gefühle.«

Wir starrten in unsere Tassen.

»Die letzten Wochen waren nicht einfach.«

Ich sah ihn an. Wollte er über Gefühle reden? Chang hat immer funktioniert, da braucht man doch keine Gefühle. Er ist erfolgreich, da braucht man höchstens Ausgleichssport. Gefühle sind etwas für Therapiesitzungen. Für Leute mit zu viel Zeit. Leute mit ausgeprägtem Darstellungswillen. Gefühle sind etwas für Videospiele. Für Reality-Shows. Chang hielt nichts von Texten zwischen den Zeilen. Leute mit Problemen hatten für ihn einfach eine Psychomeise. Für Chang war vermutlich selbst der Tod nur eine Geisteskrankheit. Ich setzte mich instinktiv etwas gerader auf das Sofa. Ich hatte förmlich

Angst, dass der Roboter jetzt seine Gefühle offenbaren würde. Das wäre die Apokalypse.

»Ich meine die Zeit vor ihrem Tod«, sagte er mit bitterem Ernst.

Ich sah Chang an, als säßen wir in zwei verschiedenen Telefonkabinen.

»Wir haben uns viel gestritten. Ich brachte sie zweimal in die Klinik. Einmal Nervenzusammenbruch, einmal zu viel Koks. Wenn sie da war, war es die Hölle, wenn sie weg war, kamen sehnsüchtige Anrufe.«

Seine Stimme klang, als würde er den Jahresbericht der Deutschen Telekom vorlegen.

»Keine Ahnung, Chang, was für eine Triebverschränkung bei dir vorliegt.«

Die Tür ging auf, und zwei Muskelpakete brachten seine Köter. Nacho und Taco legten sich zu Changs Füßen, kauten an getrockneten Rinderbeinen und leckten sich gelegentlich die Eier. Die Knackgeräusche beim Zerfräsen der Knochen irritierten mich, aber ich versuchte, mir nichts anmerken zu lassen, ein Dogo Argentino riecht Unsicherheit und nutzt die kleinsten Fehler zu seinen Gunsten. Ich zog in Zeitlupe meine Beine zur Seite und hoffte, dass Chang es nicht bemerkte. War er Alphatier oder Führungsperson? Eine Frage, die ich mir auch bei anderen Vorstandsmitgliedern stellte. Ich vermied unkontrollierte Bewegung, um die Argentinos in ihrer natürlichen Aggressivität nicht zu bestärken. Chang starrte in eine Ecke seines Büros. Ich war mir nicht sicher, ob er gefärbte Kontaktlinsen trug oder schon immer so eine eisblaue Augenfarbe mit unbeweglichen Pupillen hatte. Pazifik. Karibik. In jedem Fall filmreif. Ich versuchte ein passendes Wort für diese blaue Farbe zu finden, um nicht an Lunas Stimmungswechsel zu denken. Aber diverse Szenen tauchten dennoch auf. Lunas Stimme klang dann gedehnt und monoton wie in ihrem Deutsche-Klassik-Video. In diesen Phasen war alles Erreichbare schlecht, und nur die absolut unmöglichen Dinge erschienen in goldenem Licht. Besonders genervt war ich von den Hymnen auf meine Mutter, die sie mir als ihre Freundin verkauft hatte. Die Erzählungen weckten in mir den intensiven Wunsch, ihr eine runterzuhauen. Die Verklärung meiner Mutter schob ich auf ihren Drogenkonsum oder auf die kurze Zeit, die sie mit ihr teilte. Es fiel mir schwer, von meiner Mutter auf ihre Mutter umzuprogrammieren. Manchmal tauchte bei mir sogar der Gedanke auf, sie wäre eine besonders geschickte Hochstaplerin gewesen, die meine Mutter zu einem für sie günstigen Testament überredet hätte, und überhaupt alles sei eine abgefahrene Kunstaktion. Das wäre die bessere Geschichte gewesen, wie sich das Leben generell besser als abgefahrene Kunstaktion darstellen lässt.

In der kurzen Zeit unserer Begegnung wechselte Luna manchmal stündlich ihre Laune. Ich kannte das von meiner Mutter, ich habe mir bei Luna keine Gedanken gemacht. Zu viel Phantasie, dachte ich. Sie stieg freudvoll hinunter in das Tal bedrohlicher Gefühle. Wenn man nur einen Schritt mitging, war man verloren. Ihr Gang nach oben erinnerte an Freeclimbing. An diesen Steilwänden wollte man nicht der Kumpel sein, der sichert. Ihr Talent, ihr Erfolg, ihre Projekte, ihre Männer reichten nicht aus. Ihr Geld reichte. Sie hing an Geld.

Mir haben ein paar Schnipsel von ihr gereicht. Die schöne, die intelligente, die witzige Luna. Die ganze Luna war mir zu kompliziert, sie als Halbschwester zu sehen, gelang mir nicht. Was bedeutet schon Verwandtschaft, wenn wir uns im

Labor erzeugen. Die Genschere schneidet neue Muster in den Stammbaum. Ich sah Chang in die Augen. Wir hatten beide keine Mimik. Unbewegte Gesichter verleiten zu Fehlinterpretation.

»Ja, Slanski. Was uns makellos erscheint, ist der Fehler.«

Keine Ahnung, auf was er anspielte. Der Text hörte sich an wie so ein konfuzianischer Chinakram oder vielleicht eine Weisheit aus dem Kampfsport.

»Tom.«

Er hatte mich mit diesem mysteriösen Getue so eingelullt, dass ich ihn zum ersten Mal bei seinem Vornamen nannte. Er sah mich gefühlvoll wie ein Roboter an.

»Tom, ich bin eigentlich nur hier, weil ich den Schlüssel von Lunas Atelier brauche.«

Sein Gesicht hatte diese frostige Höflichkeit.

»Im Atelier ist nichts mehr. Die Ausstellung steht. Polizei war auch schon dort. Mika hat den Katalog geändert. *DURCH EINEN TRAGISCHEN UNGLÜCKSFALL* lautet der Text. Die Polizei glaubt, dass der Täter eventuell die Ausstellungseröffnung besuchen würde. Die nehmen an, dass es jemand ist, den sie gut kannte. Eine toxische Beziehung. Alles Quatsch mit der Intuition, erfolgreich ist, wer glücklich kombiniert. Tja, der Raum der Begegnung kann so oder so genutzt werden.«

Er machte eine Pause, in der ich wieder hörte, wie die Knochen knirschten. Meine Körperspannung passte sich nicht kongruent an das weiche Moroso-Sofa an, das mit Kurven spielte und die Idee lockerer Entspannung verfolgte.

Chang musste mein gespaltenes Verhältnis zu seinen Hunden bemerkt haben.

»Ein Dogo Argentino ist nichts für Anfänger«, sagte er.

»Weißt du, was sie immer sagte? Suck my Nino, Dogo Argentino.«

Chang sah mich unbewegt an. Er hatte diese asiatische Sensibilität, angemessen Abstand zu halten, zu sich, zu allen anderen. Eva platzte herein, räumte die Tassen weg und sagte, dass sein Besuch da sei. Chang setzte sich an seinen Schreibtisch. Die Hunde positionierten sich umgehend links und rechts neben ihm mit Blick zur Tür. Die rosa Anwandlungen um Schnauze, Augen und im Inneren der Ohren machten sie nicht freundlicher, aber wenigstens konnte man sie mit ihrem blendend weißen Fell gut im Dunkeln finden. Eva kniete artig nieder, wischte angewidert die Dreckspuren der Dogos Argentinos weg, ließ die Knochen in einer Vuitton-Tasche verschwinden, in der sich nur Hundezubehör befand, lächelte Chang zu und schwebte raus.

»An den Toten scheitern wir nicht, nur an den Lebenden.«

Sein Spruch machte die Stimmung sakral. Es fehlte nur noch ein Knabenchor. Ich stand auf.

Chang holte den Schlüssel aus seinem Schreibtisch.

»Wir müssen mit diesen halben Geschichten leben.«

»Ich weiß nicht, wer das WIR ist.«

Wir nickten uns zu, dann verließ ich den Olymp. Es war früher Nachmittag. Ich stand vor dem hohen Backsteinbau, den die Stadt finanzierte. Das ehemalige Lagerhaus unterstützt Künstler in ihrer Professionalisierungsphase. Es sah verrottet aus, sollte wohl Glaubwürdigkeit symbolisieren.

In Lunas Atelier war es schwül. Ich öffnete die Fenster, aber das Atmen wurde nicht leichter. Die Polizei hatte hier schon alles durchsucht. Das wenige, was noch da war, hatte keine ästhetische Anordnung mehr. Die Farben standen zu ordentlich im Regal. Ein verlassener Raum. Ich sah auf den

Text an der Wand. *Gegen den Uhrzeigersinn wollen wir uns treffen.* Schwarzer Edding. Ich weiß nicht, ob es ihre Handschrift war. Ich stand einfach rum.

Wenn man gar nichts tut, ist die Traurigkeit am schönsten.

An ihrem Computer hing ein rosa Zettel, auf den sie ein paar Zeilen gekritzelt hatte.

Mein Ego unterdrückt wie deine Nummer.

Ihr Kalender lag noch immer geöffnet auf dem Schreibtisch. Ihr letzter Eintrag war an ihrem Todestag. 10 Uhr Speyer. Ich blätterte die nachfolgenden Seiten durch, alles leer, als wenn eine Zukunft nicht eingeplant gewesen war. Erst ganz am Jahresende fand ich die Notiz Nummer 49 nach Capri. Daneben eine Telefonnummer. Ich rief an, es meldete sich ein Transportunternehmen. Capri. Der Sammler. Ich machte ein Foto von dem Eintrag. Zahlen konnte ich mir noch nie merken. In den Wochen vor ihrem Tod stehen mit absoluter Regelmäßigkeit immer dieselben Termine. An jedem zweiten Mittwoch Museum, an jedem letzten Freitag Flughafen, und jeder Donnerstag war fürs Atelier reserviert. Der Atelier-Eintrag brach nach Neapel ab. Stattdessen stand in unregelmäßigen Abständen das Wort Jumeirah. Werke gab es keine. Vermutlich war alles im Ausstellungsaufbau. Ich sog die Atmosphäre ein. Hier war nichts zu finden. Unser Leben spielt sich auf Festplatten ab. Das sind die Körperteile, die uns verraten. Ich nahm die Festplatte aus dem Rucksack und schloss sie an meinen Laptop an. Lucky hatte offensichtlich neu sortiert.

Ich öffnete den Ordner *Topics* und ging mit dem Cursor auf *Position 1.*

Airknit-Technology

Wir liegen vor dem 49-Zoll-Monitor und schauen uns die Paralympics an. Der Mann mit der Prothese ist herkömmlichen Propheten nachempfunden. Die fotografische Perspektive betont das Faustische. Der Übermensch. Die Betonung des Willens. Sehen ist Glauben. Ich will. Die ikonenhafte Darstellung verbirgt den Schmerz. Fast alle tätscheln irgendwann mal Kinder. Der Texter klebt die Worte aneinander für das Plakat mit den Siegern. Ich gehe in dein Bad und lege die Prothese an mein linkes Bein und meine Hüfte. Es ist die stabilisierende Hüftorthese zur sicheren Gelenkführung. Die mit dem zukunftsträchtigen Blaugrau. Die Bandage in Blau symbolisiert eine saubere medizinische Grundhaltung und Optimismus. Deutsche Firma. Versprechen auf eine bessere Zukunft. Die Prothese fixiert meinen Hüftkopf sicher in der Gelenkpfanne. Das atmungsaktive Gestrick mit dem hohen Elasthananteil presst meine Haut zusammen, so dass ich das raue Gefühl, das das Polyester verursacht, nicht mehr spüre. Die Luftkammern lassen mich gerader als gewöhnlich stehen. Die Künstlerin setzt sich mit inneren Blockaden auseinander, schreiben die Kritiker. Aber ich komprimiere Blockaden auf ein Mindestmaß. Ich stehe nackt vor dir, die Unterarme auf zwei Krücken gestützt. Du magst die Technik auf meiner nackten Haut. Du hast mir gesagt, wie lange du gebraucht hast, um dich daran zu gewöhnen, dass dir der kleine Finger an der linken Hand fehlt, den du beim Segeln auf dem Meer gelassen hast. Krankheit ist das Ende der Wahl. Eine dünne Blutspur rinnt in Zeitlupe an der Innenseite meines Schenkels auf den Boden deines Ateliers. Dein Schwanz ist hart, und das Bett ist nach kurzer Zeit voller

Blut. Die Bandage hat es auch erwischt, deine Hände greifen kein weiches Material, wie meine Haut es bietet, deine Hände halten das Spezialmaterial, welches ökozertifiziert ist. Du malst Bilder mit meinem Blut. Du porträtierst meinen Furburger. Du bist hart, ich bin weich. Du betest es an, mein buschiges Pelzbrötchen. Die Kamera sieht alles. Die QHD-Auflösung sorgt für extreme Bildschärfe. Du hast es dir etwas kosten lassen, Pornos mit mir zu sehen.

Bonusmeilen
Wir treffen uns vor der Senator-Lounge. Du nimmst mich mit hinein. Dein blauer Anzug sitzt so exakt, dass die Dame am Empfang sich überschlägt vor Freundlichkeit. Oder ist es dein Name, der für Aufsehen sorgt? Ich habe diese weite Hose an, wo der Reißverschluss hinten ist. Meine Bluse ist bis zum Hals geknöpft. Ich nehme mir von den Gläschen mit dem Naturjoghurt, und du schenkst dir einen Champagner ein. Um uns herum übertrifft man sich in Geschäftigkeit. Arbeit produziert Lust, wenn sie Gestaltungsmacht besitzt, schreibt das Handelsblatt. Sieg über einen Serienmörder mithilfe eines Serienmörders. Der Typ neben uns rätselt, ob ich deine Tochter bin. Er heftet sich an meine Plateauschuhe. Die schwarzen Lederriemen um mein Fußgelenk sehen gemein aus. Ich schlage meine Beine übereinander, damit er ein bisschen mehr davon sieht. Auch du spürst seine Blicke. Nach dem zweiten Glas treffen wir uns vor dem Waschraum. Du hast dir den Schlüssel geben lassen, und wir gehen beide hinein. Wir sprechen nicht. Ich lege mich mit den Brüsten auf den Wickeltisch. Während mein Gesicht auf der abwaschbaren Plastikfläche liegt, die wattiert ist und übersät mit bunten Sternen,

denke ich, dass der Tisch eine Alibifunktion besitzt. Draußen gibt es keine Babys. Im Geschäft ist man froh, die Familie hinter sich zu lassen. Du willst mein Gesicht sehen, bündelst meine Haare in deiner Hand, ziehst mich nach oben und drehst mich um. Ich setze mich gerade auf den Tisch. Ich spreize meine Beine, damit du näher kommst und schließe sie auf deinem Rücken. Deine Zunge kreist in meinem Mund, dein Glied ist steif. Wir halten plötzlich still und sehen uns an. Ich beginne langsam meine Bluse zu öffnen. Nach dem vierten Knopf kommen die Kabel. Wir haben noch eine Stunde, bis die Bombe hochgeht. Los, ficken wir.

Interkultureller Dialog
Wir sehen uns jeden Tag um die gleiche Zeit, aber wir haben immer mindestens einen Freund dabei. Unsere Blicke treffen sich. Es wäre ein Leichtes, sich heimlich zu sehen und miteinander zu schlafen. Aber wir tun es nicht. Unsere Lust wird von Tag zu Tag größer. Wir haben den Quadratkilometer Klagemauer, Felsendom, Grabeskirche und Tempelberg gesehen. Eine hübsche kleine Reise. Wir sitzen im Garten des American Colony Hotels und reden über Religion. Das Dummchen aus der Fotografieklasse fragt dich, ob die katholische Kirche das Zölibat aufheben soll. Da wäre sie schön blöd, sagst du. Hitler war unverheiratet, und die Leute rannten ihm hinterher. Kultische Reinheit macht den Unterschied im Kampf um bessere Einschaltquoten. Je puritanischer der Terror ist, desto mehr wird die Konkurrenz ausgeschaltet. Nur die Ablehnung der Welt, wie sie ist, lässt Hoffnung. Ich trinke meinen Wassermelonencocktail mit Strohhalm. Der rote Saft leuchtet in der

Sonne und macht dem pinkfarbenen Turban auf meinem Kopf Konkurrenz. Du magst es, wenn mein Gesicht frei ist. Die Gärtner sprühen Gift auf die Blätter, um sie vor Parasiten zu schützen. Ich sehe dein Geschlecht unter deiner Brioni-Hose. Das feine Tuch ist viel zu dünn, um die Umrisse zu verbergen. Ich sehe, wie es sich bewegt. Du denkst nicht daran, deine Sitzposition zu ändern. Der Reißverschluss an meiner Jeans ist nach unten gerutscht, und die Schamhaare quellen hervor. Ich stehe auf und ziehe ihn nach oben. Du glaubst, dass wir uns gleich auf meinem Zimmer treffen. Ich setze mich wieder hin und sehe dich an. Meine Augen sind grün, meine Zunge leckt den Saft der Melone von den Lippen, meine Wangen schimmern. Wir verbraten Stiftungsgelder.

Freunde und Förderer e.V.
Wir sitzen in den Sesseln des Museums und verkaufen abgestandene Gefühle. Die Rollen sind verteilt in der Talkshow. Mein Geschäftsmodell heißt Klimaaktivistin. Du bist der Mann, der die ethischen Prinzipien der Deutschen Bank vertritt. Die Deutschen brauen ihren Humor nach dem Reinheitsgebot. Ich trage eine Militärjacke in Nato-Grün von der Kette Kauf dich glücklich. Die Jacke ist ein Verweis darauf, dass ich mich im Krieg gegen Ungläubige befinde. 100 Prozent regeneriertes Polyester, was es derzeit nur aus China gibt.
Im Talk geht es um den Zustand der Welt. Betroffenheit vernebelt allen die Gehirne. Meine Aktien steigen, was kümmert mich die Schlampe, denkst du, sagst aber nichts. Macht ist, wenn man die anderen zu Schuldnern macht. In der Tat sind wir zu viele. Sterbehilfe war die letzte große

Erfindung des Humanismus. Wir schrappen uninspiriert an der Aufgabenstellung vorbei. Atomkraft nein danke, ich nehme meinen Strom aus der Steckdose. Die dumme Fotze hat noch keinen Cent Steuern gezahlt, denkst du. Es ist mein Geld, wovon ihre Scheiße weggeräumt wird. Aber mein arrogantes Gesicht turnt dich an. Hinter den Kulissen werden die Drogen verteilt. Wir gehen vorbei an den Besuchern, die vor dem Arschloch von Cicciolina Schlange stehen. Der Verein verfolgt ausschließlich und unmittelbar gemeinnützige Zwecke im Sinne des Abschnitts »Steuerbegünstigte Zwecke« der Abgabenordnung. Wir gehen mit deiner Sicherheitskarte zu den ultramodernen Toiletten. Du fickst mich mit einem Dildo aus deutscher Eiche. Natur pur. Mein arroganter Pferdeschwanz wippt bei jedem Stoß. Die grüne Revolution wälzt die Eigentumsverhältnisse um, aber es bleiben noch mehr Leute auf der Strecke. »Nehmt Waffen, und wählt Kokarden, dass wir einander erkennen.«
Grabbe
Schade, dass du so alt bist.

Außergerichtliche Einigung
Erst sah alles ganz gut aus. Er hatte seine einschlägigen Dealer und tröstete sich mit einer hübschen Studentin. Dann bekam ich diese bescheuerte SMS, die ich nicht ernst nahm.
Er: »Ich bringe mich um.«
Ich: »Das nenn ich Selbstbewusstsein.«
Wir haben circa fünf Mal das letzte Gespräch geführt. Beim sechsten schenkte er mir dieses Buch über Inschriften auf Grabsteinen. Ich sagte ihm, dass auf meinem #MeToo stehen würde. Er fragte mich, ob das eine Drohung sei. Ich

sagte ihm glatt ins Gesicht, dass ich unsere Geschichte in ein anderes Licht stellen würde, wenn er mich weiter vor allen runtermacht. Er hat es dann auf die andere Tour versucht, wollte mich eifersüchtig machen, lobte Kommilitoninnen mit ihrem unerträglichen Bodykram. Kleine private Geschichtchen vom Verlassenwerden, die er plötzlich gut fand. Ich war nicht eifersüchtig, ich wollte nur nicht in meiner Arbeit behindert werden.
Niemand wird deine Geschichten verstehen. Glaubst du wirklich, dass du es alleine schaffst, sagte er. Ich stellte meine Tatorte aus. Acryl auf Leinwand. Die Metapher für die Stille danach, die Leere, die schiefen Bilder. In der heutigen Kunstszene wird nur gelobt, aber bis man an den Punkt gelangt, besprochen zu werden, sagte er, muss man schon was Neues bringen. Sie können reich heiraten, sagte er, aber malen können Sie nicht. Ich wartete, bis alle weg waren, dann bin ich ganz nah zu ihm.
Schluss mit lustig, sagte ich.
Dein Schweiß riecht nach Hass.
Er wollte partout wissen, mit wie viel Männern ich geschlafen hatte. Zum 50. mit 50, weil ich Konzepte liebe. Er hat mir eine runtergehauen, mitten ins Gesicht. Das war's, mein Freund, habe ich ihm gesagt.
Die Ohrfeige stand nicht im Drehbuch.

Lars von Trier
A. fragte mich auf Capri, ob wir mal ins Kino gingen. Ich sagte ihm, dass bei mir die Kinokarte 1000 Euro kostet, ich ihn aber zu Popcorn einladen würde. Er hat gelacht und Ja gesagt.
Ich muss leider mehr berechnen, sagte ich und zeigte auf

das Plakat. Der Film hat Überlänge.
Er hat wieder nur gelacht. Im Kino fing er mit Fummeln an. Ich flüsterte ihm ins Ohr, wo er den Briefumschlag hätte. Was für einen Briefumschlag, fragte er. Ich bin eine Frau mit Gestaltungswillen, sagte ich, kannst du mir bitte das Geld geben, wenn ich dir einen runterholen soll. Er dachte, es wäre ein Spaß gewesen. Daraufhin haben wir einfach nur *Melancholia* zu Ende geguckt.

Ich saß eine Minute still da und beobachtete die Ampelphasen. Dann fuhr ich den Rechner runter.
Der Arbeitskalender von Picasso sah sicher anders aus. Wie ich Luna kannte, waren das keine aufgeladenen Phantasien. Es waren Montageanleitungen für Spaß und Ruhm, Spielregeln für toxische Beziehungen. In allen Geschichten übte sie die Kontrolle aus. Feministinnen sind nur die geschickteren Patriarchen, hatte sie immer gesagt. Mein wichtigstes Wort ist Nein, hatte sie gesagt. Wer hat ihre Gesetze verletzt? Wer waren ihre Partner im Rollenspiel? Wann war das Spiel außer Kontrolle geraten? Die Polizei wird es herausfinden. Ich suchte nach einem Briefumschlag, packte die Festplatte hinein und klebte alles zu. Besser die Festplatte landete in ihrem Briefkasten mit einem vernünftigen Poststempel. Es war ein merkwürdiges Gefühl, einen Brief an eine Tote zu senden, aber mir blieb keine andere Wahl. Die ganze Nummer machte mich erpressbar, was es zu vermeiden galt, besonders wenn das BKA einen Job anbietet, der sich in der grauen Zone befindet.
Ich war gerade fertig, da rief der Makler an, ob wir uns den Bungalow ansehen könnten. Er bestand darauf, mich abzu-

holen. Meinetwegen, dachte ich. Diese Typen strengen sich mehr an, wenn man mitspielt.

Als ich Lunas Atelier verließ, fühlte ich mich wie eine Fahne auf Halbmast. Schlapp wie nach einem Albtraum, dessen Inhalt sich partout nicht erschließen will. Aber das Leben besteht aus Suchen und Ersetzen. In solchen Momenten kommen Menschen, die sich gerne reden hören, gerade richtig.

Der Makler fuhr einen 7er BMW und hörte nicht auf, die Umgebung der Stadt zu loben, sprach von den vielen Biergärten, den guten Fahrradwegen. Ich sah aus dem Fenster. Die Wälder waren deprimierend. Dunkel. Bäume, an denen man sich aufhängen konnte.

Der Makler müllte mich mit dem Wald zu, mit den Pilzen, den Symbiosen, dem Erholungswert. Vermutlich wollte er mich von dem Autostau ablenken. Den gab es hier immer. Er erwähnte nicht tollwütige Füchse, Borkenkäfer und Zecken, die jahrelang auf ihre Opfer warten. Die 400 PS drückten mich in den Sitz. Das Navigationssystem quatschte dauernd dazwischen. Nach einer halben Stunde kam die erste Frage an mich, warum ich gerade an diesem Objekt interessiert sei. Waldnähe, sagte ich.

Der Bungalow war besser, als ich dachte. Über der Tür stand Grüß Gott und jemand hatte Gottes Antwort aufgesprüht. FUCK YOU.

Weit und breit kein anderes Haus, hier könnte man also die Bässe aufdrehen.

Auf dem Grundstück befand sich ein freistehender Holzschuppen, in dem eine finnische Sauna eingebaut war. Der ideale Ort, um Lunas Werke mitsamt Schuppen abzufackeln. AXA Hausratversicherung mit Zusatzdeckungen und ein Kanister Benzin.

Ich mochte die wenigen Blumen, die es gab, vielleicht war es auch nur Unkraut. Die karge Stimmung legte sich wohltuend auf mein Gemüt.

Ich sagte dem Makler zu. Er bestätigte mich mit handelsüblichen Wortverbindungen im Rausch getaner Arbeit. Auf der Rückfahrt nahm ich mein Handy und führte einen imaginären Dialog, nur damit ich nicht mit ihm reden musste. Als der Wald aufhörte, ließ ich ihn anhalten und warf den Umschlag in einen Briefkasten, der so aussah, als würde er nie geleert. Ein Ort, der mit Bad anfing. Orte, vor denen man sich hüten muss. Orte mit Kurpark.

Ich ließ mich bei Lucky und Helena absetzen. Sie sahen mich an, als ob ich in den Untergrund gehen würde, als ich ihnen erzählte, dass ich aufs Land ziehen würde.

»Ich zieh aufs Land.«

»Du auf dem Land? Hast du schon mal Rasen gemäht oder Bäume beschnitten?«

»What's wrong with plastic trees?«

»Das Loft ist weg«, sagte Helena.

»Catherine Steiner hat den Vorvertrag unterschrieben.«

Seltsamer Gedanke. Von A. immer noch keine Nachricht.

Ich saß am Tisch wie ein Requisit. Auf dem Tisch stand ein Erdbeerkuchen. Ich nahm mir ein Stück. Der Kuchen sah so schön ungleichförmig aus. Alles, was keiner scharfen Begrenzung unterlag, war Freiheit. Sie hatten die Einladung für die Ausstellung auf dem Tisch. Eine Postkarte in Himmelblau. Ich erinnerte mich, wie ich Luna nach ihrem nächsten Projekt gefragt hatte. Irgendwie sehe ich unsere Gesellschaft als einen Klotz, der nicht weiß, wohin mit sich, hatte sie gesagt. Die Leute sehnen sich nach dem Unvorhersehbaren bei gleichzeitigem Bedürfnis, alle Eventualitäten auszuschalten. Dann hatte sie gelacht. Dabei ist unsere Wirklichkeit nichts als ein Kredit, den wir vor uns herschieben. Wir verschulden uns durch tägliche Versprechen, die wir doch nicht einlösen. Sie lachte. Ein Schreibtisch ist doch eine ganz hübsche Metapher und eine schöne Skulptur. Ich sehe sie lachen. Man muss das Ich in der Literatur zerstören, sagte sie. An die Stelle der erschöpften Psychologie des Menschen muss die Besessenheit der Maschine treten. Die Wärme von einem Stück Holz oder die Gelassenheit von Metall ist viel aufregender als die Tränen einer Frau. Dieser langweilige Seelen-Thrill und seine Körperbildstörungen öden mich an, hatte sie gesagt.

»Ich habe mir den Ordner Topics angesehen. Ich denke, das sind Kunstprojekte«, sagte ich.

»Das ist eine Variante. Die andere Variante ist, dass sie die Geschichten an jemanden adressiert. Für mich sind das definitiv Typen über 50, weißt du, wenn die Langeweile anfängt, wenn du irgendwelche wesentlichen Inhalte ergründen willst und das permanente Gefühl hast, was verpasst zu haben. Das ist die Gefahr für die Menschheit. Rentner. Vor allem mit E-Bike. Bei ihrem Bekanntenkreis tippe ich auf irgendeinen eifersüchtigen Kunstfuzzi. Mein Liebling ist der, wo sie die Packungsbeilage abschreibt von den Bandagen. Na ja, und im Zentrum der Daten steht das Wort Geld.«

»Das nennst du Data Mining? Willst du mich verarschen, Lucky? Das ist es, was du ausgerechnet hast?«

»Nee, ich habe mir den Kram durchgelesen. Der Datensatz ist viel zu klein, um sich Schlussfolgerungen zu erlauben. Das ist das Problem. Eine eigene Meinung bei geringer Datenmenge. Reg dich ab, Slanski. Die Bullen forsten ihre Kontakte durch, starten eine Funkzellenabfrage und fertig. Der beste Beweis dafür, dass sie schon recht weit sind, ist, dass sie dir nicht ständig auf den Zeiger gehen. Wo ist die Festplatte?«

»Habe ich an Lunas Atelier geschickt von einem Briefkasten im Nirgendwo aus. Die wird Chang sicher zur Polizei bringen.«

»Bist du jetzt völlig durchgeknallt. Das Paket wirft bei den Bullen nur neue Fragen auf. Totaler Schwachsinn.«

»Dann hol ich das Ding wieder und bring es zum Präsidium, irgendeine Geschichte wird mir schon einfallen. Wir sehen uns zur Eröffnung.«

»3D ist nicht so mein Ding. Ab einer Gruppe von 10 hast du Minimum einen Vollidioten dabei.«

»Ist im Netz nicht anders.«

»Logout, Slanski! Press the button and have a rest.«

Lucky hatte recht. Man sollte seine Zeit in der virtuellen Realität nutzen, bevor der Computer Krankengymnastik und Gedächtnisübungen in der Demenzpflege mit einem macht. Luckys Hinweise zum Abschalten ignorierte ich. Meine Wirklichkeit kam schließlich ohne Mittelsmänner aus. Es waren schlampig gebastelte Algorithmen, in denen ich dämlich herumstakste und nach den Fehlern suchte.

»Im Ernst, Slanski, mach eine Pause. Ein Vakuum kann sehr produktiv sein. Raum ohne Materie. Das ist Gott.«

»Hm. Alles klar.«

Ich schnappte meinen Rucksack und ging. In der Stadt ist der Nachthimmel verpixelt, und alle Neon-Displays versprechen Glück.

Im Motel One wollte ich endlich meinen Gutschein für den Willkommensdrink einlösen, aber es gab nur einen billigen

Prosecco. Ich bestellte einen Wodka, aber die Getränke wurden nur gegen Bargeld ausgegeben und nicht aufs Zimmer geschrieben, was tief blicken ließ. Karte nahmen sie auch nicht, Cash hatte ich gerade nicht dabei. Im Zimmer nahm ich den Brief von Luna aus meinem Rucksack. Weder im Himmel noch in der Hölle kommt man unversehrt an. Ich packte den Brief ungeöffnet wieder weg und sah auf den angedeuteten Schrank. Die Wolken sahen aus wie das Eröffnungsbild eines Disneyfilms. Ich bin profan, hatte sie gesagt, ich male einen Himmel, also arbeite ich mit Lukas Acrylfarbe Himmelblau. Ich las meine E-Mails. Mein Stiefvater lud mich nach New York ein. Die Netrebko an der Met. Ich hatte das sichere Gefühl, die Stadt für eine Weile verlassen zu müssen. Drei Stunden Oper kann man dafür aushalten. Ich sagte zu und hatte nur wenige Minuten später ein First-Class-Ticket der Lufthansa in meinem Postfach.

Die Tage strichen klebrig dahin. Mein Trainingsanzug roch nach frittiertem Fett. Aufträge hatte ich keine. Alles, was reinkam, lehnte ich ab. Ich lag auf dem Hotelbett, hatte das Schild Bitte nicht stören an der Tür und zappte durch die Programme. Gelegentlich trank ich Kaffee, um nicht völlig zu verrotten. Das Alltägliche nervte. Ich hatte eine Möbelfirma beauftragt, meinen Kram zu packen und das Loft zu räumen. Helena hatte mir für die Renovierung des Bungalows ein schwules Pärchen empfohlen. Die beiden kriegten sich nicht ein, was für wundervolle Gestaltungsmöglichkeiten die Hütte bot. Sie kamen mit der abgefahrenen Idee rüber, eine Woche mit mir dort zu wohnen, um die Gestaltung des Bungalows meiner Persönlichkeit anzupassen. Ich sagte ihnen, dass sie machen könnten, was sie wollten, wenn ich es hinterher nicht bemerken würde. Sie lachten und schlugen den Stil mexikanischer Arbeitersiedlungen der Wohlfahrtshilfe vor. Sun faded colors. Ich gab ihnen die Schlüssel und nannte ihnen den Tag, an dem die Möbelfirma meinen Kram anliefern würde. Die beiden waren begeistert.

Wie erholsam, wenn der Shit anderswo passiert, dachte ich. Ich nahm mir vor, mein restliches Leben wie ein Video-Game zu spielen, mit wenig Sonnenlicht und einem bequemen Stuhl. Zur Unterzeichnung der Kaufverträge musste ich allerdings persönlich erscheinen. Ich hatte Kauf und Verkauf auf einen Tag gelegt. Der Kaufvertrag für den Bungalow wurde von einem Typen in Safarikleidung unterzeichnet. Er hatte den Bungalow von seiner Oma geerbt und war so ein windiges Kerlchen, das sich clever vorkam. Auf die erste Sekunde bemerkte ich, dass er in Geldschwierigkeiten steckte. Man könne für die Küche ganz offiziell einen Teil der Summe bar übergeben, schlug er vor. Im Klartext 100 000 Euro für einen Propangaskocher. Ich sagte sofort zu, aber nannte ihm eine neue Kaufsumme. Dieses Mal um 200 000 Euro billiger. Nach illegalen Vorschlägen hat man nicht mehr so viel Handlungsspielraum. Der Typ wollte auf dem oberen Level spielen, war aber mental auf dem tiefsten Stand der Angst. Auf diesem Niveau ist der Staat allgegenwärtig und man legt nur andere Anfänger rein. Ich gab ihm das Bargeld vor dem Notarzimmer, er verschwand aufs Klo zum Zählen. Nach der Prozedur ging ich nach unten und wollte mir was zum Essen kaufen. Wohin das Auge reichte, Kitsch mit Glücksformeln. In dieser Gegend bot kein Bäcker seine Brote ohne ein Versprechen zur Erlösung an. Ein Fleischer hatte einen Grill auf der Straße stehen. Die zwei Hähnchen darin waren auf einer waagerechten Stange aufgespießt und sahen aus, als hätten sie die Hände erhoben, um sich zu ergeben. Frische Grillmännchen. Da hatte ich jetzt keinen Appetit drauf. Ich hatte Lust auf etwas ohne Geschlechtsangabe. Das einzig Sinnfreie, was ich in dieser Gegend ergattern konnte, war ein Heringsbrötchen.

Ich saß auf einer Bank, aß den Hering und wartete auf Catherine Steiner. Sie parkte im Halteverbot und stieg aus. Ganz in Weiß. Ein verteufelt gutes Weiß. Ihre Bluse wehte leicht beim Aussteigen und schmiegte sich dann an ihre exzellenten Formen. Oberkörper von ihrem Unterkörper durch einen goldenen Gürtel getrennt. Die langen Beine in einer hellen Jeans, deren guter Schnitt sie von allen anderen Menschen trennte, besonders jenen, die in weißen Hosen immer wie ein Notarzt aussehen. Ihre blonden Haare lagen in einem Knoten auf ihrem Nacken. Sie lächelte mir mit lässiger Noblesse entgegen und schwang ihre giftgrüne Ledertasche über ihre Schulter. Neben ihr kam man sich vor wie ein Gemüse aus dem Bioladen. Dabei musste unser Altersunterschied geringfügig sein. Ich wischte meine Hand an der Trainingshose ab, vorsichtshalber. Wie alle großen Frauen hatte sie diese gewisse ungelenke Art, so als ob sie nicht wüsste, wohin mit all dem vermehrten Reichtum. Sie erschien mir aber ruhiger als sonst. Ich vermied es, ihr zu nahe zu kommen, weil ich mit dem Zwiebel-Herings-Geruch nicht ihre Aura zerstören wollte. Wir tauschten ein paar Floskeln und gingen nach oben. Der Notar war sichtlich beeindruckt von ihr, aber das Amt und die Honorarrechnungen hatten ihn im Griff. Er las mit monotoner Stimme den Vertrag vor, ich kämpfte mit dem Schlaf. Als er auf Seite drei war, entdeckte ich Catherine Steiners Füße unter dem Tisch, die in zierlichen Sandalen steckten. Ich sah mir jeden Zeh einzeln an. Sie waren makellos lackiert. Die mittleren Zehen machten Lust auf Chicken Wings mit Chilisauce. Luna hatte sich einmal lustig gemacht, dass meine

Knöchelchen auf dem Teller aussähen, als hätten sie in einem Säurebad gelegen. Wir waren total verrückt auf diese Chicken Wings von der Kette Zeit für Hühner. Raubkatzen, die Schwächere verspeisten. Ein Soundtrack für einen Horrorfilm. Wir leckten uns die Finger ab im Glück. Catherine Steiner reichte mir ihren Cartier-Füllhalter zur Unterschrift. Ich unterzeichnete. Das Loft war verkauft. Memory gelöscht.

Wir stiegen in den Fahrstuhl und fuhren nach unten. Ich begleitete Catherine Steiner zu A.s Ferrari, an dem ein Strafzettel klebte. Sie nahm den Zettel und legte ihn ins Handschuhfach.

»Das ist die kleinste Summe, die mein Mann zahlen wird.«

Sie lächelte mich an und umarmte mich. Keine enge Umarmung, eher so wie man einer Gartenharke Lebewohl sagen würde, denn ich rührte mich nicht und sie hielt ihren Oberkörper weit genug weg, dass unsere Brüste sich nicht berührten.

Ich sah sie mit unveränderter Miene an.

»Nach der Scheidung gehe ich nach Shanghai. Du glaubst nicht, wie unkompliziert man dort Firmen gründet. Dank dir bin ich aus dem Vertrag mit diesen Kriminellen raus. Man muss nur die richtigen Kontakte haben. Männer geben einem alles, aber man sollte sie eine Armlänge auf Abstand halten. Bis zu dieser Grenze darf man flirten und ängstliche Augen machen. Und wenn sie diesen Abstand übertreten wollen, dann sieht man sie erschrocken an und sagt: Darling, I am married. Na ja, Ehe ist jetzt erst mal vorbei. Aber mach dir keine Hoffnung, er hat bereits eine andere. Im Grunde kann er Amazonen nicht ausstehen.«

Sie öffnete ihr Portemonnaie und gab mir einen kleinen zerknautschten Zettel. Ich musste ihn nicht auffalten, um zu wissen, was darauf stand.

Sie lächelte ihr exaktes Lächeln. Ihr französischer Akzent wechselte ins Englische.

»Ich mag dich, auch wenn du mit meinem Mann ein Verhältnis hattest. Wir sind Profis.«

Sie knallte die Tür zu. Die Fensterscheibe kam geschmeidig herunter.

»Wusstest du, dass er parallel mit der kleinen verrückten Künstlerin was hatte?«

»Es gibt viele kleine verrückte Künstlerinnen«, murmelte ich und sah sie an. Sie lächelte. Ein aufgefächerter Schwan, dem Kälte nichts tat.

Der V8-Turbo-Antrieb brabbelte selbstgefällig vor sich hin. Wir sahen uns an. Wen liebt A. mehr, sie oder die linke Spur auf der Autobahn? Catherine presste den roten Startknopf. Der Motor fauchte. Ein letztes Lächeln, dann fuhr sie ab. Ich faltete den Zettel auf.

Für A.

Am nächsten Morgen
wusste ich nicht mehr
was ich gesagt hatte
aber glücklicherweise
hattest du nicht zugehört
1 × Pizza
1 × Eis

Das hatte sich jetzt erübrigt. Ich warf den Zettel in den nächsten Papierkorb.

Zwei Millionen mehr auf meinem Konto und ein verdammt unklares Gefühl im Körper, das ich nicht verorten konnte, machten mich steif. Ich stand dumm an der Straßenecke rum. Mir missfiel der Gedanke, dass sie mir einen Schritt voraus gewesen war. Aber noch mehr missfiel mir, dass sie Luna und A. auf eine Matratze packte. Es war keine Eifersucht, es war die Angst, A. könnte etwas mit dem Mord zu tun haben.

Die nächsten Tage verbrachte ich mit Currywurst und Alkohol, zappte mich durch sämtliche Netflix-Serien und sagte Treffen ab mit der Begründung, dass ich überlastet sei. Ein schleichender Lebensweg. Es war das Einzige, was ich gerade konnte. Auch wenn die Lebenswege der anderen rasanter aussehen, die Strecke ist immer die gleiche. Von Begegnung der Chromosomen bis zum Zerfall. Innerhalb dieses Spielraums konnte man mehr oder weniger schlecht gestalten.

Am Tag der Ausstellungseröffnung erneuerte ich meine Unterwäsche im Waschsalon und schlenderte, während die Maschine lief, die Straße entlang. Ein Fun-Sport-Laden hatte es mir besonders angetan. Auf den Plakaten waren gesunde sportliche Menschen zu sehen. Ich kaufte mir einen Neopren-Anzug zum Windsurfen. Das Ding hatte einen rustikalen Reißverschluss in Gelb und war ärmellos. Der Junge hinter der Theke nahm meine Kreditkarte entgegen. Während er alles regelte, schnitt ich das Hosenteil vom Rumpf und gab es ihm zurück. Ich zog das Oberteil an. Es passte perfekt zu der schwarzen Trainingshose. Das Material war vermutlich im nassen Zustand besser zu ertragen, aber es hielt mein labiles Inneres gut zusammen. Nicht umsonst stecken Superhelden in diesen straffen Anzügen, dachte ich. Neopren quetscht dir die letzten Sentimentalitäten raus. Ich knüllte mein T-Shirt in den Rucksack, malte mir in einer Parfümerie ein paar Tester ins Gesicht, Eyeliner, Mascara, Lippenstift. Ich sah auf der Stelle wie ein glücklicher Mensch aus.

Dann ging ich zum Kunstverein. Da saßen ein paar Rentner im Foyer und eine völlig aufgelöste Kuratorin stakste durch die Leute, gab dem Catering Anweisungen, antwortete genervt durchs Telefon und hetzte mit ihren Augen durch den Raum, bemüht, die Besucher nach ihrer Bedeutung zu taxieren. Die Weinetiketten sahen nach Aldi aus, keine Kühlung, ich wollte eigentlich am liebsten wieder gehen. Gerade als ich den Wein probieren wollte, kam die Kuratorin auf mich zu und stellte sich als Hi, ich bin Mika vor, probte ihren Abendtext über die Künstlerin und deren plötzlichen Tod an mir aus. Es ist seltsam, nahe Geschichten von Fremden zu hören. Ich setzte mich still mit einem Glas von dem außergewöhnlich beschissenen Wein in eine Ecke des Foyers. Die Galerieräume waren noch verschlossen. Leute tröpfelten herein. Interessierte, Schnorrer, nach Aufmerksamkeit heischende und um Kontakt bettelnde Gesichter. Die harmlosen darunter gehörten mit Sicherheit der Polizei. Hin und wieder ein bemerkenswertes Outfit. Der Raum füllte sich, und prompt war der Wein alle. Gelangweilte Mienen demonstrierten Auserwähltheit. Die hektische Kuratorin begrüßte ein paar betagte Herren in klassischen Anzügen mit einem pseudomutigen Detail, bunte Socken, grelle Westen, ein Basecap war auch dabei – Verzweiflungsmode, wie es ab 60 vorkommt, wenn man anfängt, Eichendorff zu lesen, Barockmusik gut findet und sich in enge Rennradklamotten zwängt. Dem unterwürfigen Benehmen der Kuratorin entnahm ich, dass dies die Fördermitglieder sein mussten. Die Luft füllte sich mit Parfüm und konturenloser Redseligkeit.

Nach einer Weile versank ich in mich selbst. Mein Leben in den letzten Wochen und meine Zukunft kamen mir vor wie eine To-do-Liste, in der ich mir die wichtigsten Punkte mit einem Neonstift hervorheben sollte. Aber alles war bereits markiert. Gleich wichtig, gleich bedeutungslos.

Ich hatte schon das zweite Glas fertig, als A. eintrat, mit einem Girl an der Seite, das Catherine nicht unähnlich war, nur zehn Jahre jünger. Sie wollte gerade seine Hand nehmen, als er mich erblickte und seine Hände in die Hosentaschen steckte. Ich hatte ihm nie von Luna erzählt, insofern sah er ziemlich dämlich drein, als ich ihm zuwinkte. Er legte daraufhin glatt eine Begrüßung hin, die formell klingen sollte. Stellte mich mit Vor- und Nachnamen vor. Seine Begleitung stellte er nur mit ihrem Beruf vor – meine neue Marketingdirektorin. Dann kam er ins Schlingern. Er hatte wohl die fragenden Blicke seiner Freundin gespürt. Externe Beratung im Auslandsgeschäft, so umschrieb er mein Inkassobüro.

Die Begleiterin bemühte sich um Freundlichkeit, kullerte mit ihren großen Augen und streckte mir freudig die Hand entgegen, als wollte sie mir sagen, ich bin auch schon mal im Ausland gewesen und bin total cool mit anderen Frauen. A. entschuldigte sich fast für seine Anwesenheit, aber er sei im Vorstand des Fördervereins. Die Kulleraugenfrau griff sofort in die Kunstgeschichtekiste und plapperte von Mäzenen. Sie war ein exakter Klon von Catherine Steiner, bis auf die Kulturmonologe, die aus ihrem Hirn purzelten. Marketingleute haben generell das Bedürfnis, überall mitzuquatschen, sich nach vorne zu drängen, um ihrem Job Halt zu geben. Die großen Augen in dem rundlichen Gesichtsdisplay machten sie etwas weicher als Catherine, und ich sah im ersten Moment, dass ihre einzige Aufgabe darin bestand, A.s Selbstkonzept zu festigen. A. starrte auf meinen Reißverschluss. Seine Marketingdirektorin versprühte eine Frische, die einen lähmte. Ihr Kleidchen wippte wie in einer Fertiggerichtwerbung, wo alle froh, rein und unbeschwert aussehen. Ihre Kommentare zur modernen Kunst klangen so abstrakt, als würde ein Blinder die neuen Saisonfarben beschreiben. Sie wurde erst unterbrochen, als A. jemandem zuwinkte. Ich drehte mich um und sah von Behringen.

Es war mittlerweile voller geworden und wir standen enger. Ich hatte meine Hände in den Taschen der Sporthose und versuchte, durch Anwinkeln meiner Arme etwas Raum zu gewinnen. Man führte versteifte Gespräche. Ich sah zu.

A. lenkte das Gespräch auf den Titel der Ausstellung. Seine Exschwiegereltern hätten einen Davenport-Sekretär aus dem 19. Jahrhundert gehabt. Dabei sah er mich verschwörerisch an. Es war seine Art, mir die Scheidung zu verklickern. Ich reagierte nicht.

Dann fragte er mich, ob ich eine Idee hätte für ein Geschenk, eventuell einen Voucher für einen Mitarbeiter, der sein 25-jähriges Firmenjubiläum feierte. Ein Mitglied der Geschäftsleitung. Ich sagte ihm, dass ich keine Idee hätte und im Grunde nur an die Zeit vor der Einlösung eines Vouchers glaubte. Diese Zeit sei gut, und das wäre der eigentliche Wert, eine gewisse unbestimmte Vorfreude auf ein Ereignis, was sich im Nachhinein als banal oder zu kurz rausstellen würde. Die Kulleraugenfrau hielt mir sofort entgegen, wie wichtig aber doch die Erfahrung sei, wie besonders und einmalig eine Erfahrung sei. Ich musste ihr innerlich sogar recht geben, alles ist für eine Erfahrung gut. Ich sagte nichts. Sie fragte A. nach Hobbys und Interessen des Mitarbeiters, sie wollte sich richtig einbringen, aber A. konnte keine Auskunft geben, denn im Grunde waren seine Mitarbeiter nur Namen auf einer Gehaltsliste. Von Behringen sprang ein mit diversen Vorschlägen, die von Wochenendtrips bis Zalando-Gutschein reichten.

Manche machen Erfahrungen bei Zalando, manche auf dem Mount Everest. Reiche Gesellschaften tendieren zum Eigensinn. Ich forschte in ihren Gesichtern, ob sie die Kompatibilität für Lunas Phantasien hätten. Waren hier die leeren Gehirne, in die sich Luna eingeloggt hatte mit ihren abgefahrenen Geschichten, die sie auf ihrer Festplatte gespeichert hatte? Die Leute um mich herum trugen alle eine gewöhnliche Fassade.

Von Behringen holte sein Handy raus und wollte uns eine Seite für Discount-Gutscheine zeigen. Von den Reichen kann man Sparen lernen. Der kostenlose Alkohol, der mich wohltätig auf das Niveau der anderen gebracht und mich in eine heitere Stimmung versetzt hatte, brach jäh ab. Ich war so geschockt von dem Bildschirmschoner seines Handys, dass ich bald den Wein verschüttet hätte. Ein Moment, der mich nüchtern werden ließ. Auf dem Bildschirm war für eine Sekunde Luna aufgetaucht. Nackt. Ich hing in einer Zeitfalle. Mein Blut fror in dem Neopren, das sich plötzlich wie ein Panzer um mich legte, in meinem Kopf hing das Foto von Luna. Fetzen einer Reise-Erzählung flogen an meinem starren Körper vorbei.

Von Behringen erzählte von Voyageurs du monde, spektakuläre Kulturreisen, Seidenstraße, Römer, Kreuzritter. Aber ich hörte nur Beirut, Paris des Nahen Ostens. Er verwendete übermäßig das Wort sensationell. Sensationelle Kulturschätze, sensationelle Kelims, Ziegen aus der Bronzezeit, sensationelle alte Miniaturen, Geschäfte in Ruinen, Kulturministerium, Documenta-Organisation, je unbekannter die Künstler, desto mehr Documenta. Das Neoprenoberteil schnürte mir die Brust zu. Mein Gehirn klebte einzelne Worte wieder zusammen. Er wendete sich plötzlich an mich.

»Kenne ich Sie nicht irgendwoher?«

A. klopfte ihm hämisch auf die Schulter und machte Witze über das Alter und Vergesslichkeit, ließ ihn aber mit der Erklärung hängen, dass sie beide vor fünf Jahren in meinem Büro gesessen hatten. Er genoss förmlich, dass sich sein Freund nicht erinnern konnte. Er zog ihn auf, dass von Behringen zu viel Kunst im Kopf hätte. Niemand habe sein Öl so teuer verkauft wie Picasso, sagte A. Er fing an, mir seinen Witz zu erklären. Ich sagte ihm, dass ich schon beim ersten Mal verstanden hätte, dass das kein Witz war. A.s Begleitung sprach ihn daraufhin auf seine berühmte Sammlung moderner Kunst an. Sie erwähnte die großen Namen und wie hellseherisch er gekauft hatte. A. hätte ihr viel von der Sammlung auf Capri erzählt. Capri. Der Sammler. Von Behringen. Feuerengel 423. Die Sonne war im Meer versunken und nicht mehr aufgetaucht. Nach uns die Sintflut. Eine Spirale im Kopf. Von Behringen wehrte die Schmeicheleien von A.s Begleitung ab und drehte sich zu mir.

»Also, junges Fräulein, lassen Sie mich nicht so hängen.«
»Slanski. Mein Name ist Slanski.«

Von Behringen stutzte, sortierte sichtbar seine Festplatte und stotterte, dass er sich erinnere. Das kahle Büro. Er fragte mich, ob die Geschäfte gut liefen und dass ich ja gute Arbeit damals geleistet hätte. Er kam vom Hundertsten ins Tausendste. Jedes seiner Worte bewies mir, dass er mit Luna in meiner Wohnung war und sie an jenem Abend gesehen hatte. Je tiefer ich tauchte, desto größer wurde der Druck auf meine Brust. Ich muss nicht gerade entspannt gewirkt haben, denn er dimmte seine Stimme und wandte sich nur an mich.

»Sie waren bekannt mit der verstorbenen Künstlerin, nicht wahr?«

»Und Sie sind ein Liebhaber klassischer Literatur?«

Ich hatte keine Lust, mich mit ihm zu verkumpeln. Er verstand den Hinweis gut und schweifte in die Ferne, wie Goethe gesagt hätte. Ich sah ihm nach.

Was hatte er sich gedacht, Luna zu fragen, ob sie mit ihm leben wolle. So eine Art Marienbader Elegie. Ich war so konzentriert, dass ich total zusammenfuhr, als mir jemand auf die Schulter klopfte. Chang ohne Eva. Die wartete am Eingang. Ich trat mit Chang zur Seite. Er hatte diese geschäftsführende Stimme, die mich immer beruhigte. Chang erzählte mir, dass die Galerie bereits ein Bild verkauft hätte. Erben sind ja noch ungeklärt, meinte er. Ich sagte nichts. Statt einer Antwort auf die testamentarischen Formalitäten zu geben, fragte ich Chang nach dem Selfie mit der Schnittwunde, welches Luna in ihrer letzten Nacht versendet hatte.

Chang behielt seine Führungskraftstimme. Kein Wackeln. Keine Frequenz höher oder tiefer.

»Die Schnittwunde, ja, danach hat mich die Polizei auch gefragt. Ich habe versucht, sie von den Drogen abzuhalten, ich habe ihr Kontakte für eine Tagesklinik besorgt. Ich habe ihr eine Pause vorgeschlagen, und sie hat mich beschimpft, dass ich sie hängenlasse, wenn es ihr schlecht geht. Gut und schlecht konnte man bei ihr übrigens zunehmend nicht mehr unterscheiden. Ich habe ihr eine Therapie vorgeschlagen. Sie nahm es lustig. Heirate mich, Chang, heirate mich. Oder lass uns wenigstens eine Paartherapie machen. Wie hätten wir Schutt auf den Tisch legen können, wo anfangen, alles war Schutt. Ich musste einen Schlussstrich ziehen. Ich bedauere nicht, was ich an finanzieller Unterstützung für sie geleistet habe, aber ich bedaure, dass ich mich zu lange miserabel gefühlt habe. Sie kam aus Speyer, wir haben gestritten, sie verließ mein Haus, sie sendete ein Foto mit einem blutenden Schnitt am Hals. Das war ihre Antwort. Ich habe sie angerufen. Die Polizei hat mich gefragt, was ich um 20 Uhr von ihr wollte. Abholen wollte ich sie. Ich höre sie immer noch sagen – Spinnst du –, als ich ihr sagte, dass ich sie abholen würde. Du bist nicht gemeint, das waren ihre letzten Worte. Dann legte sie auf und war nicht mehr erreichbar. Vielleicht war ich nie gemeint.«

Seine Stimme war von keiner Emotion verzerrt. Ich kannte diesen gefräßigen Zug an ihr. Sie war zu kurz gekommen, sie musste nachholen. Sie musste von allem mehr haben als andere. Sie ging tausende winzige Bindungen ein, um die eine, die verlorene zu ersetzen. Sie hatte Pech gehabt. Alles greifen und halten. Sie ließ die anderen bezahlen für ein bisschen Vergebung. Wer ihr Geschenke mache, sei selbst dran schuld, hatte sie immer gesagt. Ein Danke war ihr nicht möglich. Und vielleicht wären ihr auch keine Werke mehr möglich gewesen. Vielleicht hatte sie sich bereits verausgabt. Eingeschlossen in einer Höhle, keine anderen Mittel in der Hand als Sehnsüchte, grobkörnige Erinnerungen, unklare Hoffnungen.

»Chang, wie sieht eigentlich dein Alibi aus?«

»Besser als deins, Slanski. Meine Zeugen sind die Bullen persönlich. Ich hatte an dem Abend eine Schlägerei im Club und habe zur Notfallnummer gegriffen. Die Einsatzkräfte hörten sich gerade alles an, als Luna ihr Selfie sendete.«

»Sie war ein Heimkind«, sagte ich und sah auf den polierten Betonboden. Was nutzen mir alle Sprachen, wenn man fortwährend an Grenzen stößt.

»Wieso denkst du das? Sie ist bei ihrem italienischen Vater in einer Medici-Villa bei Florenz aufgewachsen, eine entfernte Linie von Pellegrino Munari, der in Rom Raffael im Vatikan assistierte. Ihre Mutter hat sie erst nach seinem Tod kennengelernt. Für kurze Zeit. Ihr Tod hat sie geschmerzt. Sie hat es per Zufall erfahren. Vielleicht war es das. Dieses ständige Mutterthema. Sie hatte andauernd das Gefühl, etwas verpasst zu haben. Oder das Geldthema. Ihr Vater hat alles seiner dritten Frau vererbt. Da muss sie plötzlich aus einer Luxuswelt in eine harte Realität gefallen sein.«

»Per Zufall. So hat sie dir das erzählt?«

»Ja, wieso?«

»Glaubst du, es ist etwas wahr von dem, was sie erzählt hat?«

»Ich denke, ihre Kunstwerke sind wahr.«

Wir kannten beide nicht die ganze Geschichte. Wir kennen den Menschen einfach nur im Ausschnitt. Unsere Schweigeminute wurde von Menschen unterbrochen, die Chang überschwänglich begrüßten.

Irgendeine Kulturverantwortliche, oder war es die Frauenbeauftragte, ich hatte nichts richtig mitbekommen, begann eine Rede, von der ich auch nichts richtig mitbekam, außer dass es nicht um Luna ging. Es ging um Frauenrechte, um vergangene Kämpfe, um die Selbstbestimmung des Geschlechts. Luna sei in erster Linie Künstlerin, nicht Frau. Der neutrale Boden unangreifbarer Reden mit Gender Gap.

Kunst ohne Titten ist wie Architektur ohne Ornament, dachte ich. Die Revolution hatte nicht nur ihre Kinder gefressen, sie hatte auch gekotzt danach. Ich sah mich um. Die Anwesenden waren damit beschäftigt, die eigene Kleidung zu überprüfen, sich am Buffet den letzten Wein zu holen, Leute zu begrüßen, nach Aufmerksamkeit heischend um sich zu blicken. Was sollte man schon über eine 25-Jährige sagen. Abitur, Studium, Auslandsaufenthalt, Ausstellungen an Orten, die keiner kennt. Stipendien, die keine Rolle mehr spielen. Die Künstlerin interessiert sich für Büromenschen und ihre Umgebung, sagte die Rednerin. Die Unmittelbarkeit der Abbildungen konfrontiert den Betrachter mit der eigenen Proportionalität. Nähe und Distanz zu den Bildern formt jene stetig neu. Zwar bleiben Licht und Schatten eine Dualität, die Menschen seit jeher mit Synonymen besetzen, bla bla bla.

»Verstehst du, um was es geht?«

»Sie verwendet eine konstruierte Sprache, um Bildung zu dokumentieren. Klingonisch macht mehr Sinn.«

»Bis morgen«, sagte Chang und ging in die Menge.

Ich griff mir den Ausstellungskatalog. Himmelblau. Weiße Typografie. Eine abgekühlte Version auf Barockgemälde. Engel erscheinen nur noch als Schrift. *Davenport 160 × 90*. Die dicken Linien wirkten wie ein erbarmungsloses Gesetz. Die Zahlen wie ein Fluch. Souverän verkündeten sie den Plan.

Ich glaube nicht an Pläne. Zusammenhänge. Ja. Aber vorhersehende Planung. Nein. Luna kannte nur zwei Richtungen. In die eine ging es zum Erfolg und in die andere zum Untergang. Ein Leben im Fahrstuhl, was auf dem Seziertisch der Forensikabteilung endete. Bis zu unserem Zusammentreffen kannte ich Künstler nur aus Biografien. Die Lebensgeschichten hörten sich alle verdattert an. Traurige Ereignisse, die man entweder in sogenannte Werke formen oder in Alkohol ertränken konnte. Meistens traf beides zu. Wenn alles nicht klappte, erfand man sich neu als Minderheit, schrieb Manifeste unter dem Titel *Es kotzt uns an*, baggerte um Aufmerksamkeit in Talkshows und beschwerte sich hinterher über toxische Maskulinität. Rassismus, Menschenrechte und ein 3D-Drucker. Mehr braucht es nicht. Yin Yang auf der einen Seite, Diversität auf der anderen. Die Botschaften waren so bedeutungslos wie Ritter-Sport-Werbung auf dem Bahnhof.

Mittlerweile war mir die Lust auf die Eröffnung der Ausstellung vollends vergangen. Vorne sprach ein Kunstkritiker, der Lunas Werke als Antwort auf die allgemeine Krise sah. Meinetwegen. Alles war eine Antwort auf die allgemeine Krise. Seine betonierten Ansichten über das tödliche Antlitz des Kapitalismus waren wie von einem Roboter zusammengesetzt. Ein Roboter, der die Treffer bereits ausgerechnet hatte. Der Typ redete vom Röntgenblick in das eigene Ego, vom Blick in ein unverschließbares Geheimnis, das Geheimnis des Lebens, der eigenen Existenz. Das war Geist auf Nullstellung. Die Langeweile machte schwere Glieder. Ich begann über die Ethik von Wiederbelebungsversuchen nachzudenken, über Intensivmedizin und Patientenverfügung. Geburtenkontrolle und Sterbehilfe. Ich sah nach dem Sammler. Der sprach mit der Kuratorin.

Endlich war der Kulturheini fertig.

Eine Flügeltür wurde geöffnet. Die anwesende Masse setzte sich in Bewegung. Ich ging nach draußen und setzte mich auf einen Blumenkübel. Ein großer Mond, der meine Stimmung nicht besser machte. Wenn man mit leeren Händen rumsitzt, merkt man erst, dass man welche hat. Hände, um ein Glas Wein vom Buffet zu greifen, Hände, um einem Joint zu rauchen.

Ich sah, wie Eva weinend die Galerie verließ. Sie bemerkte mich nicht. Chang musste noch da sein. Vielleicht eine gute Gelegenheit, um mit ihm ins Bett zu gehen. Aber ich war zu faul, um aufzustehen. Eine trotzige Selbstlähmung fesselte mich an den Holzkasten. Eine Lähmung, auch der Dogos Argentinos wegen und ihres Jagdinstinkts mit Tötungsabsicht.

Plötzlich wusste ich, was mich an den letzten Wochen am meisten gestört hatte. Es war dieser völlige Leerlauf. Diese konstante Dissonanz. Alle sichtbaren Fakten hatten nicht zusammengepasst. Und würden es vielleicht auch nie mehr tun. Bis zu Lunas Tod hatte ich Probleme durch Angriff oder Rückzug gelöst. Und jetzt hing ich in der gottverfluchten Warteschleife. Eine Sandwichposition, eingeklemmt in die Umstände, die ich nicht gewählt hatte.

Die Beerdigung von Luna stand an. Die Frau, die ich mochte. Die Frau, die mich angelogen hatte. Die Frau, mit der ich angeblich verwandt war, die Leerstelle im Lebenslauf. Die Frau, die sich mit A. getroffen hatte. Die Frau, für die die Realität zu klein gewesen war, die sich mir genähert hatte, um fern zu bleiben. Die Toten spielen keine Rolle mehr, aber den Mördern hängen wir uns an die Fersen, um uns selbst zu beweisen. Ich war gezwungen, die Situation einfach zu ertragen. Ich sah mir beim Nichtstun zu. Mir war so langweilig zumute, dass ich mir überlegte, Bilder vom Mond zu machen. Der Mond hing plump über den Hochhäusern. Ihm sind wir näher gekommen. Wir trampeln auf allem herum. A. verließ mit seiner Freundin die Galerie. Ich ließ Chang an mir vorbeiziehen. Durch die Scheibe sah ich von Behringen immer noch mit der Kuratorin stehen.

Ich latschte zum Buffet und nahm mir von dem letzten warmen Wein. Von Behringen verschwand und nickte mir im Vorbeigehen knickrig zu.

Als alle die Galerie verlassen hatten, raffte ich mich auf und betrat den Ausstellungsraum. Der Raum war leer bis auf einen Schreibtisch und einen Stuhl. Der Schreibtisch war eine exakte Replica meines Schreibtischs im Büro. Der Stuhl war ebenfalls der Gleiche.

Auf dem Tisch lag ein Briefumschlag in hellem Blau mit weißen Lettern. Der Umschlag war aufgerissen und ein Stück des Briefbogens sah heraus. Ich trat näher. Aber der Inhalt war nicht zu lesen. Ich ging ein Stück zurück. Jetzt fiel mir auch auf, dass die Wände denen in meinem Büro glichen, sogar der dunkle Fleck mit dem gelblichen Rand, der von einem Wasserschaden herrührte, war angebracht. Und dieselbe beknackte Lampe.

Ich hatte noch nie einen Sender für gutes Licht. Der Raum wirkte trostlos. Mir war noch nie aufgefallen, wie trostlos mein Büro wirklich war. Die Kuratorin trat neben mich. Sie schwafelte von Eichmann und dem Schreibtischtäter. Dabei war der Tisch von OBI, ein Sonderangebot mit dem Namen Davenport. Die Kuratorin entfernte sich, weil ich nicht reagierte. Ich sah bewegungslos auf die Akte auf dem Fußboden, die den Titel *Verschiedenes* trug. Daneben lag das Porträt meiner Mutter im Chinchilla-Mantel, welches mir Luna damals gezeigt hatte. Das Ölbild hatte sich von seinem Original entfernt. An ihrer Hand – ich. Vielleicht mit 5. Es hatte diese Situation nie gegeben. Dennoch phantasierte ich mir einen glücklichen Wintertag, ganz wie Luna es gemalt hatte. Allein mit ihr. Wir führen unsere Pelzmäntel aus. Der Surroundsound entpuppte sich als die »Loreley«. Ein Lied, das in mir unbegrenzte Traurigkeit auslöste. Meine Mutter hatte dieses Lied geliebt. Vierstimmige Männerchorsätze. Einfach, ohne rhythmische und melodische Ansprüche, für jedermann singbar. Ein Volk, das nicht weiß, warum es so traurig ist. 6/8-Takt für den Rhein in seiner begradigten Form. Anheimelnd. Die Melodie löste Todesangst aus. Eine Trauer, nicht alles getan zu haben, nicht alles gesagt zu haben, die wichtigsten Dinge vergessen zu haben, die Angst, alles immer wieder gleich machen zu müssen. Keine Chance auf Modifikation. Aber dafür unendliche Versionen von Fehlermöglichkeiten. Ein unbekannter Virus legte den Raum lahm. Viren sind wie das Jüngste Gericht, aber die letzte Offenbarung unterteilt uns nicht in Gut und Böse. Die letzte Offenbarung ist eine Als-ob-schonmal-gehört-Komposition.

Ich setzte mich geschafft auf den Stuhl am Schreibtisch und starrte auf die Akte, als die Kuratorin angerannt kam. Sie war völlig aufgelöst und erklärte mir, dass sie eine Wette abgeschlossen hätten, wer sich setzen würde, schließlich handele es sich hier um *Immersive Art*, aber die Besucher hätten immer noch diesen heiligen Respekt vor der Kunst, unfähig, Ironie und Beleidigung zu trennen. Sie wedelte mit ihrem Handy rum und fragte mich, ob sie ein Bild machen dürfe. Ich sagte ihr, dass sie mich am Arsch lecken könne, und verschwand. Vorbei an der abbildbaren Welt. Ich wusste nichts von Luna, ihr Schweigen mir gegenüber begriff ich nicht. Ich versuchte, mir meine Mutter vorzustellen, wie sie sich verabschiedet. Abschiede, die sie trainiert hatte wie ein Guerillakämpfer. Luna ist ein kleines Ding, in dem alle Möglichkeiten angelegt waren. Eine Option hatte gefehlt. Ein Versehen, ein gestricktes Mützchen, eine gescheiterte Liebe, eine Entscheidung, unbarmherzige Konsequenzen. Luna schläft und bemerkt den Abschied nicht. Ehrgeiz auf die eine, die sich der Last entzieht. Variationen auf ein unbekanntes Thema, vorgetragen von einem mechanischen Klavier. In meiner Welt gab es tausend Hintertüren. Mir war schlecht.

Ich ging in den zweiten Raum. Da lag sie. Das Bild war in Acryl gemalt, aber hätte genauso gut ein Foto von der Polizei sein können. Ihre Augen waren geschlossen, und ihre Haut war weiß. Ihre Leiche treibt auf dem Fluss, dessen Ufer mit

Beton begrenzt ist. Sie trägt nichts als den Moschino-Slip, an dem sich ein Preisschild befindet. Ich ging näher heran, um den Titel zu lesen. *Nummer 49. In Hirschheimers Träumen war ich eine Leiche.* Das Bild hatte einen roten Punkt. Sie konnte malen. Sie hatte sich exakt getroffen. Ich konnte nicht mehr hinsehen. Und immer wieder Hirschheimer. Der Name, der wie ein schlechtes Omen über ihrem Leben lag.

»Hallo, Herr Professor Hirschheimer!«

Ich drehte mich um. Die Kuratorin begrüßte einen Mann um die 50, melierte Haare mit einem eitlen Scheitel, der knickerige Trotzki-Bart konnte die Gravitation nicht vertuschen, die ihm die Mundwinkel nach unten gezogen hatten, die strenge Brille verschloss ihm das Gesicht, sein straffer Körper baute sich vor der Kuratorin auf. Sie verharrten beide vor dem Bild. Eine lange Pause. Der Mann stand ruhig und hatte seine Augen auf die Tote geheftet. Neben ihm schien die Kuratorin noch nervöser als vorher. Sie strich sich die Hände an der Hose ab, hielt sie auf ihrem Hintern versteckt, keine Sekunde unbewegt. Ihr Hintern war prächtig, ihre Hände zitterten. Ich verließ den Raum und beobachtete die beiden, an eine Säule gelehnt. Sie schienen mich nicht zu bemerken. Das also war Hirschheimer.

»Entfernen Sie die Beschriftung!«

Seine Stimme hatte den Klang kalter Entschlossenheit. Die Kuratorin wagte sich dennoch, Einspruch zu erheben.

»Der Titel ist bereits im Katalog vermerkt. Graf Johannes Georg von Behringen hat das Bild gekauft, großartige Sammlung, neben Ihnen ist die ganze deutsche Gegenständlichkeit vertreten. Neue Leipziger Schule. Munaris, Verzeihung, Moons Maltechnik erinnert an die Neorealisten, aber düsterer. Die Künstlerin als Opfer.«

Sie stockte. Hirschheimers Muskulatur schien sich explosiv zu spannen. Sein Anzug, mehr eine Rüstung, ließ die Bewegung seines Atems nicht durch.

»Ich hatte mich deutlich ausgedrückt.«

Der Mann besaß die Direktheit eines zugekoksten Vorstandsvorsitzenden. Er langte zur Wand und riss die Beschilderung ab. Die Kuratorin machte ein entsetztes Gesicht und versuchte einzulenken.

»Der Titel ist eine Autofiktion. Das ist Zeitgeist.«

Er drehte sich zu ihr um.

»Sie haben Kunstwissenschaft studiert, nicht wahr? Ein Widerspruch in sich. Wenn jede kleine Anfängerin meinen Namen benutzt, um nach oben zu kommen, wird die Kunst noch langweiliger, als sie eh schon ist. Wissen Sie, was Kunst ist? Was Sprache ist? Wissen Sie, wie das klingen muss? Ich schulde der Welt nichts als meinen Tod. So muss das klingen.«

»Jetzt nicht mehr«, lallte ich, die Säule im Arm.

Die Kuratorin drehte sich kurz zu mir, aber wurde durch eine ruckartige Bewegung Hirschheimers abgelenkt. Er hatte ein Teppichmesser gezückt und schlitzte das Gemälde treffsicher in der Mitte auf.

»Ich will das Bild aus meinem Kopf reißen. Kunst heißt, sich an den anderen zu bedienen.«

Er fing tatsächlich an, das Moschino-Höschen auszuschneiden.

»Aufsteigen hat dir nicht gereicht, die anderen mussten fallen. Chang, du Arschloch, wie fühlst du dich jetzt?«

Die Kuratorin hielt sich die Hände vors Gesicht, unfähig zur Aktion. Ich wollte die Bullen rufen, aber die Situation war zu gut. Hirschheimer hatte das Höschen ausgeschnitten, das

Bild hing in Fetzen von der Wand. Er drehte sich zu mir um und hielt mir das Höschen wie eine Fahne entgegen.

»Das ist es, was von der Liebe bleibt. Die Liebe ist im Eimer. Tod dem Mondschein!«

»Haben Sie, Genosse Künstler, zufällig das Zertifikat für Bekloppte?«

Der Wein leistete ganze Arbeit. Ich musste mich an der Säule festhalten. In meinem Hinterkopf hämmerte es, aber ich arbeitete mit aller Kraft gegen die Übelkeit. Die Kuratorin machte einen überforderten Eindruck. Ihre Blicke hetzten zwischen Hirschheimer und mir hin und her. Sie glaubte immer noch an Performance, an eine testamentarische Verfügung der Künstlerin.

»Der Mensch erwirbt als Mörder erst den letzten Schliff, stimmts?«, rief ich.

Ich wollte ihnen noch sagen, dass das von Heiner Müller ist, aber die Kuratorin schob mich nach draußen. Ich dachte, sie hätte Angst, dass ich den Boden vollkotze, aber sie rief die Polizei an. Zitterte und nuschelte verstört ins Telefon.

Der Wein auf Ausstellungseröffnungen ist nicht mal was zum Zähneputzen, aber löste meine Zunge. Ich war in der Stimmung für Manifeste.

»Eure Kunst ist ein mit Entwurmungsmittel gestrecktes Ecstasy. Nehmt die Fördergelder und lasst euch totstreichen. Der Künstler ist doch nicht der Mitesser der Gesellschaft, er ist ihr Würger. Eure Remixe haben doch kein Original mehr gehabt. Nach der Freiheit kommt das Gequatsche über Freiheit, aber selbst dafür seid ihr zu blöd.«

Ich brüllte die Sätze durch die geschlossenen Fenster. Ich hatte überhaupt keine Ahnung von Kunst. Der Alkohol war in die letzten Winkel meines Körpers gekrochen und fand dort lauter unnützes Zeug. Abgelegte Sätze, kaputte Erinnerungen, Orte mit Absperrband. Unter dem Neoprenteil war ich völlig nass. Durch die Scheibe sah ich Hirschheimer. Er kam auf mich zu. Er wischte sich den Schweiß aus der Stirn. Das Stück Leinwand hatte er an seine Brust gedrückt. Für einen Moment sahen wir uns in die Augen, seine waren irre, dann bog er ab zu den Toiletten.

»Hoffentlich Allianz versichert«, lallte ich ihm optimistisch zu.

An seiner linken Hand fehlte der kleine Finger. Der Finger daneben war im Ehering verfettet. Ich drehte ab, bevor ich gezwungen war, die Szene zu bezeugen. So was konnte ewig dauern. Für mich war Feierabend.

Ich lief ins Motel One und schloss mein Zimmer auf.

Es war schwül. Am Fenster hing der Mond als Scheibe. Ich zog mich in Zeitlupe aus, der billige Wein hatte die Zeit verlangsamt. Ich sah auf die Gardine und analysierte die Wiederholung der Wiederholung der Wiederholung. Farben und Linien vereinigten sich zu Brei. Ich suchte fiebrig nach der Visitenkarte des Kommissars. Sie klebte hinter dem Sanifair-Bon. Jetzt musste es sein. Jetzt. Ein schutzbietender Körper. Ich tippte seine Mobilfunknummer ein. Ich genoss jede einzelne Zahl. Ich sah fortwährend nach, ob es die richtigen waren. Wir durften uns nicht verfehlen. Ich musste ihm alles schreiben. Ihm alles sagen. Alles, was noch nicht gesagt wurde. Ich verwendete Großbuchstaben. Ich war fast nüchtern.

HIRSXHEIMER.

Ich drückte auf Senden und kramte in meinem Rucksack nach einer Zigarette. Ich rauchte nur gelegentlich, wenn mir nichts Besseres einfiel. Ich fand, es passte hierher. Ich öffnete das Fenster und genoss den leichten Wind, der den Schweiß auf meiner nackten Haut trocknete. Ich klopfte die Asche in den Pudel ohne Kopf. Mein Telefon vibrierte. Er. Ich legte mich aufs Bett.

»Was machen Sie gerade?«

»Smokin nic, suckin dick, baby.«

»Hirschheimer ist in der Notaufnahme im Einvernehmen mit einer Überdosis Kokain. Unser Mann vor Ort hat ihn im Kunstverein auf der Toilette gefunden.«

»So 'ne Art Aktionskunst?«

»Die DNA stimmt überein.«

»Vorsprung durch Technik.«

»Seine Ehefrau hat sein Alibi zurückgenommen. Ich weiß nicht, warum ich Ihnen das erzähle.«

»Ich schon.«

Ich legte auf. Es war zu viel für mich, nackt mit ihm zu telefonieren. Seine Stimme hatte sich an meinen dritten Halswirbel geheftet. Ich musste meinen Kopf auf die Schulter pressen, um die Vibration zu beenden, aber sie glitt unaufhaltsam nach unten. Wirbel für Wirbel. Ich winkelte meine Beine an.

Lange Beine, schöne Formen, glatte Haut.

Ich kreuzte meine Beine, in der Fuge sammelte sich das Wasser. Ich drehte mich mit den verschlungenen Beinen auf die Seite, den rechten Arm angewinkelt unter meinem Kopf, den linken parallel im Winkel, meine Hände unbewegt auf dem Kissen neben meinem Kopf, und ich begann mit der Kontraktion der Muskeln. Lange, sehr lange. Die erste Welle kam und löschte alle Gedanken. Meine Oberschenkel waren gespannt und klebten zusammen. Ich presste weiter, bis die Muskelkontraktion unwillkürlich wurde, mein Körper endlich ohne mich agierte. Der Schweiß lief an meinen Schenkeln herunter, und die Muskeln in meinem Schoß zuckten im Sekundentakt.

Muskeln, deren Namen ich nicht kannte. Die Erregung fand ausschließlich in dem Dreieck zwischen meinen Beinen statt und sendete Stiche nach ganz oben. Man muss sich nicht mögen, wenn man es sich selbst besorgt. Die Wellen gingen durch meinen ganzen Körper und erreichten jeden Winkel. Die Gefühle entzogen sich jeder Beschreibung. Als der Rausch mich überwältigte, löschte er alle Bilder, die Muskeln tanzten rhythmisch. Süß und fast schmerzlich. Die Konzentration auf die Wellen war vollkommen. Absolute Hingabe. Ich wünschte, mein Gehirn wäre an Elektroden angeschlossen und kluge Aufschreibsysteme notierten meine Gedanken. Die Maschine sollte den Text vollenden.

Meine Gedanken erschienen mir zu gut, als dass ich sie formulieren könnte. Das unbekannte System sollte die Inhalte festhalten, damit ich mich endlich mitteilen könnte. Ich presste meine Muskeln immer weiter zusammen, ich wollte kein Ende finden. Mein Schweiß roch angenehm männlich.

Ich verging vor Lust. Meine Beine waren einzeln nicht mehr zu spüren. Am höchsten Punkt waren Trauer und Glück ein und dasselbe.

Draußen schichtete die Welt die Ereignisse um, und CNN würde sie bis zum Frühstück ordnen.

Ich hatte mir den Wecker knapp gestellt, um nicht viel denken zu müssen. Dusche, Zähne, Föhn, schwarze Trainingshose, Tanktop, Parka, Rucksack packen. Der Granny Smith hatte sich nicht verändert. Er lag makellos auf der Konsole, als ich das Zimmer verließ. Das Aquarium auf dem Display hatte zu Kaminfeuer gewechselt. Der erste Tag im Herbst. Ich checkte aus. 120 Tage. 9480 Euro. Kein Discount. Kein Telefon, keine Minibar, kein Schrank. Deswegen sind die Preise so gut. Ich bekam einen Frühstücksgutschein und den Quellcode für die

Teilnahme an einem Gewinnspiel. Hauptpreis ein Wochenende in Nürnberg City. Ich war jetzt beOne Member.

Draußen herrschte zwielichtiges Wetter. Chang erschien im wattierten Mantel. Er sah aus wie ein autonomer Schlafsack. Handy auf lautlos, Taxi, Friedhof. Beruhigend war es in der Welt der erforderlichen Maßnahmen. Struktur. Ich war froh, dass wir nur zu zweit waren. Chang hatte wieder einmal alles richtig gemacht. Er machte immer alles richtig. Ich war eine Versagerin, die sich nirgends lange halten konnte, weil sie sonst ihr Geheimnis preisgeben müsste. In Wirklichkeit war ich ein Jammerlappen.

Chang mit Lunas Lieblingsblumen. Japanische Zierquitte. Ein einziger großer Zweig. Er würde den Gärtner beauftragen, einen einzigen Busch auf das Grab zu pflanzen, der im Frühjahr die Blüten trug und im Herbst die Früchte. Er sagte mir das gleich am Friedhofstor. Da sah ich, dass auch Chang im Organisationsrausch war. Kapelle, keine Rede, ein Beethoven-Trio in C-Dur mit unmenschlichen Oboen. Der Sarg. Chang und ich. Im Hintergrund warteten die Träger. Sie hatten passende Gesichter. Chang hatte sich für den Mercedes unter den Särgen entschieden. Ich wusste, ich würde Helena und Lucky sagen, dass sie für mich einen Einwegsarg besorgen sollten. Pappe. Nur für alle Fälle. Faltschachtel. Ich hoffte, man könne die bei Amazon bestellen. Dann hatten sie keine Rennereien. Am liebsten würde ich mich aber auf einen Chip pressen lassen. Ein selbstlernendes Programm würde mir zeigen, wie es richtig gegangen wäre. Fehlerfrei. Schmerzlos. Wir hielten still. Nach genau 15 Minuten setzten sich die Träger in Bewegung. Professionell. Wir gingen hinterher. Amateure. Der Sarg verschwand. Chang ließ den Zweig mit den roten Tupfern in das Loch fallen. Die Blüten verschwanden im Dreck. Vielleicht war es auch chinesische Quitte gewesen. Wir sahen den Trägern zu, wie sie den Rest erledigten. Dann gingen wir. Mein Gehirn sehnte sich nach Kaltstart. Ich folgte Chang.

Sein Fahrer hielt schon die Türen auf. Ein Stück Autobahn. Wir hielten an. Freies Feld. Von hier aus konnte man die Stadt sehen. In Quadrate geteilte Hoffnungen. Wir setzten uns auf eine Bank. Der Fahrer stellte uns zwei Gläser und einen Korb mit Essen hin und zog sich zurück. Chang und ich nahmen Platz. Der Wein war bereits geöffnet. Wir schenkten uns ein und tranken. Essen konnten wir nicht. Wir hielten einfach den Mund. Der Ablauf war reibungslos. Als exakt eine Stunde um war, holte der Fahrer uns wieder ab, aber nur Chang stieg in den Wagen. Ich blieb.

Hinter der Mauer donnerte der ICE vorbei, Scharfrichter für alle, die nicht mehr wollten.

Ich nahm den blauen Brief aus dem Rucksack und öffnete ihn.

Deutsche Klassik

Meister, hör die Geister
die wir riefen.
In die Ecke mit dem Zweifel.
Sei's gewesen
Gibt es einen Besen
Für die Scherben
Die wir hinterließen.

Danke an Felix Pötzsch für die Verwendung des Bildes *South Seas II*.

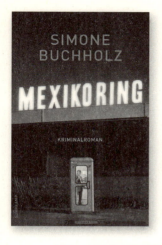

Simone Buchholz
Mexikoring
Kriminalroman
suhrkamp taschenbuch 5024
247 Seiten
(978-3-518-47024-4)
Auch als eBook erhältlich

»Bremen braucht nicht mehr Polizei –
Bremen braucht Batman.«

In Hamburg brennen die Autos. Jede Nacht, wahllos angezündet. Aber in dieser einen Nacht am Mexikoring, einem Bürohochhäuserghetto im Norden der Stadt, sitzt noch jemand in seinem Fiat, als der anfängt zu brennen: Nouri Saroukhan, der verlorene Sohn eines Clans aus Bremen. War er es leid, vor seiner Familie davonzulaufen? Hat die ihn in Brand setzen lassen? Und was ist da los, wenn die Gangsterkinder von der Weser neuerdings an der Alster sterben?

»Simone Buchholz arrangiert hartgesottene Dialoge,
als wären sie ein lässiges Tischtennismatch –
das ist hohe Schreibkunst.« *Oliver Jungen, Die Zeit*

»Simone Buchholz kann nicht nur spannend.
Sie kann auch Liebe.« *Stephan Bartels, Brigitte*

suhrkamp taschenbuch

Weitere Informationen erhalten Sie unter www.suhrkamp.de
oder in Ihrer Buchhandlung.

Platz 1 der KrimiBestenliste

Merle Kröger
Die Experten
Thriller
Herausgegeben von Thomas Wörtche
st 4997. Gebunden. 688 Seiten
(978-3-518-46997-2)
Auch als eBook erhältlich

»Kolossal.«
Tobias Gohlis, Deutschlandfunk Kultur

Die 60er Jahre haben begonnen. Adolf Eichmann wird in Jerusalem zum Tode verurteilt. Konrad Adenauer sagt Militärhilfe für Israel zu. Ägypten wirbt um deutsche Flugzeugkonstrukteure und Raketentechniker. Eigentlich will Rita Hellberg nur ihre Eltern in Kairo besuchen, wo ihr Vater als Ingenieur arbeitet. Doch sie findet sich in einem Konflikt wieder, in dem mit allen Mitteln um historische und zukünftige, um weltpolitische und regionale Interessen gekämpft wird. Bomben explodieren, Menschen sterben. Rita muss sich entscheiden, wo sie steht …

»**Ein großer, ein spektakulärer, ein bedeutender Roman.**«
Ulrich Noller, WDR

»**Ein Meilenstein des historischen Thrillers … Alles, was danach kommt, wird sich an ihm messen müssen.**«
Elmar Krekeler, Die Welt

»**Merle Kröger ist eine der besten Autorinnen dieses Landes!**« *Lutz Göllner, tipBerlin*

suhrkamp taschenbuch

Weitere Informationen erhalten Sie unter www.suhrkamp.de
oder in Ihrer Buchhandlung.

Hammett Prize
Shamus Award

Lisa Sandlin
Ein Job für Delpha
Kriminalroman
Aus dem amerikanischen Englisch von
Andrea Stumpf
Herausgegeben von Thomas Wörtche
st 4779. Broschur. 350 Seiten
(978-3-518-46779-4)
Auch als eBook erhältlich

»**Nach ein paar Seiten weiß man schon, was für ein großartiges Buch das ist.**« *Peter Körte, FAS*

Beaumont, Texas, Golfküste, 1973. Delpha Wade kommt nach vierzehn Jahren Knast in die Kleinstadt und versucht, wieder Fuß im bürgerlichen Leben zu fassen. Mit viel Chuzpe ergattert sie sich die Stelle als Sekretärin bei dem jungen Privatdetektiv Tom Phelan.
Das Duo stolpert bald über ein Komplott in der Ölindustrie und bekommt es mit einem üblen Killer zu tun. Und wie es der Zufall will, begegnet Delpha ausgerechnet dem Mann wieder, der sie einst ins Gefängnis gebracht hatte …

»**Ein großartiges Stück Kriminalliteratur, welthaltig, witzig, stark im Milieu.**« *Tobias Gohlis, Deutschlandfunk Kultur*

»**Ein fabelhafter, geerdeter 70er-Jahre-Kriminalroman.**«
Sylvia Staude, Frankfurter Rundschau

suhrkamp taschenbuch

Weitere Informationen erhalten Sie unter www.suhrkamp.de
oder in Ihrer Buchhandlung.